数学者と哲学者の密室——天城一と笠井潔、そして探偵と密室と社会

数学者と哲学者の密室◉目次

［ブックデザイン］奥定泰之

［写真］Color Symphony / Shutterstock.com
GLYPHstock / Shutterstock.com

まえがき

本書では、二人の探偵作家、天城一と笠井潔の比較考察を行っている。

この手の比較考察では、〝江戸川乱歩と横溝正史〟や〝高木彬光と鮎川哲也〟といった感じで、同時代に活躍した二作家を対象にする場合が一般的だが、本書はそうではない。天城一は一九一九年（大正八年）生まれで作家デビューは一九四七年、笠井潔は一九四八年（昭和二十三年）生まれで作家デビューは一九七九年と、まったく異なる世代だからである。

では、〝高木彬光と島田荘司〟や〝鮎川哲也と有栖川有栖〟のように、影響を与えた作家と受けた作家の関係かというと、これも違う。笠井潔は、デビュー前どころか、デビュー後もずっと、天城一の作品は短篇を数作読んだ程度だったからだ。

ならば、拙著『エラリー・クイーンの騎士たち』でやったアプローチ――クイーンを切り口に日本の探偵作家の考察を行う――の応用かというと、これも違う。本書では、この二作家の双方を考察の対象にしているからだ。

私見では、天城一と笠井潔は、資質的にはよく似ている。名探偵の独特なレトリック、戦争や社会批判をからめたテーマの導入、トリックのバリエーションへのこだわり、ハイデガー哲学の援用、作中に取り込まれた評論……。そこで、本書では、この類似点を考察している。

しかし、作品そのものを比べるならば、大きくかけ離れた印象を受けてしまう。これは——やはり私見だが——二人の作家の世代の違いによるものだと思われる。特に、「天城一は兵士として戦争を経験したが、笠井潔は戦後生まれ」という点と、「天城一はトリックを重視する江戸川乱歩が大きな力を持っていた時代にデビューしたが、笠井潔がデビューした時代は、それほどではなかった」という二点は重要だろう。そこで、本書では同時に、この相違点も考察している。同じような要素を用いながら、時代の差によって、どのような違いが生じたのだろうか？

正直言って、戦争の影響にしろ時代の違いにしろ、笠井潔よりさらに年下の私の手には余るテーマだという気がしないでもない。一応、私が考察するのは、時代そのものではなく、時代がこの二作家に与えた影響なのだが、それでも私には力量不足だと感じる人も少なくないだろう。そういった不満があるのを百も承知で、あえて挑んだのは、私が敬愛するこの二人の作家の交差する様子が、興味深く、スリリングで、そして何よりも面白いからだった。

本書の読者に、この面白さを伝えることができれば幸いである。

ここで、今この文を読んでいる人にお願いしたい。

私が本書によって、天城一と笠井潔の面白さを伝えたいと思っているのは、この二作家のファンに対してだけではない。どちらか一方しか、あるいは、どちらの作家にも興味がない人にも、本書を読んでほしいと思っている。なぜならば、本格ミステリにおいて、名探偵やトリックをどう扱うか、戦争や現代社会とどう向き合うか、小説と評論をどう連携させるか――こういった問題に対して、天城一と笠井潔は、ユニークかつ興味深い解答を示しているからだ。彼らのこの〝解答〟を頭に入れて、あなたが他の作家の作品を読んだり考察したりすると、これまで見えなかったものが見えてくるのではないだろうか。

また、こんな小難しいことを考えなくても、ただ単に、読んで面白い評論になるようにも書いたつもりなので、「天城一は、笠井潔は、こんな面白いことをやっていたのか」や「天城一と笠井潔はこんな面白い重なり方をするのか」と思ってくれるだけでもかまわない。

とはいえ、本書は〝評論書〟なので、トリックなどを明かさなければ語れない論もある。そこで今回は、真相を明かして論じる作品を絞り込むことにした。具体的には、この二作家に関しては、以下の作品しかネタバラシをしていない。

〔天城一〕短篇「不思議の国の犯罪」「高天原の犯罪」「ポツダム犯罪」「盗まれた手紙」／長篇『圷《あくつ》家殺人事件』『風の時／狼の時』。

〔笠井潔〕長篇『バイバイ、エンジェル』『サマー・アポカリプス』『哲学者の密室』。

もし、あなたがこの二人に興味を持っているが未読だったならば、いい機会なので、これらの作品を読んでから、本書に進んでほしい（出版社等は巻末の「引用・参考資料一覧」参照）。天城の短篇四作は、すべて『天城一の密室犯罪学教程』に収録（現在は文庫版が容易に入手できる）。長篇二作は基本プロットとトリックは同じなので、どちらか一方を読めば問題なし。笠井の長篇三作は、どれも入手は難しくない。そして、その後に本書を読むと、相乗効果が生じて、より楽しめると思う。

また、この二作家に関心がない人は、このまま本書を読み進めてほしい。私のいつもの評論書より紹介や引用を増やしたので、対象作品を読んでいなくても、考察を理解できて、楽しめると思う。なお、引用やそれを受けた私の考察の中には、今日の観点から見て差別的と思われる表現が出てくる場合があるが、発表当時の時代的背景を考慮し、あえて原典のままにした。読者には了承いただきたい。さらに、天城作品からの引用には、236Pの「ある得る」のように、ミスと思われる文もあるが、公刊された作品については、修正はしていないことをお断りしておく。

二人の作家に興味のある人もない人も、二人の作品を既読の人も未読の人も、本書を楽しみ、天城一と笠井潔の魅力を味わい、本格ミステリに考えをめぐらせてほしい。

第一部

数学者と哲学者の探偵

探偵のレトリック

わかってないのさ。君は、わかっていないのか、忘れようとしているのさ。大戦争をボッ始めた張本人の一味だとゆうことを、物見事にゴマ化そうとしているんだよ。南京とマニラの虐殺の責任をチョロまかそうとしているんだよ。三年前には『神国』に住んでいたくせに千万年も前から『民主国』に住んでいたような顔をしようとゆうのさ。戦争と虐殺の一切の責任を、うまいこと巣鴨の連中に転嫁して、この俺の手だけは清潔だといいたいのさ。

——天城一「高天原の犯罪」より

第一章　天城一の探偵

※以下の作品の真相等に言及あり。
天城一「不思議の国の犯罪」「高天原の犯罪」「ポツダム犯罪」／エドガー・アラン・ポー「モルグ街の殺人」／コナン・ドイル「まだらの紐」

天城一

一九一九〜二〇〇七年。本名・中村正弘。東北帝国大学数学科卒業。大阪教育大学で数学を教え、一九八四年に同大名誉教授となる。本職の数学では主に函数解析学と和算史を研究。著作は『関数解析入門』（一九六八年）、『数学教育史』（一九七二年）がある。

一九四七年、岩谷書店の探偵小説雑誌《宝石》誌の二・三月合併号掲載の短篇「不思議な国の犯罪」（後に「不思議の国の犯罪」に改題）でデビュー。作品のほとんどが短篇で、しかも寡作だが、独特の文章、学術的な作風、ユニークなトリックなどにより、一部に熱狂的なファンを持つ。探偵役は、地方大学で無給副手をつとめる犯罪研究家・摩耶正と、このシリーズのワトソン役から探偵役に出世した島崎警部補。長篇『圷家殺人事件』では、伊多伯爵が探偵役をつとめる。また、「天城一」という名の弁護士がワトソン役をつとめる作品もいくつかある。

主要作品は、第五回本格ミステリ大賞評論・研究部門を受賞した『天城一の密室犯罪学教程』（二〇〇四年）など四冊にまとめられている。また、「密室作法」などの、刺激に満ちた評論も数多く書いている。

◉主要作品

［単行本］①『天城一の密室犯罪学教程』／②『島崎警部のアリバイ事件簿』／③『宿命は待つことができる』／④『風の時／狼の時』

［長篇］『圷家殺人事件』（改稿『風の時／狼の時』④）／『宿命は待つことができる』③／『沈める濤』④
［摩耶もの］「不思議の国の犯罪」「鬼面の犯罪」「奇蹟の犯罪」「高天原の犯罪」「夢の中の犯罪」「明日のための犯罪」「盗まれた手紙」「ポツダム犯罪」「黒幕・十時に死す」「冬の時代の犯罪」「夏の時代の犯罪」（すべて①）／他
［島崎もの］「星の時間の殺人」「火の島の花」「怨みが浦」（以上①）／「急行《さんべ》」「寝台急行《月光》」「急行《あがの》」「準急《たんご》」「われらのシンデレラ」「われらのアラビアン・ナイト」「ある晴れた日に」「朽木教授の幽霊」「春嵐」（以上②）／「春は名のみか」「春　南方のローマンス」「早春賦」（以上③）／他
［評論］「密室作法」①／「密室犯罪学教程」①／「クィーンのテンペスト」④／「密室の系譜」／他

本章では、天城一の初期作品から、デビュー作「不思議の国の犯罪」、「高天原の犯罪」、「ポツダム犯罪」の三作を取り上げ、重点的に考察する。その際の観点は以下の通り。

①天城作品の評価の変遷
・デビュー当時から評価が低かったこと。
・二十一世紀に再評価されたこと。
②天城作品の特徴と魅力
・アマチュアの余技であること。

・密室トリックのバリエーションへのこだわり。
・評論的な創作姿勢。
・探偵の独特なレトリック。
・社会批判。

実は、この①と②は無関係ではない。②で挙げた天城作品の特徴こそが、①で述べた評価の変化につながっているのだ。

では、右の観点から考察していこう。

一 プロとアマチュア

天城一の処女作「不思議な国の犯罪」が掲載された雑誌《宝石》は、終戦の翌年の一九四六年に創刊。このため、一九四七年にデビューした天城は、同時期にデビューした香山滋《かやましげる》や島田一男や山田風太郎と共に、〈宝石第一期新人〉と呼ばれている。《宝石》誌は、戦争で多くの作家を失ったため新人を求め、作家志望者は戦争が終わって小説が書けるようになったため、需要と供給が一致したらしい。このため、〈宝石第一期新人〉には、人気作家になった者が少なくない。

しかし、天城一は彼らと違い、作家専業を目指すことはなかった。本職の数学者としての仕事が充実していたからだ。[*註1] 天城にとって、探偵小説の執筆は余技であり、その立ち位置もアマチュアを離れることはなかった。

ただし、一つだけ訂正しておきたい。天城一の作品数の少なさを、「アマチュアの余技だから」と考えている人が多いと思うが、それは間違いである。

例えば、デビューした一九四七年に活字になったのは、「不思議な国の犯罪」一作しかない。だが、未発表作品なら、長篇を二作（『圷家殺人事件』『宿命は待つことができる』）に、短篇も「ポツダム犯罪」「盗まれた手紙」「摩天の犯罪」等、かなり書いているのだ。あいにくと、買い手がつかず、一九五〇年代以降に、同人誌などに発表されることになるわけだが……。この時期の事情については、後述する。

ただし、『圷家殺人事件』を発表した一九五五年から二十年ほど発表が途絶えているのは、本業が忙しくなったためらしい。――とはいうものの、一九八〇年代以降に同人誌などに発表された短篇のいくつかは、この時期に書かれたものらしいが。

話を戻すと、本章で私が言いたいのは、〈アマチュアの余技〉が、天城一の作家としての個性になっている、ということ。〈アマチュア〉の作家には、「読者受けを狙わず、自分が書きたいものだけを書く」タイプがいるが、天城はまさにこのタイプである。そうでなければ、デビュー直後に書いた作

＊註1　私が二〇〇八年に天城一の追悼本を編んだ際、「中村正弘」の教え子たちにもエッセイを寄せてもらったが、それを読む限りでは、〈作家・天城一〉よりも、〈数学者・中村正弘〉の方が、はるかに（その世界での）評価が高かったようだ。

品の題名を、「ポツダム犯罪」にしなかっただろう。

だが、ここでは、天城が〈アマチュア〉であるがゆえの、別の個性について考察したい。それは、「アマチュアとプロでは〈トリック〉の使い方に差があり、天城一は典型的なアマチュアの使い方をしている」という点である。

二 アマチュアとトリック

この節では、天城作品における〈トリック〉の使い方を考察するのだが、紙幅の都合もあり、〈密室トリック〉だけに絞らせてもらいたい。実際、摩耶ものは全作が密室もので、島崎ものも大部分が密室ものなので、考察に大きな違いは生じないと思われる。なお、ここで言う〈密室〉とは、「足跡のない殺人」なども含めた広義のものを指していることを断っておく。

密室ミステリには、以下の三種類がある。

①密室トリックに重点を置いたもの――これは、密室を作るためのトリックの新奇さを競うタイプ。J・D・カー作品など、大部分の密室ミステリがこのタイプに属している。

②密室のシチュエーションに重点を置いたもの――これは、解決篇で提示されるトリックではなく、冒頭で提示される密室状況の新奇さを競うタイプ。例えば、E・D・ホックのサム・ホーソーン・シリーズでは、「パラシュートで飛び降りた時には生きていた人物が、地上に着いた時には殺され

ていた」といった、独創的な不可能状況の案出に力が注がれている。その代わり、トリック自体の独創性に欠ける作品が少なくない。

③密室の解明に重点を置いたもの——これは、探偵役が密室の謎を解いていく過程の面白さを描くタイプ。例えば、金庫室という密室の完全性を逆手にとって論理的に解いていくエラリー・クイーンの『帝王死す』や、犬の奇妙な行動から密室殺人に使われた凶器を見抜くG・K・チェスタートンの「犬のお告げ」などが該当する。あるいは、非現実的な密室トリックをペダンチックな文章で成立させる小栗虫太郎の作品も、このタイプに含めることができるだろう。こちらもトリック自体は独創性が欠けているものが少なくないが、それをあばいていく推理は独創的と言える。

天城一が〈密室〉と言う場合は、①のタイプしか考えていない。つまり、天城にとっては、「密室ミステリを書くこと」イコール「密室トリックを案出すること」なのだ。もちろん、当時の作家の大部分も同じ考えを持っていたし、現在でもそういう作家は多いだろう。従って、これは批判されるべき姿勢ではない。

ただし、プロの作家と天城一との間には、ある食い違いがあり、それが初期の天城作品の低い評価につながっているのだ。

天城一は「密室犯罪学教程・理論編」や「密室作法」等、密室ミステリについての評論をいくつも書いている。そして、その中では、「密室トリックは困難なものでもないし、天才でなければ思いつけない高い水準の独創を必要とするものではない」と述べている。これは、ある意味では正しい。確かに、密室トリックを考え出すのは容易なことかもしれない。しかし、ある意味では間違っている。プロの探偵作家が「密室トリックを考え出すのは難しい」と言う場合、それは「読者にとって印象的かつ面白い密室トリックを考え出すのは難しい」という意味なのだ。

例えば、コナン・ドイルのホームズもの短篇「まだらの紐」を、天城は「（エドガー・アラン・ポーの「モルグ街の殺人」のバリエーションの）抜け穴がある密室殺人」であり、これを評価する「世間は案外に甘い」と書いている。

しかし、天城一がどう言おうが、「まだらの紐」は密室ミステリとして印象的かつ面白い作品なのだ。不可解な密室状況が、被害者が残した「まだらの紐」というダイイング・メッセージが、金庫とミルク皿とムチの手がかりが、そして何よりも、呼び鈴の紐を這う毒蛇の姿が、この短篇を傑作にしているのである。

一般の読者は、〈密室トリック〉を楽しみたいのではない。密室トリックを用いた〈ミステリ〉を楽しみたいのだ。そして、プロ作家はそれを理解してるが、アマチュア作家は理解していない。つまり、天城の発想はアマチュアなのだ。

「密室作法」の中に、「現在では通常のクラフツマン程度の創意があれば、密室を構成するに足る」という文章がある。そして、天城の言う技術屋《クラフツマン》は〝技術を追求するあまり、使う人のことを考えない〟という罠に陥りやすい。デザインに凝りすぎて動きにくい服、機能を盛り込みすぎて使いにくい家電製品、マニアしか使いこなせないアプリなどなど……。アマチュアの書く密室ミステリは、まさにこの〝技術屋《クラフツマン》の罠〟に陥っているのだ。

天城一の短篇「高天原の犯罪」（一九四八年）は、作者自身が「私の最高のトリック」と自負する密室ものである。これは、《宝石》誌でデビューした新人を集めたコンクールの参加作品として書かれたのだが、その結果はどうだったのだろうか。

1位　山田風太郎「虚像淫楽」（1083票）
2位　香山滋「緑色人間」（931票）
3位　岩田賛「絢子の幻覚」（881票）
4位　島田一男「太陽の眼」（784票）
5位　天城一「高天原の犯罪」（317票）
（カッコ内の票数は読者投票によるもの）

これは「昔の読者はレベルが低かった」とか「作家に人気がなかった」ということだけでは説明できないだろう。おそらく、現在の読者を対象にしても、作者名を伏せたとしても、「高天原の犯罪」より「虚像淫楽」の方が、ずっと上になるはずである。これが、プロとアマチュアの差なのだ。

三　トリックとその分類

〈密室トリック〉ではなく〈密室ミステリ〉を楽しむ一般の読者は、天城作品を高く評価しない。では、江戸川乱歩のように、トリック分類に取り憑かれたマニアの評価はどうだろうか？　実は、こちらも低いのだ。

例えば江戸川乱歩は、一九四八年のエッセイ「探てい小説の新人群」の中で、「天城一は普通の意味の小説道にははなはだ未熟ではあるけれども、一種異風の性格を持つ作家で、コンテストの『高天原の犯罪』にもそれがよく現れている。未知数」と評している（「コンテスト」とは前述の新人コンクールのこと）。しかし、一九四九年の「探偵小説の新人群」では十三人の新人の名前を挙げているが、天城への言及は無し。一九五〇年の「日本探偵小説の系譜」では、新人は香山滋、山田風太郎、島田一男、岩田賛、高木彬光、大坪砂男、宮野叢子《みやのむらこ》、岡田鯱彦《おかだしやちひこ》を挙げているが、やはり天城は出てこない。この内、三つのエッセイすべてに登場する岩田賛は、作品数的には天城一に近いのだが、乱歩の評価は岩田賛が上なのだ。また、岩田は一九五〇年までに何度も《宝石》に登場しているのに対して、天城は一度きりである点からも、評価の差がうかがえるだろう。

天城自身も、自作が発表舞台に恵まれなかったのは、乱歩の評価が低かったためだと語っている。乱歩に送った自作が、ボツになり、あるいは《新探偵小説》や《黒猫》のような《宝石》より格下の雑誌に回されてしまったということらしい。処女長篇『圷家殺人事件』も、乱歩はさほど感心せず、出版に尽力することもなかったとのこと。

ただし、乱歩の評価は、当時としては不当ではなかったようだ。天城のエッセイなどによると、関西探偵作家クラブの面々や、同人誌《鬼》の作家仲間も、それほど天城作品を高く評価してはいなかったらしい。

では、なぜトリック・マニアの乱歩が、そして読者以上にトリックにこだわる作家仲間が、天城作品を低く評価したのだろうか？　その原因は、まさにこの〈トリック分類〉にあるのだ。

分類するということは、相違点ではなく共通点に注目するということに他ならない。〈男か女か〉という分類をした場合、年齢も体格も性格も民族もすべて無視されることになる。どんなに歳が離れていようが、どんなに体格が異なろうが、同じ〈男〉となってしまうのだ。

天城の処女作「不思議の国の犯罪」では、「死んだふりをしている被害者を発見者が殺す」というトリックが使われている。いわゆる〈時間差密室〉で、探偵小説のファンならば――発表当時でさえも――おなじみのトリックだろう。

しかし、天城はこれを〝新しい〟と言う。なぜならば、この作では、死体の第一発見者ではなく第二発見者が犯人だからだ。これまでの〈時間差密室〉ものでは、すべて第一発見者（最初に被害者に近寄った人物）が犯人だった。第二発見者を犯人にしたのは自分が初めてだから〝新しい〟と言いたいわけである。

ところが、これを分類すると――乱歩の分類では――〈実際より前に犯行があったと見せかけるトリック〉、あるいは――天城の分類では――〈時間差密室（一）〉に含まれてしまい、分類した時点で、「犯人が第一発見者か第二発見者か」というポイントは消えてしまう。かくして、「不思議の国の犯罪」は、「先例がいくつもあるトリック」と言われてしまうことになる。仮に作者が、「第一発見者ではなく第二発見者が犯人である点に注目してほしい」と主張したとしても、今度はJ・D・カーのある短篇と比較され、「第一発見者が被害者の脈をとって死亡を確認している分だけ、カーの方が上」と言われてしまうことになる。

この〈トリック分類〉の問題は、天城作品を考察する上で重要なので、もう一作、取り上げよう。

四　「摩天の犯罪」とトリック

第一節で触れた天城の短篇「摩天の犯罪」は、デビュー作「不思議の国の犯罪」と同時期に書かれ、乱歩に送られた。しかし、乱歩は「この作のトリックは海外短篇に先例がある」と言って、ボツにしたらしい。「先例がある」と言われた天城が自主的にボツにした可能性もあるが、少なくとも、乱歩に「先例がある」と指摘されたのは事実のようだ。

その「摩天の犯罪」は、未発表ではあるが、作者がエッセイやインタビュー等で語り、さらに、トリックだけ流用した後年の短篇もあるため、かなりの部分が明らかになっている。この作の不可能状況は、「A氏が十三階で殺人を目撃。しかし警察が十三階を調べても何の痕跡もなかった」というもので、その解決は、「実は殺人は十二階で行われていた」というものらしい。つまり、十二階の部屋と十三階の部屋を同じ内装にしておき、A氏に錯覚させる、というトリックなのだ。

そして、乱歩が指摘した先例というのは——具体的には挙げられていないが——「二つの部屋」トリックを用いた海外短篇だと思われる。この作は、乱歩が「三十数年前の古い作品だが、私はその印象がいまでも残っているほど、この着想を面白く感じたものである」と言うほどのお気に入りで、エッセイ等で何度も紹介している（引用は一九五六年の『探偵小説の謎』より）。従って、トリックを知っている人は多いとは思うが、簡単に説明しておこう。——といっても、私は未読なので、乱歩の文から引いただけだが。

・一階と九階でまったく同じ内装の部屋を用意する。
・殺したい相手A氏を一階で拘束してから「○時に時限爆弾が爆発する」と脅す。
・A氏を眠らせてから九階に移す。
・目覚めたA氏は、自分がいるのは一階だと思い込む。
・爆弾が間もなく爆破すると知ったA氏は部屋を飛び出すが、そこはエレベーターの穴であり、墜落死する。

比べてみると、乱歩の言う通り、トリック的には「二つの部屋」と「摩天の犯罪」は同じである。第三節の考察で述べたように、〈トリック分類〉では、相違点ではなく共通点に注目するので、どちらの作も、「同じ建物の別の階に同じ内装の部屋を用意し、自分がいる階を錯覚させる」となってしまう。錯覚させるのが被害者か目撃者かという差はあっても、それは〈トリック分類〉上では相違点にはならない、というわけである。

しかし、天城は「この作のアイデアはそこにはない」と言う。その海外短篇では、被害者がなぜ部屋を錯覚したかというと、眠っている間に移動させられたからである。これに対して、天城作品では、目撃者は自分の足で十二階に上り、そこを十三階だと錯覚した、となっている。なぜ目撃者は自分のいる階を勘違いしたのか？――この部分のアイデアが独創的だ、と天城は言っているわけである。そしてもちろん、〝この部分〟――前述した後年の短篇を未読の人のために伏せておく――は、〈トリック分類〉上の「二つの部屋のトリック」の項目には、上手く収まらない。

かくして、「摩天の犯罪」に対する乱歩の評価は、「海外短篇に先例がある」のままで終わってしまったのだ。

五　「高天原の犯罪」と作者の評価

ここまでの文を読んだ人は、私は「乱歩は〈トリック分類〉に囚われていたため天城作品を正しく評価できなかった」と結論づけて終わりにするつもりだと思われたかもしれない。しかし、この当時、〈トリック分類〉に囚われていたのは、乱歩だけではない。天城一も同じだったのだ。

前述のように、天城は自作「高天原の犯罪」を、「私の最高のトリック」と自負している。それは、高木彬光の『随筆探偵小説』（一九五六年）の以下の文章を見れば、明らかだろう。

「同氏（天城一）はこれ（「高天原の犯罪」）をチェスタートンの『目に見えぬ男』に次いで世界第二位のすぐれた密室トリックだと私に手紙を書いてくれたが、私はそれほどとは思わない。しかし、たしかにすぐれた着想には違いない。」

天城一を知らない人は、「世界第二位だなんて、うぬぼれているな」と感じるだろう。しかし、天城一を知っている人ならば、「世界第二位だなんて、控えめだな」と感じてしまう。なぜ『世界第一位」と言わないのだろうか。

答えは明白。天城は「高天原の犯罪」のトリックを、チェスタートンの「見えない男（目に見えぬ男）」のトリックのバリエーションだと考えていたからだ。このため、オリジナルの「見えない男」を一位に、バリエーションの「高天原の犯罪」を二位にせざるを得ないわけである。もちろんこれは、『見えない男』のバリエーション作品の中では世界一位」という評価でもあるが……。

これが当時の天城一の評価基準である。そしてこの評価基準が、乱歩の〈トリック分類〉という評価基準とさほどかけ離れていないことも明らかだろう。

ここまでの私の考察をまとめると、
天城作品は、「密室トリックの新奇さばかりを追い求めて〈密室ミステリ〉としての面白さを考慮していないアマチュアの作」であり、かつ、「〈トリック分類〉上では既存のトリックのバリエーションに過ぎないトリックの考案に力を注いだ、トリックだけの小説」になる。
これが、デビュー当時の天城作品の評価が低かった理由だろう。
もちろん、本書のコンセプトでは、この後に、「〜にもかかわらず、天城作品には、大きな魅力があるのだ」と続くことになる。だが、そう続ける前に、もう少し、天城作品の評価に対する考察を行っておきたい。

六　当時の評価と現在の評価

天城の初作品集『天城一の密室犯罪学教程』は、二〇〇五年に第五回の〈本格ミステリ大賞評論・研究部門〉を受賞している。この時の選評（《ジャーロ》二〇〇五年夏号）の中で、篠田真由美は、こう言っている。

（略）しかし賞には敢えて「天城一の密室犯罪学教程」を推す。作者は密室ミステリは誰にでも書けることを実証するためにこれを書いたそうだが、作例としての収録短編の索漠たるつまらなさがその反証となってしまう皮肉に本格ミステリの孕む矛盾とねじれをいまさらのように実感したからだ。

ここで篠田真由美が言う「索漠たるつまらなさ」とは、密室ミステリとしての面白さを放棄し、密室トリックのバリエーションに腐心する作品群に対して向けられたものだろう。結局、半世紀以上たっても、天城作品に対する評価は変わらないのだ……というのは事実と異なる。引用文の後半を読めばわかるように、篠田は天城作品を批判しているのではなく、この「索漠たるつまらなさ」が、「本格ミステリの孕む矛盾とねじれ」によるものだ、と言っているのだ。言い換えると、天城のデビュー当時は、「索漠たるつまらなさ」という評価が天城作品に向けられていたのに対して、現在は、トリックのみに注力した本格ミステリに向けられているわけである。
一方、この半世紀の間に、篠田真由美とは異なり、〈トリックしかない小説〉を楽しむファンも――「本格ミステリの孕む矛盾とねじれ」を楽しむファンも――増えてきた。
クイーンやクリスティのような一流の作家は、こういった矛盾やねじれが表に出ないように工夫をこらしている。だが、じっくり読むならば、クイーンの『ギリシャ棺の謎』も『Yの悲劇』も『十日間の不思議』も、クリスティの『アクロイド殺し』も『オリエント急行の殺人』も、かなりの〝矛盾やねじれ〟をはらんでいる。そして、こういう点を指摘した評論が書かれるようになったのは、一九九〇年代あたりからで、その口火を切ったのは――本書で取り上げるもう一人の作家――笠井潔である。〈本格ミステリ大賞評論・研究部門〉の投票者には、このあたりの評論を読んでいる人が多いことは、言うまでもない。

特に考察するほどでもないが、トリックしかない探偵小説が評価されるようになった理由を、もう一つ挙げておこう。それは、一九八〇年代あたりから、読者の好みが細分化されてきたという点。本を例にとると、高価な本を数千部だけ売って利益を出すビジネスモデルが成り立つようになったのだ。そして、二十一世紀に出た天城一の初単行本は、まさしくこのビジネスモデルに従ったものに他ならない。

天城作品がデビュー当時から評価が低かった理由、そして、二十一世紀に再評価された理由についての私の考えは以上の通りである。

しかし、もちろん、天城作品の魅力は、これだけではないし、天城作品を考察する意義も、これだけではない。この章の冒頭に掲げた「評論的な創作姿勢」や「探偵の独特なレトリック」や「社会批判」も、考察すべき魅力だと言える。そして、これらの魅力が、彼を凡百のアマチュア作家を越える高みに押し上げているのだ。

以下、主要な三つの短篇を取り上げ、個別に考察をしていこう。

七　「不思議の国の犯罪」――そのレトリック

「不思議の国の犯罪」あらすじ

八洲興業の私用路地で不良社員の藤浪が殺され、金庫の金が消え失せる。路地の左右は壁で、出入りができるのは会社のビル側か公道に通じる通用門側からだけ。会社側にいたのは藤浪の他には、宿直の仁田と守衛の良浦。まず、藤浪が急いで会社を出て路地に入る。五分後に路地に入った良浦が藤浪の死体を発見。犯人は通用門側から出て行ったとしか考えられない。ところが、通用門の前で立ち話をしていた守衛の徳山と巡査の垂木が、こちらからは誰も出入りしなかったと証言する。

島崎警部補は密室状況から良浦が犯人だと推理するが、摩耶はそれを否定し、密室トリックを解き明かすのだった。

まず、「探偵の独特なレトリック」から見ていく——が、その前に「推理」を見ておく必要がある。島崎の推理は、密室状況から、被害者に近づくことができた唯一の人物（良浦）を犯人だと指摘するもので、これだけでは凡庸な推理と言わざるを得ない。なぜならば、この推理だと、「良浦はわざわざ自分が真っ先に疑われる状況で殺人を犯した」という真相になってしまうからだ。作者の案出したトリックの都合で不自然な行動をとる作中の犯人——これこそが、「本格ミステリの孕む矛盾とねじれ」なのだ。——という批判を、島崎はしっかり跳ね返している。彼は、「良浦は通用口に見張りがいたことを知らなかった」と推理するからだ。なるほど、これは合理的な推理だと言えるだろう。

しかし、摩耶はその上を行くのだ。

まず摩耶は、「被害者は急いで出て行ったのに、なぜ五分間も路地にいたのか？」と「犯人はなぜ派手な短刀を凶器に使ったのか？」という二つの疑問を提示する。この疑問に対して、島崎は「意味がない」「偶然だ」としか答えることができない。ここで摩耶は、「一見下らない偶然な景品に見えるものが犯罪の構成上絶対必要な因子になっている」と前置きしてから、「藤浪と第二発見者の仁田（犯人）は、金庫の金を盗むために芝居を演じていた。だから急いで出たのに五分間も出番を待つし、観客（第一発見者）の目を引くように派手な短刀を使った」と説明。そして、「金の盗難は口実で、犯人は最初から藤浪殺害を目論んでいた」という真相を明かす……。

天城作品に対する評では、しばしばチェスタートンが引き合いに出されることから、摩耶がブラウン神父ばりの逆説を駆使するように思っている読者が多いと思われる。しかし、よく読んでみると、摩耶の推理自体は、実にまっとうなものなのだ。それは、右に紹介した推理からもわかると思う。これは、どう見てもチェスタートン風ではない。むしろ、「犯人はなぜ被害者を裸にしたのか？」や「なぜ犯行現場はあべこべになっていたのか？」といった疑問から真相を突き止めるクイーン風と言うべきだろう。

しかし、大部分の読者は、摩耶の推理から、クイーンらしさを感じることはないはずである。なぜならば、摩耶のレトリックが、クイーンらしさを覆い隠してしまっているからだ。

この短篇は、日本評論社版では十二ページ。内訳は、事件の説明から島崎の推理までが五ページで、残りの七ページは、すべて摩耶の推理である。当時の短篇探偵小説としては、いや、今でも、かなりバランスが悪い。まさしく、自分の書きたいことだけ書くアマチュアの悪癖だと言える。しかし、天城作品の場合、この「書きたいこと」こそが、魅力になっているのだ。

以下、その摩耶のレトリックを、普通の探偵と比べる形で紹介しよう。

〔普通の探偵〕「いいかい島崎。犯人は無意味なことをする暇なんてないよ。必ず何らかの意味があるんだ。それを偶然で片付けていたら、事件の解決などできないよ」

〔摩耶〕「いいかい島崎。すべての犯罪は人間が実行するという意味で一種の技術なのさ。つまり自動車とか机とかそんなものと同じ様に一種の生産品なのさ。其の指導原理は工業の時と同じで合理主義さ。昔の犯罪は不必要な傷を死体につけて悦に入っていたけれど、現代の犯罪では馬鹿気た無用の附加物をつけて置く程呑気じゃないのさ。自動車でも机でも何でもよく見て見給え、現代の特徴は無用の装飾が次第に消えているからね。勿論今でも随分余計な装飾がついてるよ。併し大抵は何かの実用性を兼ねているのさ。例えばラジエーターの上の飾りは蓋を兼ねているし、机の前の装飾は引出しのつまみを兼ねているからね。犯罪だって同じさ。一見下らない偶然な景品に見えるものが犯罪の構成上絶対必要な因子になっているんだよ。それを見逃して、自分に都合の悪い要素は偶然だと片づけていたんでは、犯罪科学なんかいつ迄経ってもお伽話から一歩も出ないよ」

〔普通の探偵〕「ねえ島崎、君は密室の解明にとらわれて、他の手がかりを無視してしまったんだ。そんなのは合理的な推理とは言えないよ」

〔摩耶〕「ねえ島崎、君は此の事件の中で密室犯罪という事を重視して、他の手懸りを皆無視してしまったのさ。密室の謎さえ解ければ、此の事件は解決出来ると考えて、密室の方が解けたので、他の因子は皆重要性がないときめてしまったのさ。そんな態度は決して合理的な科学的な態度じゃないよ。他の要素と矛盾する解答で平然としている位なら、始めっからもっと非合理的な解釈をした方が気が利いているのさ。例えば天狗が飛んで来て藤浪を殺して二万円持って行ったという答えの方がまだ君の答えより遙かにましだよ。もともと不合理だから、気に喰わない要素と矛盾しているのは当然だで片付けてしまうからね」

〔普通の探偵〕「二つの疑問から真相がわかる。一つ目は『藤浪はなぜ急いで出て行ったのに五分も通路の中にいたか？』、二つ目は『犯人はなぜ派手な短刀を使ったのか？』だ。どちらも不合理だ。だが、ある状況の下では、この二つは合理的な行動になるのさ」

〔摩耶〕「第一と第二の疑問から犯罪の機構迄分るのさ。犯人の名前なんか問題じゃない」「先ず第一に何故藤浪は大急ぎで建物から出て行って、五分間通路の中で間誤々々していたか？　この通路は五十米《メートル》だからね。五分間で歩いたなら一分間十米《メートル》の速さでノロリノロリと歩いていた計算になるからね。ゆっくり歩く為に何故急いで飛び出して行く必要があったか？　おかしな話さ。合理的とは大凡考えられないことさ。次に何故あんな立派な短刀を使う必要があったか？　立派な短刀なんて大凡手懸りを与える以外には何の取り柄もないいんだからね。犯罪の実用主義的見地から見ると二つとも不合理極まる話さ。この不合理――これがこの事件のキイ・ポイントさ。この不合理を認識しない一切の解釈は間違っているのさ。この不合理が実行上是非必要だったということを理解しなければ、この事件の真の解決には達しないのさ。この犯罪の起ったのは我々の世界じゃないのさ。この世の中では、不合理の合理性なんていうのは言葉の綾だよ。合理的なものは合理的、不合理なものはいつまで経っても不合理さ。我々の世界では実用的なものは合理的なものさ。所がこの事件の起った世界では、不合理なものが合理的になり、非合理的なものが実用的になるのさ。君の意見は事件の起った世界と我々の世界とを混同して、我々の法則の適用出来ない世界へ我々の法則を持ち込もうとするから飛んでもない間違いを犯して平気な顔をしているのさ。気狂い沙汰だよ」

〔普通の探偵〕（島崎に「そんな状況があってたまるか！」と言われて）
「その状況とは、『芝居』だよ。藤浪は死者の役を演じていたのさ。だから良浦が来るまで五分も待っていたし、刺されたことが一目でわかるように派手な短刀――舞台で使う鍔《つば》と柄だけのやつさ――を使うわけだ。真犯人は、良浦が警察に通報するために通路を出た後で、藤浪を本物の短刀で刺し殺したのさ」
〔摩耶〕（島崎に「我々の法則の適用出来ない世界があってたまるものか！」と言われて）
「あるのさ。『不思議な国』はお伽話にばかりあるとは限らないよ。この地上にだって、重力がなくなって人間がフワリフワリと浮んだり、いつまで経っても人間が若かったり、水のない海があったりする世界があるのさ。勿論そんな世界だから、ゆっくり歩く為に急いで飛び出して行かねばならないし、特に目立つ様な立派な短刀を使わなければならないのさ。そんな事を誰も不思議だと思わない位皆馴れている世界があるのさ」
（島崎に「そんな世界はどこにあるんだ？」と問われて）
「東京の真中にさ。芝居を見に行って見給え、もっと不思議な事が山のように見られるよ。君みたいに不合理な事を合理的に割り切らないと気がすまない男は、芝居を見たら頭が痛くなる。毎晩、平気で殺されてる奴もあるし、殺された男が、翌日は又生き返ったりするんだからね。芝居ならば、舞台裏から大急ぎで出て行ったからといって、何も舞台を大急ぎで通り過ぎてしまうとは限らないし短刀は観客の眼につく様に立派なものを使わないと役に立たないのさ。恐らくこんな馬鹿気た事の通用するのは芝居だけさ、藤浪がこの通路でやったのは一幕のお芝居さ。短刀の謎は芝居を効果的にする為の小道具として必要だったのさ。良浦が『死体』を見付けた時、藤浪は芝居の上で死んでいたんで、実は生きていたのさ。従って犯人は入っても来なかったし出ても行かなかったのさ。藤浪はコンクリートの上に伏せて、背中に鍔と柄だけで出来た小道具を乗せて死んだ真似をしていたのさ。密室の間は犯人は舞台の外にいて、密室でなくなった時に入って来て、本物の短刀——鍔と柄は同じ物を使った短刀で藤浪を殺して、小道具の方はマンホールの中へ投げ込んだのだろう。どうだい、島崎、良浦でなくっても人位殺せるだろう？」

〔普通の探偵〕「犯人は金庫の金を餌に、藤浪に芝居をやらせたのさ。もちろん、最初から目的は藤浪の殺害だったわけだ」

〔摩耶〕「藤浪の様な不良に一役買わせるには何か景品があったに違いないね。その景品が金庫破りだよ。犯人は藤浪を説きつけて、人殺しで大騒ぎになって、良浦が間誤々々している間に金を盗んで持って行ってやるという約束をしたのだよ。馬鹿気た筋書さ。勿論劇を書いた男は実行するつもりはないのだから藤浪さえ説き伏せればよかったのさ。藤浪が其の気に成って狂言「泥棒」を上演している最中に、作者が舞台へ首を出して「殺人と盗難」に看板を塗り変えちゃったのさ。藤浪こそいい災難だよ。一世一代の演技をやらされたのだからね」

最初の紹介なので長々と引用してしまったが、これで、摩耶のレトリックのユニークさがわかってもらえたと思う。ミステリ・ファンならば、「小栗虫太郎の名探偵・法水麟太郎《のりみずりんたろう》という先例があるではないか」と指摘するかもしれない。だが、摩耶と法水のレトリックは異なる。比較のため、同じ「機構」という単語が出てくる、「聖アレキセイ寺院の惨劇」（一九三三年）から、法水の言葉を引いてみよう。

（略）アルミニウム粉の線の末端が、動力線の被覆を傷付けた個所に触れるのですから、否が応でも瞬間電流が塔上の大鐘に迄伝わらなくてはなりません。で、その結果は云う迄もなく明白です。勿論氷柱は瞬時に消失して感光膜が発火しますが、やがて銀色の軽金属粉を包んだ白い灰が、水滴の重さに耐えず地上に崩れ落ちるのです。然し比重が軽く積雪に対して擬色《ぎしょく》のある金属粉は、次第に散逸して行って、捜査官の視力の限度を越えてしまうと同時に、それで機構《メカニズム》の一切が消滅してしまうのですよ。

読めばわかるが、法水の言葉が難しいのは、専門知識が必要な状況を、専門用語を用いて説明しているからに過ぎない。つまり、〝ペダントリー〟。これに対して摩耶は——引用時に添えた〔普通の探偵〕のように——簡単な言葉だけで説明できるのに、あえてそうしない。つまり、〝レトリック〟。しいて先例を挙げるならば、G・K・チェスタートンだろう。例えば、「三つの兇器」で、ブラウン神父は「(凶器は) 大きすぎて眼につかなかったのではありませんか」と言ってから、「アームストロングを殺した道具は、巨人の棍棒、眼に見えぬほど大きな緑の棍棒で、その名は大地というわけですよ。現にわたしらが立っているこの草の土手にぶつかって、あのひとは頭を砕いたのです」と語る。

単純に「被害者は墜落死したのです」と言えば良いのに、わざわざ回りくどい言い方をしているので、摩耶と同じだと言っても間違いではない。ただし、前述のように、摩耶はクイーン風の推理が導き出した結論を、チェスタートン風に語っているので、まったく同じとは言えないのだが。

いや、仮に「まったく同じ」だとしても、チェスタートン風レトリックを実践できること自体が、評価されて然るべきだろう。そしてまた、私が長々と引用した摩耶のレトリックを読んだ人ならば、チェスタートンとは異なる魅力を持っていることをわかってもらえるに違いない。とはいえ、二点ほど、補足しておいた方が良いだろう。

前述したように、摩耶のレトリックの魅力は、独特の言い回しにあるのだが、そこに皮肉や批判が盛り込まれている点も、見落としてはいけない。例えば、最初に引用した「すべての犯罪は人間が実行するという意味で一種の技術なのさ」以降の台詞《せりふ》を見てみよう。

「自動車でも机でも何でもよく見て見給え、現代の特徴は無用の装飾が次第に消えているからね」という部分は、「現代（といっても、もう七十年以上前だが）の工場による大量生産品は職人による手作りの品のような〝遊び〟がない」と言いたいのだろう。ここだけならば、当時としても、ありふれた指摘にすぎない。

しかし、摩耶はこれを〝犯人の犯行〟に当てはめようとする。「昔の犯罪は不必要な傷を死体につけて悦に入っていた」というのは、江戸川乱歩の通俗もののような〈劇場型犯罪者〉が登場する作品を指しているのだろう。彼らはさしたる理由もなく、己の欲望のために、死体を晒したりバラバラにしたりするからだ。

一方、「現代の犯罪では馬鹿気た無用の附加物をつけて置く程呑気じゃないのさ」という部分は、英米の大戦間探偵小説を指しているのだろう。クリスティやクイーンやカーが書いた作品の犯人が、死体の首を切断したり、裸にしたならば、そこには合理的な理由があるのだ。

そしてこれは、当時としては、ありふれた指摘などではなかった。なぜならば、「不思議の国の犯罪」が発表されたのは、一九四七年だからである。日本においては、クイーンの作品のように、必然性の網にからめとられた作中人物が合理的に行動する作品の数々——横溝正史の戦後の傑作長篇など——は、まだ刊行されていなかったのだ。何せ、「不思議の国」が《宝石》誌に載ったのが一九四七年二・三月合併号で、横溝正史の戦後長篇第一作『本陣殺人事件』の連載が完結したのが、同じ《宝石》誌の一九四六年十二月号なのだから。

つまり天城一は、戦後いち早く、英米の黄金期本格のような、「不可解な状況の背後に潜む犯人の合理的な思考を推理する」物語を書いたことになる。そして、摩耶のレトリックで、「犯人の合理的な思考に基づく犯罪」を「工場で大量に生み出される商品」と接続したのだ。これを魅力的と言わずして、何と言えばいいのだろうか。

今度は二つ目の引用を見てみよう。〝自分の解決の非合理的な部分に目をつぶるくらいなら、最初から非合理的な解決にした方が良い〟という皮肉はいいのだが、ここで「天狗が飛んで来て藤浪を殺して二万円持って行ったという答えの方がまだ君の答えより遙かにましだよ」と言うから、おかしくなる。島崎の解決は、非合理的な部分に説明がつけば——例えば、「凶器の短刀はたまたま現場にあった」等々——きちんと成り立つ。しかし、天狗犯人説は、どう説明しても成り立たないからだ。

しかし、天狗まで引っ張り出すこの摩耶のレトリックによって、読者は良浦犯人説は完璧に否定されたと感じてしまう。あるいは、「作者は掲載誌《宝石》の出版元〈岩谷書店〉の社長・岩谷満の祖父が、〝岩谷天狗煙草〟で名を売ったことに引っかけているのだな」と考える読者もいるかもしれない。これもまた、魅力的なレトリックと言えるだろう。

そして、この摩耶のレトリックは、それ自体が魅力的なだけではない。本格ミステリにおける二つの重要な要素に対して、興味深い効果を与えているのだ。

一つ目は、推理の弱さをカバーしていること。既に述べたように、島崎の推理（良浦犯人説）は成り立つ余地が残されているのだが、摩耶のレトリックは、それを読者が無視するように仕向けている。そして、摩耶の推理に関しては、逆に、穴をふさぐ役割を果たしているのだ。

前述した通り、摩耶の推理の起点（疑問点）はクイーン風なのだが、その先の展開が異なっている。さまざまな可能性を徹底的に検討するクイーンに対し、摩耶はまっすぐ正解に向かうだけなのだ。例えば、クイーンならば、凶器に派手な短刀が用いられた理由に関して、「社長の海外土産で会社に置いてあったから」、あるいは「短刀の持ち主に罪を着せるため」という可能性も——最終的には消去されるにせよ——検討するはずである。ところが摩耶は、短刀の出所や持ち主を調べもせず、いきなり「第一発見者の目を引くため」という結論を出してしまう。そして、普通なら不充分なこの推理に読者が納得してしまうのは、摩耶のレトリックのせいなのだ。

これがレトリックの効用の一つ。そして、もう一つの効用は、天城作品の特徴である、『トリックのバリエーションへのこだわり」と関係してくるのだ。

八　「不思議の国の犯罪」――そのトリック

「不思議の国の犯罪」のトリックを細かく見ていくと、犯人や被害者の思考や行動が、かなり不自然であることに気づくと思う。特に、藤浪（被害者）の心理は不自然きわまりない。藤浪も仁田（犯人）も自由に金庫を開けられるのだから、狂言強盗の必要はない。架空の強盗に罪をなすりつけたいならば、藤浪が死んだふりをする意味がない。また、強盗のせいにするならば、金庫はこじ開けておかなくてはならない。そして何よりも、仁田の弱みを握っている藤浪は、自分で危険な囮役を引き受ける必要はないのだ。第一発見者の良浦が、死体を調べようとしたら、どうするつもりだったのだろうか？　また、良浦が騙されたということは、藤浪は死んだと見なされることになる。現在の生活をすべて捨てて、残りの一生を、海外かどこかで暮らすつもりだったのだろうか？　そもそも、死体が見つからなかった場合、警察は「良浦は『藤浪は死んだ』と思い込んだが、実は生きていて、金を持って逃げ出した」と考える可能性が高いはずである。

そしてまた、犯人の仁田は、こんな不自然な計画を――藤浪にとってはメリットよりもデメリットの方がはるかに大きい計画を――どうやって藤浪に呑ませるつもりだったのだろうか？　実際には藤浪は仁田の（偽りの）計画に乗ったわけだが、なぜそれを予想できたのかは不思議としか言いようがない。

藤浪だけではない。良浦の動きもまた、仁田はコントロールしなければならない。良浦が死体（のふりをした藤浪）の脈を取ったり、心臓や瞳孔を調べたり、死体に誰も近づかないようにしたら、どうするつもりだったのだろうか？　実際には良浦は仁田の思い通りに行動したのだが、なぜそれを予想できたのかは不思議としか言いようがない。

もちろん、犯人・仁田も被害者・藤浪も第一発見者・良浦も、こういった行動を取る理由はある——トリックの都合という理由が。

この密室トリックを成り立たせるには、大したメリットもないのに犯人に盲目的に従う被害者でなければならないのだ。死体を見つけた時、「まだ息があるのでは」と考えて脈をとったり、警察が来るまで誰も死体に近づかないようにする発見者であってはならないのだ。そして犯人は、こういった被害者や死体発見者の思考や行動を完璧に予測できる人でなければならないのだ。

J・D・カーの作品には、作者の都合に合わせて不自然な行動をとる犯人や被害者が頻出する。「瀕死の重傷を負いながらも病院に行かずに一人二役を演じてから絶命する犯人」や「頭に銃の焼け焦げをつけたまま一日を過ごす被害者」などなど——まったくもって不自然きわまりない。だが、彼らの不自然きわまりない行動がなければ、密室状況は生まれないのだ。

そして、これが戦後の本格ミステリの主流だった。トリック至上主義の江戸川乱歩を中心とする日本のミステリ界では、作者は先例のないトリックを編み出すか、それができなければ、斬新なバリエーションを生み出すことを強いられてきた。しかし、トリックというものは、基本形が最も自然で、その変形、つまりバリエーションは、どうしても不自然さや無理が生じてしまう。例えば、「第一発見者が犯人」という時間差密室トリックの基本形では、被害者が死んだと誤認させるのは、離れた場所にいる目撃者だけで良い。これならいくらでも自然な方法はあるだろう。また、「被害者がたまたま心臓発作を起こして倒れたのを利用して殺人を犯す」といった、偶然のアクシデントを利用したトリックでも問題はない。

だが、このバリエーションとして、「第二発見者が犯人」という時間差密室トリックを使う場合は、一気にトリックの難易度が跳ね上がる。なぜならば、第一発見者を欺く必要が生じるからだ。こちらの場合は、被害者が全面的に協力しなければ、まず成功しないだろう。加えて、死体を見つけた（と思い込んだ）第一発見者がどのような行動をとるかも予想が難しい。犯人が解決しなければならない問題が多すぎるのだ。いや、正確には、「作者が犯人に解決させなければならない問題が多すぎる」と言うべきか。

しかし、天城一を含む作家たちは、こういった問題を解決しようとはしない。そして、登場人物に理由もなく不自然な行動をとらせ、強引にトリックを成立させてしまうのだ。（ここで、「天城の場合は、枚数不足で穴がふさがれていないのではないか」という反論が出るかもしれない。しかし、枚数が多い後年の密室ものでも、やはり「不自然な行動をする登場人物」と「被害者や証人の不自然な行動をあてにする犯人」は、頻出しているのだ。）

もちろん、「トリックを成立させるために登場人物に不自然な行動をとらせる」という作風は、間違っているわけではない。J・D・カーや高木彬光のような「すべてはトリックのために」書かれたミステリに、クイーン風のロジックや整合性を要求するのは、野暮というものだろう。

ただし、天城作品の場合は、野暮を承知で批判しなければならない。というのも、前述したように、摩耶の推理はクイーン風だからである。「被害者が通路で五分も待っていたのは不自然だ」と推理しておきながら、「被害者は何のメリットもない不自然な芝居をしたのだ」と結論づけるのは、どう考えても間違っている。つまり、摩耶は「被害者が不自然で無意味な行動をとるのはおかしい」と言いながら、被害者が不自然で無意味な行動をとることによって成立した密室を解明しているのだ。

クイーン風推理とカー風真相の矛盾——これこそが、天城作品の最大の欠点なのだ。

……という結論は、逆である。実は、この点こそが、天城作品の最大の魅力なのだ。

この「不自然さを否定するクイーン風推理」と「不自然さを肯定するカー風真相」の矛盾について、気づいている読者はほとんどいないと思う。正直に言うと、私が気づいたのも、三読、四読目あたりなのだ。その理由は、と言えば、前述した摩耶のレトリックの効用にある。摩耶の巧妙なレトリックがクイーン風推理を隠しているのだ。あるいは、摩耶のレトリックが、対立するクイーン風推理とカー風真相の間に橋を架けている、と喩《たと》えてもいいだろう。

密室トリックの新奇さを競うタイプのミステリにおいて、その推理部分は、面白くないのが普通である。読者の関心の大部分は、「犯人はどうやって密室を作ったか」にあり、「探偵はどうやって密室の作り方を見破ったか」ではない。——あなたは、J・D・カー作品の密室トリックは憶えていても、フェル博士やメリヴェール卿がどうやってそれを見破ったのかは忘れているのでは？　例えば、V・L・ホワイトチャーチの「サー・ギルバート・マレルの絵」の列車消失トリックは、探偵の推理ではなく犯人の告白によって明かされている。それなのに、「推理がない」と不満を言う読者はおらず、この短篇は〈列車消失トリック〉の傑作とみなされているのだ。

しかし、天城作品は違う。印象に残るのは、密室トリックではなく、摩耶の推理なのだ。面白いのは、被害者が芝居をする時間差密室トリックではなく、派手な短刀が使われていることからトリックをあばく推理なのだ。そう、天城一の密室ものは、第二節で述べた「タイプ③——探偵役が密室の謎を解いていく過程の面白さを描くタイプ」なのである。

ごく一部の作家だけが、〝魅力的な推理〟を描くことに成功している。

ブラウン神父の逆説に満ちた推理——

エラリー・クイーンの論理的な推理——

法水麟太郎のペダンチックな推理——

そして本作によって、摩耶の皮肉と社会批判に満ちた推理が生まれたのだ。

九　「不思議の国の犯罪」——その評価

前節まで、摩耶のレトリックの魅力について長々と語ってきた。言うまでもないが、長々と語ることがあるということは、これまで語られていなかったということになる。一九四七年の発表当時、なぜこの部分が評価されなかったのだろうか？

答えはもちろん、当時の〈トリック至上主義〉にある。小説作品からトリックだけを抜き出して分類・評価する方式では、探偵のレトリックは無視されてしまうのだ。

例えば、G・K・チェスタートンの「折れた剣」を見てみよう。この短篇を読んだ人ならば、ブラウン神父が語る「賢い人なら木の葉は森に隠す」から「賢い人は葉を隠すために森を生やす」までの言葉があるとないとでは、評価が大きく異なることがわかると思う。乱歩はこの作のトリックを「思い切ったトリック」と評しているが、その「思い切ったトリック」を支えているのは、ブラウン神父のレトリックなのだ。それなのに、トリック分類上では、「死体を○○の中に隠す」だけになってしまうわけである。

もう一作、今度は第七節で触れた「三つの兇器」を見てみよう。乱歩は一九四九年に発表したエッセイ「探偵作家としてのエドガー・ポー」の中で、ポーの「モルグ街の殺人」が、この作の先駆だと指摘している。理由は、「モルグ街」の中で、探偵デュパンが「鈍器というのはほかでもない庭の敷石だよ」と言っているから、というもの。

確かにデュパンとブラウン神父は似たようなことを言ってはいるのだが、〈推理〉という観点からは、大きく異なっている。「モルグ街」では、なぜ警察が墜落死に気づかなかったのか、といえば、それは〝不可能状況〟のため。被害者は自室の窓から落とされたのだが、この窓は、開閉できないように見えるのだ。名探偵デュパンはこの窓の仕掛けを見破ったので、「大地が凶器」だと気づいたわけである。

これに対して、「三つの兇器」では、被害者が墜落した窓は開いていたのに、刑事が強盗殺人だと早とちりをしたに過ぎない。実際、ブラウン神父が開いた窓を指し示すと、刑事は「うん、そりゃありうることだ」と、考えを改める。仮に、神父が指摘しなかったとしても、検死をすれば、墜落死だとわかったに違いない。

言い換えると、「モルグ街」では、警察が墜落死に気づかなかったのは、凶器が「大きすぎて眼につかなかった」からではなく、投げ落とすことができる窓が存在しなかったから。一方、「三つの兇器」では、強盗殺人だと思い込んで凶器を探す刑事に対して、ブラウン神父は「強盗殺人ではなく墜落死だ」と教えずに、「(凶器は)大きすぎて眼につかなかったのではありませんか」と言うわけだから、完全に〝探偵のレトリック〟になる。

この二作品には、これだけ大きな違いがあるのに、〈凶器トリック〉というくくりで同類項にしてしまうのが、この当時のミステリの評価なのだ。

——と、ここまで〈トリック分類〉に基づく評価の欠点を指摘してきたが、この評価方法自体を否定しているわけではない。実際には、こういう評価基準だけで充分なトリックを用いた作品の方が多数派だろう。私が言いたいのは、天城作品には、トリックと密接に関係しているにもかかわらず、〈トリック分類〉に基づく評価では見落としてしまう魅力があるということに過ぎない。

また、乱歩も〝探偵のレトリック〟に無自覚なわけではない。例えば、チェスタートンの「ムーン・クレサントの奇跡」に対して、「これはチェスタートンだから辛うじて物になっているので、普通のリアルな文体では到底扱えない」(「英米の短篇探偵小説吟味」一九四九年)と言っている。ただし、乱歩はチェスタートンの魅力を、〝探偵のレトリック〟ではなく、〝文章（地の文）のレトリック〟だと考えていたようだ。確かに、乱歩自身の「陰獣」や〈少年探偵団シリーズ〉で、合理的とは言いがたいトリックを支えているのは、〝文章のレトリック〟に他ならない。しかし、チェスタートンの場合は、魅力的な言葉は、地の文ではなく、ブラウン神父の台詞の中に存在している。これは、〝探偵のレトリック〟と呼ぶべきだろう。

乱歩の――例えばカーの作品に対する――評には、しばしば〝こういう書き方はチェスタートンだから許されるのであって、他の作家がやると失敗する〟といった意味の文を見ることができる。もしこの時期の乱歩が、チェスタートンの魅力を〝探偵のレトリック〟だと考え、トリックと同じように他の作家でも――巧拙は別にして――使うことができる技巧だと考えていたら、〈トリック分類〉とは異なる評価軸が生まれていたかもしれない。

十　「ポツダム犯罪」――そのトリック

当時の評価がどうであれ、天城一は探偵作家としてのデビューを果たした。そして執筆したのが、摩耶が再び登場する「ポツダム犯罪」である。ただし、実際に発表されるまでは、さらに七年待たなければならなかった。作者自身は、〝内容ではなく題名が問題になった〟と言っているが、私には、内容も問題があるように思えるのだが……。

「ポツダム犯罪」あらすじ

一介の小児科医でありながら、《大東亜共貧圏》の理論的指導者までのし上がった丸橋医学博士は、戦後は病院を易断所に変え、千客万来だった。これを疑った内務省は、丸橋夫人の幼馴染みである島崎警部補に内偵を命じ、島崎は摩耶を連れて博士の易断所に向かう。

だが、待合室で待たされた二人の前で、丸橋は殺される。自室の窓から外に出たあたりで、首を矢で射貫かれていたのだ。窓から逃げようとして、部屋の中から射られたらしい。

島崎が現場を調べ、犯人が窓から逃げることはできない――逃げたら足跡が残るはず――ことを確認。ならば犯人は、犯行時刻頃に博士の部屋から出てきた謎の来客に違いない、と推理する。だが摩耶はそれを否定し、密室トリックを解き明かすのだった。

もともと「不思議の国の犯罪」の次作として書かれたためか、密室殺人が起こり、島崎が犯行可能な唯一の人物を指摘し、摩耶がそれをひっくり返すというプロットは、ほとんど前作と同じである。そして、そのトリックが「既存トリックのバリエーション」であることも、前作と同じ。

本作のトリックは、「被害者の部屋の窓を出たところに高価な指輪を落としておく。ネコババするために窓から出た被害者がかがみ込んだ姿勢になったところを、屋根から弓で射る」というもの。現在の読者が〈トリック分類〉に当てはめると、「J・D・カーの初期短篇のバリエーション」になるはずである。ただし、このカーの短篇は一九四六年頃には訳されておらず、天城は読んでいなかったらしい。

代わりに天城自身が語っている先例は、チェスタートンの「ムーン・クレサントの奇跡」。ただし、これはちょっとおかしいのではないだろうか。「ムーン・クレサント」では、文字通り被害者を〝釣り出して〟いるわけだが、「ポッダム犯罪」では指輪を拾いに行かせるだけなのだから。

もっとも、窓から出る人の首筋を矢で狙うならば、出ようとして頭を窓から突き出した時に射るのが最も簡単かつ確実だろう。そうすると死体は窓枠にもたれかかるので、犯人が第一発見者として診療室に入った時に、死体を床の上に横たえておけば、謎の来客に罪を着せやすくなる――というのに、わざわざ窓から出た後に狙っている。これは死体を密室の〝外〟に置いて、「ムーン・クレサント」に似せたかったためなのかもしれない。実際、摩耶の推理には、「犯人に取っての問題は、いかにして密室から脱出するかじゃなくて、《いかにして密室の中に居る被害者を釣出すか》にあったのだよ」という台詞も登場している。

あるいは、チェスタートンの「神の鉄槌」からヒントを得てカーが短篇を書き、同じチェスタートンの「ムーン・クレサントの奇跡」にヒントを得て天城が「ポッダム犯罪」を書き、互いが互いに似てしまったという考え方もできるだろう。

逆に、この「ムーン・クレサントの奇跡」という先例との違いの大きさが、「ポッダム犯罪」の独創性になっているとも考えられる。おそらく、カーの短篇がなければ、トリック至上主義者の評価も、もっと高かったに違いない。

一方、デビュー作の欠点だった〝犯人の計画の不自然さ〟もまた、本作は勝るとも劣らない――のだが、ここには検討すべき点がある。

　犯人の丸橋夫人（雪子）はかつて、幼馴染みの島崎に向かって、「犯人の悪智恵が働けば、警察の推理を一つ一つ裏をかくことができる」という主張をしたことがあった。その時の「私の主張を裏附けるために、グルーサムな喜劇を書き下した」と言うのだ。つまり、犯人は「島崎の裏をかくために、わざわざ手の込んだことをした」というわけ。さらに、本作に添えられた〈自作解説〉には、「この作が書かれたころ、エラリー・クイーンが『十日間の不思議』を書いていました。犯人が探偵の癖を飲み込んで、探偵を手玉に取る物語です。たぶんこれがこの作品の基本構想に一番似ているでしょう」という文もある。『十日間』は一九四八年に発表された作で、クイーン中期の代表作と言われている。天城は同時期に、同じことを試みていたのだ――という考えにも、検討すべき点がある。

　クイーンの場合、真の犯人が探偵のために用意した〝偽りの解決〟は、名探偵でなければ推理できないような複雑かつ異常なものだった。しかし、「ポツダム犯罪」の場合、真の犯人が島崎のために用意した〝偽りの解決〟は、「密室に出入りできた唯一の人物が犯人」というもの。これには、名探偵の頭脳は必要ない。凡庸な警察官で十分ではないか。「犯人の悪智恵が働けば、警察の推理を一つ一つ裏をかくことができる」という真犯人の言葉は、本作には当てはまらないのだ。従って、本作では、犯人が「(自分の）主張を裏附けるために、グルーサムな喜劇を書き下した」という説明を信じたとしても、〝犯人の計画の不自然さ〟を隠すことはできない。

　そもそも犯人は、なぜ謎の来客の動きを予想できたのだろうか？　来客が島崎に怪しまれるような行動をとることを、犯人は予想できなかったはずである。帰り際に来客が被害者と挨拶をかわすだけでも、彼が犯人でないことが証明されてしまうではないか。つまり、「不思議の国の犯罪」の〝予想できない第一発見者の行動をあてにした犯人の計画〟という欠点が、そのまま引き継がれているのだ。（実は、来客は犯人にとって「予期せぬ闖入者」だったのかとも思ったが、そうだとすると、これまた「警察の推理を一つ一つ裏をかく」という犯人の狙いと矛盾してしまうのだ。）

さらに、被害者の行動も予想できないはずである。丸橋博士は「面倒な目にあうと夜空をながめる癖があった」とあるが、夜空をながめれば道の上のダイヤの指輪を必ず見つけるというわけではないだろう。ましてや、指輪は軍手をはめれば目立たなくなるほど小さいのだ。「不思議の国」では、被害者が共犯だったのに対し、本作ではそうではないので、よけいに不自然さが際立っている。

また、丸橋博士が「早く指輪を拾わないと他の奴に取られてしまう」と考えたわけだから、診療室の窓のすぐ外の道路は人通りの多い公道だと思われる。だとしたら、この公道を人が通れば、窓の一メートル上の屋根で弓を構えている犯人の姿が目に入るはずではないだろうか？

本作もまた、トリックを成立させるための不自然さが数多く見られることは、否定できないだろう。

十一　「ポツダム犯罪」――そのレトリック

一方、こういった不自然さをねじふせる摩耶の推理とレトリックは――今回は全二十三ページ中の十五ページを使って披露されているが――処女作以上に冴えまくっている。あまりにも魅力的なので、今回もこっそり再録する誘惑に駆られるが、踏みとどまろう。

まず、丸橋博士のスリッパが窓際にきちんと並べて置いてあったことから、被害者が自ら外に出たことを推理。続いて、博士の部屋には「絞殺に使えるしめ縄」、「撲殺に使える青銅の鏡」、「刺殺に使える短刀」と、使い勝手の良い凶器が三つもあるのに、犯人はなぜ室内で使いにくい弓矢を使ったのか、という疑問を提示。他の三つの凶器と弓矢の違いは、後者が〝飛び道具〟であることだと指摘し、被害者は遠距離から殺されたと結論を下す。

この凶器をめぐる推理は、実に鮮やか、かつ意外である。「被害者が遠距離から射貫かれた」というデータが加わった瞬間、博士の部屋にいた来客が容疑者から除かれ、「犯人は部屋の外にいた人物」となる。そして、謎が「犯人はいかにして博士を部屋の中から外に〝釣り出した〟のか？」にスライドするのだ。前述したように、摩耶の推理の起点（本作では「特異点」という言葉を使っている）はクイーン風なのだが、今回は、それがはっきりあらわれている。四種類の凶器をめぐる推理は、作者としては、チェスタートンの「三つの兇器」を意識したのだろうが、ロジック的には、クイーンの短篇「首吊りアクロバットの冒険」に近いからだ。――まあ、「首吊りアクロバット」自体が「三つの兇器」を意識した作品なのだが。

もっとも、本作の場合は、無条件で称賛するわけにはいかない。犯人は「私の主張を裏附けるために、グルーサムな喜劇を書き下した」と言っているのだから、「短刀で殺しては『グルーサムな喜劇』にならないので、あえて使い勝手の悪い弓矢を選んだ」という理由が成り立ってしまうからだ。

また、〈推理〉に含めるべきか〈レトリック〉に含めるべきかは悩むところだが、本作の摩耶の台詞には、〝ミステリ批評〟もある。しかも、前作とは違って、今回は〝密室の分類〟なのだ。実に興味深いので、ここはそのまま引用しよう。

「密室の犯罪とゆう代物はネ、古来、本当の密室じゃァないのサ。本当に密室とゆう犯罪は次の三つしかない。㈠自殺、㈡過失死、㈢犯人がその部屋に閉じ込もっている場合、つまり現行犯サ。この三つは完全密室犯罪だけどネ、その他の奴は全部不完全密室サ。密室の様に見えるダケの話サ。この事件だってそうだよ。密室に見えるダケサ」

「じゃァ、犯人は第三の道から……」

「第三の道なんかないよ。島崎、いいかげんに眼を覚したらどうだい？　君は悪い癖があるのサ。密室があると、君は如何にして犯人が密室へ出入したかに気を取られて、事件そのものが見えなくなっちゃうのサ。犯人は仲々頭がいいからネ、この心理を逆用して、事件を構成したのサ。問題は逆なんだよ。密室の中に居たのは犯人じゃァない、被害者なのサ。犯人に取っての問題は、いかにして密室から脱出するかじゃなくて、《いかにして密室の中に居る被害者を釣出すか》にあったのだよ。問題の見当が違っているのサ」

密室の分類から目の前の犯罪の解明につなげる摩耶の推理の展開が、ユニーク、かつ興味深いことがわかってもらえたと思う。この手の作品の中では、〈顔のない死体〉トリック論を事件の解明につなげた横溝正史の『黒猫亭事件』が有名だが、こちらは一九四七年十二月の発表。天城が「ポツダム犯罪」を書いた時点では、同じ横溝の『本陣殺人事件』くらいしかなかったのではないだろうか。しかも、『黒猫亭』にしろ『本陣』にしろ、ミステリ談義が登場するのは冒頭であり、「ポツダム」のように、解決篇で、名探偵の推理の中で語られるわけではない。同じ使い方をする作品は、さらに四半世紀、待たなければならなかった――笠井潔の〈矢吹駆シリーズ〉まで。

十二　「ポツダム犯罪」――その社会批判

ここまで述べてきたように、本作における摩耶の推理は、実に見事と言える。だが、本作のレトリックの鮮やかさは、その推理の見事さの上をいく。そして、デビュー作ではそれほど目立たなかった〝社会批判〟が、前面に押し出されてもいるのだ。「不思議の国の犯罪」では、島崎の推理が恣意的だと批判するのに、摩耶は天狗を持ち出したが、本作はヘーゲルである。

「(島崎の推理は)非の打ち所がないとゆう非を打つ。完全に合理的、全くの非の打ち所がない程合理的な推理サ。吹き出したい位完全に合理的だ。ヘーゲルの合理主義の様に合理的サ。いや、君の推理は、ヘーゲルの歴史哲学によく似てるよ。全く、よく似てる。都合のいい点を拾い上げて整頓して、都合のいいように並べる。都合の悪い所は、見て見ぬ振りをする。ヘーゲル的楽天論の手品サ。まるで、この世がお誂え向きだとゆうような事を云うのサ。君の理論もそうサ。論理的、但し、不都合なる部分を除く――」

一九四七年当時に、いや、発表された一九五四年当時でさえ、ヘーゲル批判をまじえて事件の解明を行う名探偵がいただろうか？　天城一のユニークさがわかってもらえたと思う。さらに、島崎の推理はそれほど悪くないのだが、ヘーゲルまで引き合いに出して摩耶に批判されると、読者が何となく納得してしまうのも、前作と同じである。

そして、犯人の計画や被害者の行動の不自然さもまた、摩耶の社会批判をまじえたレトリックで覆い隠されていく。

例えば、いい大人がガラス玉かもしれないダイヤをネコババするために窓から飛び出すという不自然さを、「(敗戦直後の) この御時世、拾ったらネコババを極め込む位、当の当然さ」という摩耶の台詞が覆い隠している。あるいは、犯人の丸橋夫人が、回収したダイヤの指輪を隠すために軍手をはめるという行為も、「この御時世」ならば、良家の令夫人が自ら軍手をはめて風呂をわかすのも不自然ではない、となってしまうわけである。

ただし、本作でメインとなるレトリックは、題名でわかるように、〈ポツダム宣言〉にある。摩耶は、「弓矢が凶器に選ばれた理由は、それが〝飛び道具〟であること」を指摘するのに、以下のレトリックを用いるのだ。

「《ポツダム宣言受諾に伴って》民間所有を許される唯一の公式飛道具殺人器は弓だけになってしまった――僕はネ、日本にもっと弓矢取っての犯罪がふえていいと思ってるんだが――そんな事はどうでもいいとして、犯人には飛道具が必要だったのサ」
「そんな事はどうでもいい」なら、「犯人には飛道具が必要だった」だけで済ませればいいじゃないか、というのは野暮なツッコミ。作者が本作で描きたかったのが、まさにこの〈ポツダム宣言〉（正確には〈ポツダム宣言受諾〉）なのだ。
本作では、「ポツダム犯罪」という題名に続いて、以下の島崎の言葉が掲げられている。

戦後的と云う言葉がポツダム宣言受諾に伴うと云う意味に解釈するならば、丸橋事件ほど戦後的な犯罪はないと私は断言する！

続く本文の冒頭は、以下の通り。

諸君！　眼を覆い給え。元日本帝国の醜聞ですぞ。
時は千九百四十六年。春浅き頃。ミズリー号の艦上より測って漸く半才。民主主義、民主主義の声が始めにあって、天が下未だ分ち難き頃。あたかも、その夜の天候の如く、吹き荒ぶ風が雨を呼んで、武蔵野の木立を揺る姿に似た世相であった。

言うまでもないが（とは、今ではもう言えないが）、一九四五年九月に〈ポツダム宣言〉に調印したのが、ミズリー号（ミズーリ号）の甲板。それから一年もたっていないのに、「元日本帝国の醜聞」を描いてしまうとは、作者の姿勢には頭が下がる。ちなみに、島崎に内偵を依頼する時の刑事部長の言葉は「日本帝国——モトイ——日本国の安危は君の双肩にかかっちょる」というもの。これは、当時の出版界では、題名を変えただけでは駄目だと思うのだが……。

ただし、被害者の丸橋博士の設定を見ると、別のものが見えてくる。

その人物こそ——丸橋忠太博士その人である。僅《わず》かに一年とならぬ昔、大政翼賛会の宣伝部副長、《大和島根のローゼンベルク》、かの有名なる《二十七聖紀の神話》の著者として、《大東亜共貧圏》の理論的指導者たりし人物である。かつて、一介の小児科医に過ぎなかったこの御仁が、いかにして一帝国の指導者となるに到ったか、そのイキサツについては周知の事である。

作者は明言していないが、丸橋博士のモデルは児玉誉士夫《こだまよしお》らしい。戦後生まれの私は、この名前を聞くと、〈ロッキード事件〉を思い出すのだが、もちろん、本作を執筆した時点の天城が思い浮かべていたのは、戦中の活躍だろう。天城は一時期、上海で軍務に服していたので、児玉と面識があったか、なかったとしても、〈児玉機関〉とは関わりがあったかもしれない。

一九四六年当時としては、これでも充分、刺激的だが、結末では、もっと刺激的な台詞が出てくる。犯人の丸橋雪子は、もともと夫を殺して自分も死ぬつもりだった。そこに島崎が訪ねて来たので、急遽、「グルーサムな喜劇を書き下した」わけである。そして、夫を殺した動機について、こう語った

――。

これ以上、何を生る必要があるかしら。何を空しく待つ必要があるかしら。夢は破れたのよ。空しい――悪夢だったわ。（丸橋）忠太の理想が一つ一つ破れ去って、頭に来てしまったとき、本当はするべきことだったのよ。

ここで雪子が「夢」や「理想」と言っているのは、〈大東亜共栄圏（作中では「大東亜共貧圏」）〉のことだろう。つまり彼女は、「〈大東亜共栄圏〉の夢が破れた時点で自害すべきだった」と言っていることになる。そして、「〈大東亜共栄圏〉の夢が破れた時点」というのは、「〈ポツダム宣言〉を受諾した時点」に他ならない。だから、本作は「ポツダム犯罪」という題名を与えられたのだ。この題名には、「〈ポツダム宣言〉受諾に伴い飛び道具は弓矢しか使えなくなった時代の犯罪」という意味だけでなく、「〈ポツダム宣言〉受諾時に自害しそこねた夫を妻が殺害するという犯罪」という意味も持っていたわけである。

ここまで考察すると、作中人物の名前が「丸橋忠太（被害者）」、「雪子（犯人）」、「由井（博士の助手）」となっている理由も、何となく想像がつく。〈慶安の変〉が失敗し、〝夢が破れた〟由井正雪は自害したが、丸橋忠弥はしなかったからだ。

「ポツダム犯罪」は、私が読んだ一九五四年版が、未発表の初稿版とまったく同じとは限らない。だが、題名と内容の結びつきを見ると、大幅な改稿はされていないと思われる。

デビュー作より独創的なトリックを持ち、より魅力的な探偵のレトリックが盛り込まれ、密室論からトリックを見抜く推理が見られ、社会批判を前面に出し、敗戦直後にのみ成立する動機と殺害方法を描いた「ポツダム犯罪」。だが天城は、この作をあらゆる面で上回る短篇を一九四八年に書いているのだ。

十三 「高天原の犯罪」――その設定

「高天原の犯罪」あらすじ

光満尊を神と仰ぐ〈一宇教〉。その本部二階の祭壇で光満尊が絞殺される。二階へ上る唯一の出入り口は二人の歩哨が見張っていたが、彼らは、犯行時刻に二階に出入りしたのは第一巫女・千種姫しかいないと断言する。

島崎は犯行現場に出入りした唯一の人物である千種姫が犯人だと推理。だが摩耶はそれを否定し、犯人は「二人の歩哨共には見えないように」二階に出入りして殺人を犯したと語り、密室トリックを解き明かすのだった。


摩耶が指摘する犯人は、第二巫女・千鳥姫だった。彼女は――
・光満尊の後について二階に上がる。歩哨は光満尊が通る時は平伏するので、後ろにいる千鳥姫に気づかない。
・二階で光満尊を殺害。彼のふりをして千種姫と応対。
・千種姫は光満尊（実は千鳥姫）が書いた御神示を掲げて一階に下りるが、この時も歩哨は平伏するので、後ろにいる千鳥姫に気づかない。

本作を未読で、今この解決を初めて聞いた人は、感心したりはしないと思う。そして、天城の自作に対する前出の評価――「チェスタートンの『目に見えぬ男』に次いで世界第二位のすぐれた密室トリック」――に、同意できないに違いない。

だが、トリックだけ抜き出して見ても、この作のすばらしさはわからない。作品全体を見て、初めて本作が傑作の名に値することがわかるのだ。

以下、その〝作品全体〟を見ていくことにしよう。

十四　「高天原の犯罪」――その舞台

まず、本作の舞台となる〈一宇教〉と、被害者となる光満尊について。この宗教団体は、作者も認めているように、〈璽《じ》宇《う》教〉をモデルにしている。こちらの教祖は〝璽光尊《じこうそん》〟。戦中に発足し、相撲の双葉山や囲碁の呉清源も信者だったらしい。

しかし、この教団の特徴の内、「高天原の犯罪」の考察に必要になるのは、以下の二点である。

・一九四六年に昭和天皇が人間宣言を行った際、教団の長岡良子《ながおかながこ》は「天皇の神性」は自分に乗り移ったと宣言して、〝璽光尊〟と名乗り、その住まいを〝璽宇皇居〟と称したこと。

・〝璽宇内閣〟を組織し、擬似国家の形をとっていたこと。

〈一宇教〉の方は、後者がさらに強化され、〈総理大臣〉以下、〈大蔵大臣〉などの閣僚が置かれている。そして、この設定を用いたことにより、〈一宇教〉は、〝敗戦前の日本〟のミニチュアになった。つまり、「高天原の犯罪」の舞台設定は、〝敗戦後の日本〟の中に〝敗戦前の日本〟がある、というもの。そして、事件の設定は、〝敗戦前の日本〟で起こった殺人を、〝敗戦後の日本〟の住人が解決する、というものなのだ。〈一宇教〉の「一宇」が、敗戦前の日本のスローガン「八紘一宇」から採られていることは、言うまでもない。

これは、一九四八年当時は、斬新なアイデアだったに違いない。いや、今でも斬新と言える。最近は異世界を舞台にしたミステリが多いのだが、その大部分は、探偵役もその世界の内部の住人になっている。だが、「高天原の犯罪」における探偵役の摩耶と島崎は〝外〟の住人であり、〝中〟の住人とはギャップが存在する。そして、この作のトリックの要《かなめ》は、まさにそのギャップにあるのだ。

この観点から見ると、類似の作品は、エラリー・クイーンの『帝王死す』(一九五二年)になる。この長篇の舞台となるベンディゴ島は、アメリカ国内にありながら、政府すらその実態を把握していない〝地図にない島〟で、軍需産業の大立者キング・ベンディゴが支配する独立国家とも言うべき存在。多くの労働者が住み、彼らとその家族のための病院も学校も備え、陸海空軍もある上に、(璽宇教のように)独自の紙幣を使っている。そして名探偵クイーンは、犯罪捜査のために、島の〝外〟から〝中〟に入って行く……。

なぜクイーンがこのような設定を用いたかというと、題名にもなっている「王を殺す」物語を描くため。そのために、王のいないアメリカ国内に、ミニチュアの〈王国〉を作り上げたわけである。

では、天城一の狙いは、というと、作者自身が述べているように、「神を殺す」物語を描くため（島崎の述懐の中にも『殺神事件』とゆう大見出し」が登場している）。そのために、神が人間になってしまった日本国内に、ミニチュアの〈神国〉を作り上げたわけである。

十五 「高天原の犯罪」――その文章

〝神を殺す〟というテーマを描いた「高天原の犯罪」は、そのテーマにふさわしいユニークな冒頭を持っている。この冒頭の「犬は賢者である。或はそれ以上である。彼らは謬りなき眼で、『恒心』あるものとなきものとを区分する。恒心あるものとは、古の聖の尊き御教えにある如く、恒産あるもののいいである。」以降の文章を読んだ人は、奇妙な言い回しと内容に面食らったと思う。実は、この部分は、ニーチェの『ツァラトゥストラはかく語りき』の冒頭のパロディなのだ。作者自身の言葉によると、第一部「ツァラトゥストラの序説」の第二節、森の聖者との対話を描いたくだりがパロディ元になっているらしい。

この節では、ツァラトゥストラは森の中で、「歌を歌い、泣き、笑い、唸《うな》ることによって、わしはわしの神である神を讃える」と語る聖者と出会う。そして、会話を交わして別れた後、こうつぶやく――「この老いた聖者は、森の中にいて、まだ何も聞いていないのだ。神が死んだということを」。

一方、「高天原の犯罪」では、全二十三ページ中の六ページ弱を費やし、林の中の小屋に住んでいる友木明夫という男のことが語られる。彼の妻は〈一宇教〉の第二巫女・千鳥姫で、自身も大蔵大臣に就いていた。ところが、三ヶ月前に、「汝は『未来のユダ』なり」と言われて破門されてしまう。そして、「常人ならば、かくも忠勤をはげんで、しかも放逐されたとあれば奮慨《ふんがい》するであろう。だが、流石に信仰心のある者は異る。三月の間、踏んだり蹴ったりの目に会いながら、友木はただの一度も怒ったことはない。ひたすらに御心の柔ぎ給うことを願うだけである。寒風吹き荒ぶ武蔵野に跪坐して、遠く畑越しに高天原を拝し続ける」。そして、光満尊が死んだことは知らない。

この冒頭に対して、〈殺神事件〉→「神は死んだ」→ニーチェ→『ツァラトゥストラはかく語りき』という安易な連想だと考える人もいるだろう。だが、それだけではない。ここには犯行動機に関する伏線が張られているのだ。前述したように、犯人は第二巫女・千鳥姫だが、その動機は、狂信者となり家も財産も教団に捧げてしまった夫を救うためだった。彼女は、光満尊に偽りを吹き込んで、夫を破門させることに成功したが、それでも夫は信仰心を捨てようとはしない。もはや、夫を救うには、光満尊を殺すしかなかったのだ。

おそらく、動機に関するこれらのデータを普通の文章で提示したら、大部分の読者は、伏線であることに気づくだろう。『ツァラトゥストラはかく語りき』のパロディとして描いたからこそ、読者は重要なデータを見落としてしまうのだ。

この冒頭に続いて、島崎と摩耶が捜査に乗り出すシーンが描かれる。ここで事件の話を聞いた摩耶が、「驚いたことだよ。この男は神が死んだと知らなかったのか?」「神は愛と同情とによって殺されたと、物の文に書き記されてあるさ」と語るのは、いつもの天城節だが、その後で、再び奇妙な文章が登場する。

二人はガタ・フォードに打ち跨って、高天原に急行した。文明の力は実に偉大である。桜田門から千里。日向《ひむか》の襲《そ》の高千穂峯《たかちほのたけ》を経て、稜威《いず》の道別《ちわき》に道別《ちわ》きてまた天八重雲《あめのやえぐも》を排分《おしわ》けて、天盤座《あめのいわくら》を離《さ》くとゆう長道中である。

これは、作者曰く「(『日本書紀』の)天孫降臨の道行きのくだりをフレーズを逆にして島崎が高天原へ上がる道行きに使いました」とのこと。その『日本書紀』の対応部分は以下の通り(漢字とルビは「高天原の犯罪」に合わせた)。

皇孫は天盤座《あめのいわくら》を出発し、また天八重雲《あめのやえぐも》を排分《おしわ》けて、稜威《いず》の道別《ちわき》に道別《ちわ》きて、日向《ひむか》の襲《そ》の高千穂峯《たかちほのたけ》に天降《あまくだ》き奇妙な文はまだまだ続く。「死体を調べた警察医は殺害時刻は七時から八時の間だと言った。鑑識は犯行現場には被害者と巫女の指紋しかないと言った」という、探偵小説ではおなじみの文章が、天城の手にかかると、こうなる。

光満尊は白衣に包まれ、祭壇の前に伏していた。喉に残った索溝は大不敬の印である。この大不敬に重ねて警察医は不遜にも『御神体』を裸にし奉り、手腕を揮って御死因を確認し奉り、神去り給える時をば、七時から八時の一時間内であると推察し奉った。鑑識課員は御幣に代えてアルミニューム・パウダーを打ち振り打ち振り、この紫神殿にはミコトと巫女の御指紋のみであると確定し奉った。かくも厳粛なる大儀式の後に、ミコトの御神体は白塗りの御車を召されて、法医学教室なる解剖台上へと遷座し給うべく、永の御幸に立ち給うたのである。

こういった天城節をもっと引用したいところだが、楽をしていると思われそうなので、そろそろ〈探偵のレトリック〉に入ろう。

十六　「高天原の犯罪」——そのレトリックと社会批判

真相を見抜いた摩耶は、島崎に向かって、犯人が歩哨に見られずに二階に上がった方法は神託によってわかった、と語る。続けて、その神託とは「『グノーティ、セアウトン』か、『ノスケ、テ、イプスム』とゆうかさ」と告げる。この二つの言葉は、デルフォイの神託「汝自身を知れ」を、それぞれ古典ギリシャ語と古典ラテン語で表したもの。つまり摩耶は、「自分自身を知れば密室トリックが解明できる」と言っているのだ。そして、それは、〝自分が『日本人』だったということを知る〟という意味だと続ける。さらに、「その位は（知っている）」という島崎の言葉を受けて摩耶が返したのが、この第一部の扉の裏ページに引用した台詞。要するに、摩耶は「君は、自分が真珠湾攻撃で戦争の引き金を引いた〈神国日本〉の一員だということを意図的に忘れようとしている。だから、〈高天原の殺人〉のトリックを見抜くことができないのだ」と言いたいのだ。

　この意味は、明らかだろう。

　犯人は、現人神《あらひとがみ》である光満尊が前を通る時には歩哨が平伏するのを利用して密室を出入りした。歩哨は自分たちが平伏するのは当たり前のことなので、警察にはわざわざ話したりはしない。

　しかし、歩哨が話さなくても、警察は気づいて然るべきなのだ。なぜならば、自分たちだって、ついこの間まで、現人神《あらひとがみ》である天皇の前では平伏していたからだ。

　それなのに、警察は気づかない。これは、かつての平伏していた自分たちの姿から目をそらしているからだ。「汝自身を知れ」、自分が神である天皇に平伏していたことを直視しろ、そうすれば、密室トリックを見破ることができるのだ――。

　作中人物である摩耶は、作中の警察に対して語ることしかできない。だがもちろん、作品の外にいる作者は、作品の外にいる読者に向かって語ることができる。作者は、こう言っているのだ。

「読者のあなたは、この作品の密室トリックを見抜くことができなかったでしょう。それは、あなたが——作中の警察と同じように——かつての平伏していた自分の姿から目をそらしているからです。」

戦後生まれのわれわれは想像するしかないが、当時の人々にとっては、痛烈な批判だったに違いない。人間となった天皇の下、民主主義国家としてやり直そうとして過去を清算したつもりだった人々の胸に突き刺さったに違いない。探偵小説を読んでいて、こんな批判を叩きつけられるとは、想像すらしていなかったに違いない。

だが、それが「高天原の犯罪」の魅力であり、天城一の魅力なのだ。

ここで、扉の裏ページの引用文を、あらためて載せよう。ここまで私の文を読んでくれた人ならば、最初に読んだ時とは、別の感想を抱くはずである。

> わかってないのさ。君は、わかっていないのか、忘れようとしているのさ。大戦争をボッ始めた張本人の一味だとゆうことを、物見事にゴマ化そうとしているんだよ。南京とマニラの虐殺の責任をチョロまかそうとしているんだよ。三年前には『神国』に住んでいたくせに千万年も前から『民主国』に住んでいたような顔をしようとゆうのさ。戦争と虐殺の一切の責任を、うまいこと巣鴨の連中に転嫁して、この俺の手だけは清潔だといいたいのさ。

十七　「高天原の犯罪」——そのフェアプレイ

社会批判を盛り込んだミステリは珍しくないが、その大部分は、〝犯行動機〟にからめて組み込んでいる。

・社会に存在する差別が殺人を招いた——
・戦時中の非人道的行為が戦後の殺人を生んだ——

そして、これらの批判は、作中の犯人の口から、読者に向けて放たれる。

だが、「高天原の犯罪」の批判は違う。犯人の動機は「宗教狂いの夫を救うため」なので、読者に向けて発する言葉はない。読者に向けて批判の言葉を発するのは、犯人ではなく探偵なのだ。

これが、「高天原」のユニークな魅力である。本作の批判がまっすぐ届くのは、「自力でトリックを見抜こうとしたが見抜けなかった読者」なのだ。

トリックを見抜けなかった彼らが、「アンフェアだ。『光満尊が通る時には歩哨が平伏する』というデータが提示されていないじゃないか」と文句をつける。

それに対して作者は、「確かにそのデータは作中には書いていません。でも、書かなくても、あなたにはわかるはずです。だって、ついこの間まで、あなたも天皇の前では平伏していたではありませんか。この作はフェアプレイです。あなたは、過去の自分から目をそらしているから、トリックが見抜けなかっただけです」と返す。

ここまで作者の言葉を受け取った読者にとっては、本作は最高の〈本格ミステリ〉になる。トリックと推理とフェアプレイが社会批判と密接に連携している「高天原の犯罪」は、読者が自力で謎を解こうとする〈本格ミステリ〉という枠組みの中において、最も輝く作品なのだ。

こういった考察をしていくと、発表当時、どれだけの読者が、この批判を受け止めたのか、気になってくる。中島河太郎はアンソロジー『密室殺人傑作選』（一九七四年）にこの作を収録し、「本書を編むのにまっ先に念頭に浮かんだ」と語り、鮎川哲也はアンソロジー『透明人間大パーティ』（一九八五年）に収録した本作に対して、「全篇これ皮肉と逆説に満ち、作者の才能なみならぬものがうかがえる」とコメントしている。また、第五節に書いたが、高木彬光は『随筆探偵小説』の中で、本作に対して、「(世界第二位のすぐれた密室トリックというほどではないが、) たしかにすぐれた着想には違いない」と述べている。(私見だが、高木の『わが一高時代の犯罪』（一九五一年）に登場する〈悪魔の護符〉のトリックは、「高天原の犯罪」にヒントを得たのではないだろうか？)

こうしてみると、第二節で紹介した新人コンクールの得票数「317票」も、裏を返せば、317人もの読者が本作を高く評価した、とも解釈できる。作者にネームバリューがないことや、岩田賛の「絢子の幻覚」のような誰にでもわかる面白さを持っていない点を考慮すると、リアルタイムの読者には、そこそこ評価してもらえたのかもしれない。

「本格ミステリの枠組みの中において最大の効果を発揮する社会批判」――この「高天原の犯罪」の

最大の長所は、同時に最大の短所にもなる。小説のラストで作中人物が社会批判を語るだけならば、時代が変わっても、読者には間違いなく届くだろう。――読者が受け入れるかどうかは別にして。

だが、本格ミステリの枠組みと一体化した社会批判は、時代が変わると、確実に読者に届くとは言い難い。戦後生まれの人がこの作を読んだ場合、彼らが「歩哨が光満尊の前では平伏するというデータが事前に提示されていないので、アンフェアだ」と文句をつけるのは、間違いではない。なぜならば、彼らは島崎たちとは違い、「生まれた時から『民主国』に住んでいた」からである。従って、「高天原の犯罪」の社会批判は、現代日本の読者を刺すことはできない。

もっとも、逆に、それも長所だと言える。なぜならば、本格ミステリの枠組みで書かれているために、「現代のわれわれがアンフェアだと感じる『高天原の犯罪』が、なぜ発表当時はフェアだったのか？」という考察を生み出すことが可能になるからだ。――この文のように。

それゆえ、日本が『神国』から『民主国』に移りゆく過渡期の問題を鋭く批判し、その一時期のみ通用する〝見えない男〟トリックを用いた本格ミステリ「高天原の犯罪」は、永遠の輝きを放ち続けるはずである。たとえ、皇室のスキャンダルが芸能人のスキャンダルと同列に扱われる現代においても。

この傑作に続き、天城は〝戦前〟を舞台にした本格ミステリにして密室ミステリの長篇に挑んだ。だが、その作を取り上げる前に、別の作家の考察に入ろう。天城同様、ユニークな探偵のレトリックを武器とし、本格ミステリの枠組みを利用した社会批判を盛り込んだシリーズを描いた作家――笠井潔の考察に。

第二章　笠井潔の探偵

※以下の作品の真相等に言及あり。
笠井潔『バイバイ、エンジェル』『サマー・アポカリプス』／G・K・チェスタートン「ムーン・クレサントの奇跡」

笠井潔

一九四八年生まれ。和光大学中退。新左翼系の政治組織でイデオローグとして活躍するが、一九七二年に起きた連合赤軍事件（集団リンチ事件）に衝撃を受け、組織を離れる。一九七四〜七六年にはパリで暮らし、探偵小説『バイバイ、エンジェル』と評論『テロルの現象学』を書き上げる。

帰国後の一九七九年に、『バイバイ』が刊行され、作家としてデビュー。この作で初登場する矢吹駆のシリーズを書き続けるが、一九八三年の三作目で中断。〈ヴァンパイヤー戦争《ウォーズ》シリーズ〉、〈巨人伝説シリーズ〉などの伝奇小説を書いたあと、一九九二年の『哲学者の密室』で駆シリーズを再開。二〇一九年時点で長篇六作と外伝的長篇二作を数える。『バイバイ』は第六回角川小説賞、『オイディプス症候群』は第三回本格ミステリ大賞小説部門を受賞。

その他、〈私立探偵・飛鳥井シリーズ〉や〈天啓シリーズ〉や〈スキー探偵・安寿シリーズ〉、それにノンシリーズの『復讐の白き荒野』『群衆の悪魔』などもある。

評論家としても多くの本を上梓。編著『本格ミステリの現在』は第五十一回日本推理作家協会賞・評論その他の部門を、『探偵小説論序説』は第三回本格ミステリ大賞評論・研究部門を、『探偵小説と叙述トリック』は第十二回本格ミステリ大賞評論・研究部門を受賞。他に『探偵小説論』、『ミネルヴァの梟は黄昏に飛びたつか？』などがある。

ミステリ評論以外にも、ＳＦ論『機械じかけの夢』、日本幻想作家論『物語のウロボロス』、社会評論『例外社会』など数多い。

◉主要作品

［矢吹駆シリーズ］『バイバイ、エンジェル』『サマー・アポカリプス』『薔薇の女』『哲学者の密室』『オイディプス症候群』『吸血鬼と精神分析』／未刊行『煉獄の時』『夜と霧の誘拐』『魔の山の殺人』／連載中『屍《かばね》たちの昏《くら》い宴《うたげ》』／外伝的作品『熾天使の夏』『青銅の悲劇』

［その他の小説］伝奇もの『ヴァンパイヤー戦争《ウオーズ》』『巨人伝説』『サイキック戦争《ウオーズ》』／飛鳥井シリーズ『三匹の猿』『道』『魔』『転生の魔』／天啓シリーズ『天啓の宴』『天啓の器』／『天使は探偵』『復讐の白き荒野』『黄昏の館』『梟の巨《おお》なる黄昏』『群衆の悪魔　デュパン第四の事件』他

［評論］ミステリ関連『模倣における逸脱』『ミネルヴァの梟は黄昏に飛びたつか？』『探偵小説論序説』『探偵小説は「セカイ」と遭遇した』『探偵小説論』他／小説関係『機械じかけの夢』『物語のウロボロス』『物語の世紀末』『徴候としての妄想的暴力』他／社会評論『テロルの現象学』『秘儀としての文学』『例外社会』『テロルとゴジラ』他

本書では〈矢吹駆シリーズ〉を中心に考察するのだが、この章で対象となるのは、シリーズの初期二作――『バイバイ、エンジェル』と『サマー・アポカリプス』。そして、笠井作品の特徴と魅力を考察する際の観点は、以下の通り。

- 探偵作家を目指していなかったこと。
- 〈黄金時代〉と直結した作風。

・トリックのバリエーションへのこだわり。
・評論的な創作姿勢。
・探偵の独特なレトリック。
・思想闘争。
ではまず、「探偵作家を目指していなかったこと」という観点から考察していこう。

その前に一つだけ補足をすると、右の「思想闘争」は、天城一の考察における「社会批判」に対応している。従って、こちらも「社会批判」としても良かったのだが、探偵が一方的に批判するだけの天城作品と、相手の反論も描く笠井作品の違いを出すために、あえて異なる言葉を用いた。

一 探偵小説と普通小説

笠井潔のデビュー作『バイバイ、エンジェル』は、まぎれもない探偵小説だった。続く二作目、三作目も、やはり探偵小説。従って、笠井が「探偵作家を目指していなかった」と言われても、ピンとこない人が多いに違いない。しかし、作者自身が『熾天使の夏』（一九九七年）に寄せた「あとがき」で、こう書いているのだ（文中の『夏の凶器』は『熾天使の夏』の草稿時の題名）。

もともと、『バイバイ、エンジェル』は冗談半分で書いたような習作である。当時も江戸川乱歩賞として公募制のミステリ新人賞は存在したが、乱歩賞に応募しようというような発想は、頭の

隅にも浮かばないでいた。（略）
わたしは普通の小説を書いて、（河出書房の）文藝賞に応募するという目論見《もくろみ》をたてた。（略）それで作家デビューがはたされるなら、『テロルの現象学』を刊行するための道も、なんとか開かれるのではないか。
そんなわけで、三百五十枚ほどの小説『夏の凶器』を書きあげた。

『バイバイ、エンジェル』は冗談半分で書いた」というのは冗談半分に聞くとしても、笠井が、探偵小説ではなく普通小説で作家デビューを果たしたい、と考えていたことは事実だろう。実際には、河出書房から刊行が決まった『夏の凶器』の手直しに苦戦している最中に、笠井の友人経由で角川書店に『バイバイ』の草稿が渡り、こちらが先に刊行された。だが、この刊行は偶然の産物であり、本来なら、笠井のデビュー作は『夏の凶器』になるはずだったのだ。――笠井自身が、前述の「あとがき」で、「このように信じられない偶然が重ならなければ、わたしは『夏の凶器』の書きなおしを無事に完了していたことだろう。それが、めでたく河出書房から刊行されたとすれば、わたしは主流文学の書き手として、その後の作家人生を歩むことになったかもしれない」と語っているように。

ここで気になるのが、『夏の凶器』の刊行をとりやめた理由。出版社が違うのだから、こちらの刊行をとりやめる必要はない。逆に、河出書房の編集者に失礼ではないだろうか？

これは私の想像だが、おそらく、編集者の手直しの内容が、テーマに関わる部分にまで及んでいたからではないだろうか。「あとがき」にある、「わたしは、タイトルを『熾天使の夏』に変えた以外、旧稿に基本的には手を加えないことにした」という文も、編集部からの手直しが意に染まないものだったことを暗示しているように思える。もし私の想像が当たっているなら――執筆から刊行まで間が空いた点も含め――天城一の「ポツダム犯罪」と重ね合わせることも可能だろう。

デビュー前の笠井潔は、評論『テロルの現象学』、探偵小説『バイバイ、エンジェル』、普通小説『夏の凶器』の三作の草稿を書き終えていた。つまり、笠井の前には、作家として三つの道があったことになる。結果的には、『バイバイ』が最初に出たが、『テロルの現象学』は一九八四年に、『夏の凶器』は(『熾天使の夏』と改題されて)一九九七年に出版された。三作とも複数の版が出ていることからもわかると思うが、笠井はどの道を進んだとしても、高い評価を得たはずである。

普通小説と探偵小説の両方を書く作家というのは少なくないが、そのほとんどが、一方で名を挙げてから――作家として一人前になってから――もう一方に手を出している。笠井のように、デビューさえも普通小説と探偵小説を並行して進めていた作家は珍しい。そして、これが笠井のユニークな個性を生み出すことになった。その最たるものが、「〈黄金時代〉と直結した作風」である。

二　作風と〈黄金時代〉

笠井の「〈黄金時代〉と直結した作風」については、既に拙著『エラリー・クイーンの騎士たち』で触れている。この本で私は、「ヴァン・ダインやクイーンの影響を露骨なまでに設定やプロットやトリックに盛り込んだ（笠井の『バイバイ、エンジェル』のような）作品は、発表当時（一九七九年）としては珍しかった。この点では、やはり同じように黄金時代の作家たちの影響をあからさまに描いている、綾辻行人以降の新本格作家たちの先駆と言えるだろう」と語ってから、こう続けている。

もっとも、綾辻たちとは、無視できないくらい大きな違いが存在することも事実である。例えば、新本格作家の法月綸太郎《のりづきりんたろう》は、クイーンの影響を隠すことなく設定やプロットやトリックに盛り込んだ作品をいくつも書いている。しかし、それと同時に、ロス・マクドナルドやニコラス・ブレイクやコリン・デクスターをも自作に取り込んでいるのだ。

ところが、『バイバイ、エンジェル』の場合、こういった黄金時代――笠井の言葉を用いるならば「大戦間」――より後の作家や作品の影響が、みじんも感じられない。いや、そもそも、作者は黄金時代までしか読んでいないのではないかという感じさえも受けるのだ。

実際に、笠井が「黄金時代までしか読んでいない」かどうかは、重要ではない。作品を読む限りでは、戦後から一九七〇年までの内外の探偵小説の影響を受けていないように感じることが重要なのだ。言い換えると、笠井の作風は、戦後間もなくデビューした、「黄金時代までしか読んでいない」日本の作家と似ているのだ――鮎川哲也や高木彬光、そして天城一などと。

この〝直結〟の理由は、前述の「笠井潔は探偵作家を目指していなかった」点にある。当時の「探偵作家を目指す」作家志望者にとっては、長篇の応募先は江戸川乱歩賞しかなかった。しかも、受賞は逃しても、本が刊行されることは珍しくなかった。島田荘司も、綾辻行人も、法月綸太郎も、デビュー作は乱歩賞応募作である。

そして、乱歩賞に応募しようとするならば、「傾向と対策」を意識せざるを得ない。もちろん、過去の受賞作とまったく異なる作風で応募する人も少なくないだろう。だが、そういう人も、〝傾向〟を意識した上で、あえて異なる作風を選んだ場合が多い。決して、〝傾向〟を知らないわけではないのだ。そして、〝傾向〟を意識するということが、戦後の日本の探偵小説を意識することになるのは、言うまでもない。

前述の「あとがき」で、笠井は『夏の凶器』で文藝賞に応募した理由を、「なにしろ第一回の受賞作が高橋和巳の『悲の器』という賞だから、左翼小説あるいはテロリズム批判の小説でも、通る可能性があるのではないかと計算した」と語っている。ということは、もし『バイバイ』を乱歩賞応募作として執筆したならば、過去の受賞作を意識した可能性は小さくない。

だが、笠井は「乱歩賞に応募しようというような発想は、頭の隅にも浮かばないでいた」。そのため、戦後の日本の探偵小説は読む必要がなかったし、読んでも、執筆の際に意識する必要もなかったわけである。

また、探偵作家を目指すほどのファンならば、ミステリ関係のサークルに入ることが多い。そして、こういったサークルに入ると、周囲の影響により、読書範囲が広がっていく。自分がこれまで関心のなかったジャンルや作家にも手を出すことになるのだ。また、そうしなければ、サークルの活動に参加できなくなってしまう。

だが、探偵作家を目指していなかった笠井は、こういったサークルとは無縁だった。自分の読みたいものだけを読んでいれば良かったのだ。

かくして、笠井潔の「〈黄金時代〉と直結した作風」が生まれたわけである。

三　作風とテーマ

第一節では、「(デビュー前の)笠井の前には、作家として三つの道があった」と書いた。だが、この三つの道は、もともと一本の道が分かれたものだった。「テロリズム」というテーマに三つの方法でアプローチしたものだからだ。評論として描いたのが『テロルの現象学』、普通小説として描いたのが『夏の凶器』、探偵小説として描いたのが『バイバイ・エンジェル』。

そして、これもまた、笠井のユニークな個性になっている。普通の探偵作家は、「本格ミステリを書きたい」とか「エラリー・クイーンみたいな作品を書きたい」と思うことはあっても、テーマまで固定することはない。だが、笠井は違う。このテーマは、デビュー前から抱いていたものであり、デビュー後もこだわり続けていたものだからだ。例えば、『サイキック戦争《ウォーズ》』の一九九三年に出た文庫版あとがきでも、この作と『テロルの現象学』のつながりについて語っている、といった具合に。こういった同じテーマに挑み続ける姿勢は、探偵作家というよりは、文学の作家に近い。これもまた、笠井が探偵作家を目指していなかったことによって生じた特徴だろう。

一般的には、〈〇〇シリーズ〉と言えば、同じ主人公が続けて登場する連作を指す。だが、〈矢吹駆シリーズ〉は、主人公が同じというだけではない。テーマまでもが共通なのだ。

四　作風と名探偵

ただし、笠井が探偵作家を目指していなかったために生じたユニークさの内、最も大きいのは、探偵役の矢吹駆の造形に他ならない。彼は、他の名探偵とは、存在感が異なるのだ。

例えば、シャーロック・ホームズがワトソンと出会う前の事件を描いた「グロリア・スコット号」という短篇がある。一読すれば、作者がホームズのデビュー作『緋色の研究』を発表した時点ではこの事件のことは考えていなかったことが、そして、後付けで考えたことがわかると思う。作者は、シリーズ第一作の時点では、ホームズの過去のことなど、考えていなかったのだ。他の名探偵の「若かりし日の事件」も、似たり寄ったりと言える。

だが、シリーズ第一作の『バイバイ』でほのめかされている、矢吹駆が日本で体験した「僕はもっと怖ろしい光景を眺めてきた」というのは、デビュー前に書かれていた『夏の凶器』で描かれている出来事に他ならない。つまり、デビュー前に、作者の頭の中には、すでに矢吹駆の遍歴は存在していたのだ。そして、彼の日本にいた時の出来事を描いたのが『夏の凶器』であり、パリにいた時の出来事を描いたのが『バイバイ』なのである。

そしてまた、矢吹駆は、普通小説と探偵小説で同じ人物として登場するだけではない。評論の世界にも越境しているのだ。

笠井潔の提唱する〈大戦間探偵小説論〉（内容については後述）について他者が考察した文は、数多く書かれている。当然、その中では、笠井の論が引用されている。ところが、その引用元が、笠井の評論ではなく、作中の矢吹駆の台詞である場合が、少なくないのだ。

これはおかしくないだろうか？　確かに駆は作者を投影した人物ではあるが、作中人物に過ぎない。もちろん、テーマがテロリズムならば、作中でテロと闘っている駆が発言してもおかしくない。だが、駆は探偵小説の作家でもなければ、評論家でもない。そんな彼の探偵小説に関する発言が、なぜ、探偵小説の作家であり評論家でもある笠井の発言と同等に扱われるのだろうか？

「作者の探偵小説論を代弁する作中探偵」と言えば、真っ先に思い浮かぶのは、エラリー・クイーンだろう。ただし、作中のエラリーは、作者のエラリーと同じ探偵作家なので、探偵小説を論じてもおかしくはない。『盤面の敵』（一九六三年）などで作中のエラリーが語る探偵小説論は、あくまでも、作中人物である探偵作家として語っている（ように作者は見せかけている）。だが、作中の矢吹駆の方は、探偵作家ではないのだ。

また、Ｊ・Ｄ・カーの『三つの棺』（一九三五年）では、〝探偵小説に登場する密室の作り方〟を、作中探偵のフェル博士が考察している。ただし、この考察の前に、博士は「われわれは探偵小説のなかにいるからだ。そうでないふりをして読者をたぶらかしたりはしない」という宣言をして、自身をメタレベルに立たせている。だが、矢吹駆の発言は、あくまでも作中レベルからのものなのだ。

探偵作家でもなく、メタレベルにも立っていない駆が、探偵小説論を語ることができた理由については次の節で述べるが、このため、駆は、作者の評論の代弁者もつとめることになった。これもまた、矢吹駆のユニークな魅力なのだ。

江戸川乱歩の名探偵・明智小五郎は、少年向きの小説にも登場している。これは、あくまでも〝流用〟であり、大人向きの小説のために作ったキャラクターを使い回したに過ぎない。

だが、矢吹駆は違う。決して、一方の作品に登場するキャラクターを、もう一方の作品に流用したわけではない。作者がもともと持っていたキャラクターを、関わり合った出来事によって、書き分けているだけなのだ。また、日本を舞台とする『青銅の悲劇』は、〈矢吹駆シリーズ・パリ篇〉の続篇という設定だが、作中人物のつながりは、『熾天使の夏』を受け継いでいる。つまり、『青銅の悲劇』は、『熾天使の夏』の続篇でもあるのだ。

なお、作者は、『ヴァンパイヤー戦争』のムラキや『サイキック戦争』の竜王翔も、矢吹駆と同一人物であることをほのめかしている。それはお遊びだとしても、駆というキャラクターが、笠井潔の作品であれば、伝奇小説やSF小説に登場してもおかしくない存在だという作者の考えを示していることは間違いない。

ここまで、笠井潔の作家としてのユニークさを見てきた。

しかし、笠井が『バイバイ、エンジェル』でデビューした時点では、これらのユニークさは、読者に伝わってはいなかった。『熾天使の夏』どころか、『テロルの現象学』さえも刊行されていなかったのだから、当たり前の話だろう。「今時、ヴァン・ダイン風で書くかね」というのが、当時の私の、そして、私の周囲のミステリ・ファンの評価だった。本質直観による推理は単なるペダントリーで、テロリズムも動機に使っているだけに過ぎないと思っていたのだ。

また、この時期の角川書店は、一九七六年の映画『犬神家の一族』で火がついた横溝正史ブームを他の作家にも広げていた。《宝石》時代の作家が新作を書いたり、旧作が文庫化されたりして、何となく、レトロな雰囲気の作品が本屋にあふれていたのだ。笠井のデビューは、それに便乗したという感じを受けていたことも事実である。

この評価が一変したのは、一九八一年に出た二作目の『サマー・アポカリプス』によってだ。テロリズムが一作限りのテーマではないことがわかり、本質直観が単なるペダントリーではないことがわかり、黄金時代と直結した作風が意図的なものであることがわかったからだ。

これは私だけの感想ではない。老舗ミステリ・ファンクラブ〈SRの会〉の年間ベストでは、『バイバイ』が三位だったのに対して、『サマー』は一位だったのだ。

だが、まずは『バイバイ』の考察から入ろう。

五　『バイバイ、エンジェル』──その設定

『バイバイ、エンジェル』あらすじ

パリ警視庁のモガール警視の娘ナディアは、友人のアントワーヌから、彼の叔母オデット宛ての脅

迫状を見せられる。差出人の「I」は、二人の友人マチルドの父・イヴォンかもしれない。ほどなく、オデットは首なし屍体で発見された。

ナディアは日本語の先生である矢吹駆に事件の相談をする。彼は事件の中心にあるのは首のない死体だと指摘し、〝現象学的直観（本質直観）〟を適用。首切りの本質は、殺人という事実の隠匿だと語る。駆の考えに興味を持った警視は捜査情報を話し、駆は六つの謎を指摘する。

続いて、マチルドの兄アンドレが、ホテルの自室で爆殺。部屋の鍵はきちんと管理されていて、犯人が爆弾を仕掛けるのは不可能に見えた。

ここでナディアは、関係者を集めて推理を語る。被害者はオデットの妹ジョゼットで、入れ替わりを隠すために死体の首を切断したのだ。だが、駆はそれを〝探偵小説愛好家風の臆断《ドクサ》〟だとして否定する。

一週間ほどたって、オデットの夫の共同経営者の死体、そしてジョゼットの死体が発見される。さらに、オデットの首も。ナディアの推理は間違っていたのだ。

真相を見抜いた駆は、犯人と対決する。そして、警視たちに推理を語るのだった……。

まずは設定から見てみよう。拙著『エラリー・クイーンの騎士たち』でも指摘したように、探偵側の人物配置は、ヴァン・ダインの〈ファイロ・ヴァンス・シリーズ〉を元にしている。名探偵＝ファイロ・ヴァンス＝矢吹駆、頭の良い捜査官＝マーカム検事＝モガール警視、頭の悪い捜査官＝ヒース部長刑事＝バルベス警部、という風に。ただし、記述者兼ワトソン役のナディアを、（作中の）記述者ヴァン・ダインに対応させるのは難しい。彼女の原型に関しては、エラリー・クイーンの〈ドルリー・レーン・シリーズ〉に登場するペーシェンス・サムの方がしっくりくる。このペーシェンスは、『Zの悲劇』と『レーン最後の事件』に登場。『Z』では、名探偵レーンのワトソン役と、事件の記述者をつとめている。加えて、名探偵にほのかな恋愛感情を抱いている点や、父親が警視という設定も考慮すると、彼女がナディアの原型だと考えても間違いないだろう。

作者がワトソン役をクイーンから採った理由について、前述の『エラリー・クイーンの騎士たち』では、「おそらくは、シリーズ最終作になるであろう『矢吹駆最後の事件』が、『レーン最後の事件』を基にしているために、そこだけは、ヴァン・ダインではなくクイーンを参考にしたのだろう」と書いた。だが、第一節で考察したように、笠井はシリーズ化どころか、『バイバイ』の出版すら考えていなかったのだとしたら、この説は間違っている。どうやら、別の理由を考えなければならないようだ。

おそらく、その理由は、〝探偵役とワトソン役の距離感〟にある。

作中のヴァン・ダインは、探偵役のファイロ・ヴァンスとは学生時代からの長い付き合いであり、ヴァンスのことは、誰よりも詳しく知っている。これに対して、ペーシェンスは、『Zの悲劇』事件で初めてレーンと出会っている。レーンについて知っていることは、マスコミに公開されている俳優としての活動か、父親のサム警視に聞いた二つの事件での名探偵としての活躍しかない。しかも、『Yの悲劇』事件の終盤でレーンが行った行為は、父親から聞かされていないのだ。〝パリの日本人〟矢吹駆のワトソン役として、どちらがふさわしいかは、言うまでもないだろう。

ワトソン役の変更の理由が何であれ、このヴァン・ダイン風の設定もまた、黄金時代の探偵小説の直系を感じさせる。というのも、笠井がデビューした一九七〇年代には、既に――内外共に――「ワトソン役による一人称記述」という形式は少なくなっていたからだ。高木彬光などは、松下研三の一人称で始めた〈神津恭介シリーズ〉を、途中で三人称に変えただけではなく、処女作『刺青殺人事件』を、一人称から三人称に書き直しているくらいである。

こうした風潮の中、「ワトソン役による一人称記述」によって描かれた『バイバイ』は、読者に「今時、ヴァン・ダイン風で書くかね」という印象を与えてしまった。だが、作者がシリーズを続けていくと、この設定が――特に、ナディアの設定が――大きな魅力を生み出していったのだ。

一つ目の魅力は、駆との関係。シリーズが進むにつれて、ナディアの駆に対する「ほのかな恋愛感情」が、「ほのか」どころではなくなっていく。そして、駆がテロと闘うのを止めようとする。このナディアのスタンスが、シリーズに深みを与えているのだ。

二つ目の魅力は、ナディアのワトソン役から探偵役へのジョブチェンジ。天城一の生み出した島崎警部補が、名探偵・摩耶のワトソン役だけでなく探偵役もつとめたように、ナディアもまた、『青銅の悲劇』では、名探偵を演じている。ペーシェンスもある意味では名探偵をつとめているが、作中人物の方のヴァン・ダインには無理だろう。

しかし、ナディアの設定の中で、シリーズに最も大きな影響を与えているのは、他にある。それは、ナディアが「探偵小説マニア」だという点。

『バイバイ』第二章の〈1月6日午後7時30分〉の節に、「モガールは娘（ナディア）の探偵趣味に苦笑していた。子供の頃から探偵小説にばかり読み耽り、父親の仕事に途方もなく空想的な憧れを抱いていた娘だった」とある。ここで注目すべきは、まず、ナディアが「読み耽」っていたのは——第一章〈1月6日午前10時40分〉の節の「大好きなヴァン・ダイン」という言葉でもわかるように——黄金時代の英米探偵小説だということ。ナディアはフランス人なのだが、ジョルジュ・シムノンなどは、「大好き」ではないらしい。

これが、第四節で述べた手法になる。メタレベルを導入しなくても、作中に探偵作家を出さなくても、探偵小説について、語ることができるのだ。——探偵小説のファンを出すならば。

ただし、ただ出すだけではいけない。それでは、綾辻行人の『十角館の殺人』（一九八七年）のように、単なる好みの吐露に終わってしまうからだ。

ここで注目すべきは、引用文中の「父親の仕事に〜」以降の文。ここでは、ナディアが、〝探偵小説の推理は現実にも応用できる〟と考えていることが語られている。序章でも、ナディアは「(現実の）未解決の事件、困難な事件に（探偵小説の）柔軟で正しい論理が適用されれば、そのうちのいくつかに解決の糸口が与えられるかもしれない」という考えを述べている。つまり、ナディアは、現実の犯罪である『バイバイ』事件に、探偵小説的な推理を持ち込もうとしているのだ。だからこそ、(作中人物にとっては）現実の世界において、探偵小説を語ることに意味が生じるわけである。

しかも、作者はそれだけで終わらせない。なんと、ワトソン役のナディアだけではなく、探偵役の駆までもが、探偵小説を読んでいるのだ。序章で駆は、探偵小説ファンのナディアに対して、「君の好きな想像上の名探偵たちは、なかなか重要な哲学的存在でもあるんだ」と語り、砂糖のダイイング・メッセージをめぐる名探偵の推理について語る。この「砂糖のダイイング・メッセージ」は、クイーンの『Xの悲劇』(一九三二年)に登場するので、駆がこの本を読んでいることは間違いない。

つまり、駆もナディアも探偵小説を読んでいて、しかも、それを現実の捜査や思索に応用できると考えているという設定により、ごく自然に、作中で探偵小説論を扱うことができるわけである。おそらく、かつて黄金時代の探偵小説を愛読した作者のファン部分の投影がナディアで、『バイバイ』執筆当時、探偵小説について考えていた作者の評論家部分の投影が駆なのだろう。〈矢吹駆シリーズ〉では、ナディアと駆による多重推理が毎回登場するが、これは、アントニイ・バークリーの『毒入りチョコレート事件』(一九二九年)などとは違う。探偵小説的な論理は現実に適用できると考える人物と、そう考えない人物による闘争なのだ。これもまた、笠井のユニークな魅力だと言えるだろう。

六 『バイバイ、エンジェル』——そのプロット

今度は、『バイバイ』のプロットを見てみよう。本書の中心となるのは〈首なし死体〉のトリックだが、これが、エラリー・クイーンの『エジプト十字架の謎』(一九三二年)にヒントを得たものであることは、作者自身がたびたび語っている。詳しく言うと、笠井は「犯人が被害者の首を切断した理由について、クイーンとは異なる説明を提示している」。これは既存トリックのバリエーションと

言えるだろう。天城一と同じように、笠井潔もまた、トリックのバリエーションにこだわる作家なのだ。

――と書きたいところだが、厳密には同じではない。なぜならば、天城の〝バリエーション〟は、HOWに関するもので、笠井の〝バリエーション〟は、WHYに関するものだからだ。具体的に言うと、天城は「『見えない男』のような密室状況で、『見えない男』とは異なる方法で出入りするにはどうすれば良いか」を考え、笠井は「『エジプト十字架』のような首なし死体の状況で、『エジプト十字架』とは異なる首切りの理由は何があるか」を考えたわけである。

そして、この点もまた、笠井潔のユニークな点となる。その理由については、再び江戸川乱歩の〈トリック分類〉を参照すると見えてくる。というのも、トリック分類では、ホワイダニットについては、犯行動機しか取り上げていないからだ。〝首を切った理由〟や〝現場を密室にした理由〟は、分類の対象外になっている。つまり、島田荘司の『占星術殺人事件』（一九八一年）が、トリック分類に当てはめて評価できる作だとしたら、笠井の『バイバイ』は、当てはめて評価できない作なのだ。

前記の文を読んで、「『バイバイ』が刊行されたのは一九七九年だから、もう乱歩の影響なんか残っていないだろう」と考えた人がいると思う。だが、そうではない。私が第一章で述べた、天城一がデビューした戦後間もなくの〈トリック分類〉に基づく評価軸は、その後もずっと残っていたのだ。いや、厳密に言うと、トリック小説は、松本清張の『点と線』（一九五八年）から始まった〈社会派ミステリ〉ブームで、いったんは下火になった。だが、一九七〇年あたりから、揺り戻しが起こり、森村誠一の、ホテルや新幹線といった現代的な舞台を用いた〝トリック小説〟が人気を博するようになった。また、その清張自身も〈トリック分類〉の増補の企画を立て、中島河太郎と山村正夫が、日本推理作家協会の《推理小説研究》第七号（一九六九年）に増補版を発表している。この増補版には松本清張の作品が数多く採られ、清張作品をトリックの観点から評価する流れも生まれてきた。

こういった、〝トリック小説〟への揺り戻しについては、都筑道夫の指摘が興味深い。彼は、一九七〇～七一年に連載した『黄色い部屋はいかに改装されたか？』の中で、「アリバイつくりや密室構成にばかり、うき身をやつして、必然性もなければ、推理のおもしろさもない作品」を批判してから、「最近に発表された日本の新進作家諸氏のパズラー、森村誠一の『高層の死角』『新幹線殺人事件』、大谷羊太郎の『殺意の演奏』、斎藤栄の『奥の細道殺人事件』などに、マニアのひとりとしての私をふくめた海外推理ファンが感じる不満も、そういった点にあるようです」と語り、現在のパズラーが、松本清張以前に逆戻りしたことを憂えているからだ。しかも、進むべき正しい道は、「トリックよりロジック」だと論を展開し、「ホワイに重点を置いて、その解明に論理のアクロバットを用意する」のが「現代のパズラーです」と言っている。さらに、この「ホワイ」については、「狭く、犯行動機だけに限って考えるのは、間違いでしょう。ホワイダニットのイットは、なんにでも当てはまる。犯行そのもの、犯行方法、どちらでもいいはずです」とも。別の評論（一九八五年の「安吾流探偵術」）では、「ホワイ」の具体例として、「なぜ密室にしたか、なぜアリバイに頼ったか」を挙げている。

つまり、首切りの〝ホワイ〟をめぐる推理を軸にした『バイバイ』は、まさに「現代のパズラー」だと言えるのだ。ほぼ同時期にデビューした笠井潔と島田荘司は並び称されることが多いが、「ホワイダニットかハウダニットか」という観点から見ると、対照的な作風だと言えるだろう。

もっとも、笠井は、都筑の指摘どころか、トリック小説の衰退や復活さえも気にかけずに、『バイバイ』を――ハウダニットの物語ではなく、ホワイダニットを――書いたと思われる。都筑の論が単行本で読めるようになった一九七五年には、『バイバイ』は書き終えていたらしいし、前述したように、笠井は戦後の日本のミステリからは、大きな影響は受けていないからだ。

では、なぜ笠井は「ホワイ」の物語を描いたのだろうか？　理由は二つ考えられる。

一つ目は、笠井に影響を与えた黄金時代の作家が、ヴァン・ダインとエラリー・クイーンであること。私の『エラリー・クイーン論』では、作家を〈意外な真相派〉と〈意外な推理派〉に分けたが、この二作家は後者に属し、〝ハウ〟にはさほど重きを置いていない。〝ハウ〟に力を注ぐのは、前者に属するアガサ・クリスティやJ・D・カーなのだ。

ちなみに、都筑は『黄色い部屋はいかに改装されたか？』で、パズラーの理想型（最も理想に近い作）としてクイーンの初期作品を挙げ、中でも『中途の家』を称賛している。そして、この作は、「二重生活を送っていた被害者は、どちらの人格として殺されたのか？」という〝ホワイ〟の謎を描いたものに他ならない。

二つ目は、作者の描きたいテーマを盛り込むには、〝ハウダニット〟よりも〝ホワイダニット〟の方がふさわしいこと。こちらについても、都筑の文を引用させてもらおう。前述の「安吾流探偵術」の中で、都筑はこう言っている。

「なぜ」の推理小説は、千九百八十年代に入って、「犯人になる人間と探偵をする人間」の小説に、つきすすんだ。ジョルジュ・シムノンやレイモンド・チャンドラーは、ずっと以前からこの傾向に入っていたが、探偵が被害者の人間性を通じて、犯人の人間性を理解しようとする。その過程をえがく小説、ということだ。

ここで「人間性」を「思想」に置き換えても、おかしくないだろう。「なぜ」の小説、つまりホワイダニットの物語は、思想を描くことが可能なのだ。「密室の作り方」をいくら推理しても、思想を描くことはできないが、「密室を作った理由」の推理は、思想を描くことができるのだ。『テロルの現象学』の姉妹版として構想された『バイバイ』がホワイダニットの物語になったのは、必然だと言える。

――と書くと、今度は、「笠井潔は『バイバイ』執筆時点では、そんなところまで考えていなかったのでは？」という疑問を抱く人が出てくるかもしれない。しかし、こちらに関しては、考えていた可能性が高い。というのも、〝ホワイ〟から思想につなげる手法は、ヴァン・ダインが『僧正殺人事件』（一九二九年）で鮮やかな成功を見せているからだ。この作の第二十一章「数学と殺人」で、探偵役のファイロ・ヴァンスは次のように語っている。

このマザー・グースの犯罪で、われわれが当面しているのは、あまりにも真剣な論理的思索と釣合をとるために、その反動として、もっとも空想的な、気まぐれな行動に出た数学者なのだ。まるで《見ろ。これがお前たちが大真面目にとっている世界だ。お前たちは無限に、いっそう広大な抽象世界について、何も知っていない、地球上の生活などは子供の遊びだ――じょうだんの種にするだけの値打ちがあるのがせいぜいだ》とひにくられていると同じだ……

どうだろうか。文章を少し直せば、これが駆の台詞だと言われて信じてしまう人が少なくないのではないだろうか？　そして、笠井が『バイバイ』執筆時点で、『僧正―』を読んでいたことは、間違いない。

既に述べたように、〝ハウ〟の物語に社会的なテーマを持ち込もうとすれば、犯行動機に――すなわち「ホワイ」に――からめて描くことになる。しかし、そもそも〝ハウダニット〟の物語では、犯行動機は入れ替え可能なオプションになっている。犯人の動機が〝戦争〟だろうが〝差別〟だろうが、密室トリックには関係ないからだ。このため、テーマは付け足しという印象を受けてしまう。

だが、〝ホワイ〟の物語では、テーマをプロットやトリックに結びつけることが可能になる。実際、『僧正―』では、ファイロ・ヴァンスに、「マザー・グース見立ての連続殺人」の背後にひそむ犯人の思想を語らせることに成功しているのだから。

そして、この作品に大きな影響を受けた笠井は、『バイバイ』もまた、〝ホワイ〟の物語として描くことにした。

あるいは、笠井が『バイバイ』を〝ホワイ〟の物語として描いたのは、並行して執筆していた『テロルの現象学』の影響によるものだとも考えられる。というのも、この本の序章には、論の「方法的前提」として、次の文が出てくるからだ。

> 知解的方法ではなく了解的方法が、「いかに」を説明するテロリズムの社会学ではなく、「なぜ」を問うテロリズムの現象学こそが方法化されなければならないのだともいえる。

「いかに《ハウ》」ではなく「なぜ《ホワイ》」——理由が何であれ、笠井潔の探偵小説第一作は、〈首切りをめぐるホワイダニットの物語〉だった。このため、駆シリーズは、ホワイからテーマにつなげることが可能になり、都筑道夫の言う「現代のパズラー」、すなわち〈モダン・ディテクティブ・ストーリー〉になった。そしてそれは、一九七九年の日本では、まだ珍しい作風だったのだ。

七　『バイバイ、エンジェル』——そのテーマ

前節では、「ホワイからテーマにつなげることが可能になる」と書いたが、これは「可能になる」だけであって、常に成功するとは限らない。テーマを犯行動機に盛り込み、結末で犯人に語らせるのに比べたら、はるかに難しいからだ。そして、『バイバイ』では、ホワイとテーマの結びつけは、成功していないように見える。

本作のテーマについて、作者は「観念による殺人」だと語っている。実際、作中の駆も、この事件は「観念的な殺人」だと語っている（第三章〈1月7日午後9時〉）。そして、物語の終盤では、殺人の実行犯アントワーヌに向かって、「観念で人を殺せるのは君たちを操っているあの女のような型《テイップ》の人間だ。君たちの貧弱な想像力では、人間が抱く観念の怖ろしい重さがなにも理解できない」と批判。最後に、「あの女」こと計画犯のマチルドと対決。彼女は、「革命は、生物的な殺人に対してある、あなた（駆）のいう観念的な殺人の概念に属するものです」と言って、自身の行為を正当化しようとする。

一見、テーマがきちんと作中に盛り込まれているように思える。しかし、「観念的な殺人」というのは、首切りをめぐる〝ホワイ〟とはまったく関係していないのだ。ハウダニットの物語と同じように、犯行動機とだけ結びついている。つまり、『僧正殺人事件』以前に退化しているわけである。

なぜ、作者は〝ホワイ〟とテーマを結びつけることができなかったのだろうか？

それは、首の切断は、犯人の当初の計画にはなかったものだったからである。被害者がいつもの時刻に化粧をしなかったため、アリバイ工作が破綻する可能性が出て来た。そこで、頭部を切断して持ち去り、化粧をしていないことがばれないようにしたわけである。いわば、犯人は、やりたくもないことをやむを得ずやったことになる。やらなくても良いマザー・グース見立てをわざわざやった『僧正——』の犯人とは正反対ではないか。これでは、〝ホワイ〟からテーマにつなげることはできない。そもそも、駆が「観念で人を殺せるのはマチルドのような女だ」と言っている。決して、首の切断を思いついて実行したアントワーヌではないのだ。従って、ラストの駆とマチルドの対決では、首切りの話は出て来ない。駆は首を切ったアントワーヌとも対決しているが、マチルド戦の前の前座といった趣《おもむ》きである。何せ、アントワーヌが懸命に自分の行為を正当化しようとしても、駆は、「ふん、サルトルか」と返すのだから。観念で人を殺すことができない人物とは、闘うに値しないと言わんばかりではないか。

だが、作者はアントワーヌも首切りの件も、忘れてはいなかったらしい。十三年後に発表した『哲学者の密室』で、再びアントワーヌと首切りの話が出てくるのだ。しかも、この長篇のテーマと、密接に結びついている。『哲学者の密室』は次章で取り上げるが、この部分には触れていないので、この節で考察しておこう。

駆は『哲学者の密室』第九章第一節で、「最近、アントワーヌのことを考えることが多い」と言い、こう語る。

「死は観念的に所有される存在でもある。もっと正確にいえば、人にその観念的な所有の欲望を挑発する存在でもある。死の観念の地獄とは、体験できないものとしての死、追い越しえないものとしての死を、わが手に摑みとろうという不可能な欲望の地獄なんだ。アントワーヌは、そんな地獄に堕ちた」

ここでは、
・マチルド――〈観念による殺人〉を制御できた者。
・アントワーヌ――〈観念による殺人〉を制御できずに呑み込まれた者。
という認識がされている。もともと、マチルドのモデルは永田洋子《ながたひろこ》だと言われているので、アントワーヌは連合赤軍の他のメンバー――テロや総括の実行者――の象徴という位置付けなのだろう。駆にとっては（正確には笠井潔にとっては）、後者は対決する相手ではなく、批判する対象にすぎなかったということか。いずれにせよ、ここまでは、『バイバイ』の〝おさらい〟に過ぎない。

しかし、『哲学者の密室』のこの後の第九章第三節の駆とガドナス教授（モデルはフランスの哲学者のレヴィナス）との議論において、マチルドは後景に退き、アントワーヌが前景に出てくる。

ここで駆は、アントワーヌは「ハルバッハ（モデルはハイデガー）哲学を自分なりに極端化し、それを最後まで生きぬこうと決意」した人物だと語る。だが彼は、「被害者の生首を切らなければならない羽目に陥」った時、「ハルバッハ哲学を徹底しようとして、しかし青年は、その外に連れ出されてしまった」と語る。そして、その言葉を受けて、ガドナス教授は「〈ある〉《イリヤ》だ、それこそがまさに」、「犯行までの決意や緊張や野心は、虚空の彼方に消えてしまう。そして残るのが、存在の夜なのだ。〈ある〉なのだよ」、「その青年も存在の夜に呑み込まれたに違いない。ハルバッハふうの実存的決断で、人を殺した後その当人は、ハルバッハ哲学の圏域から決定的に追放された自分を発見する」と語る。

『哲学者の密室』のテーマの一つに、ハルバッハの転向がある。作中ではその理由を「ナチの絶滅収容所を見たからだ」としている（ガドナス教授の言葉を借りるならば、「おのれの哲学の仇敵である凡庸な地獄にはまり込んだ」）。作者は、アントワーヌの望まぬ首切り行為は、これと同じだと言いたいのだろう。ここで、駆の知る「凡庸な地獄にはまり込んだ」人物として、アントワーヌに――駆に「細胞」呼ばわりされた男に――存在価値が出てくる。計画犯として自身は首切りをしなかったマチルドでは、この役割を果たすことができないのだ。

ここで注目すべきは、アントワーヌの告白。『バイバイ』における駆との対峙で、彼は首を切断した時の心理を語っている。「オデットの首はなかなか切れなかった。僕は裸になって幾度も幾度も重い包丁を振りおろした」。「血と汗で肌が生温かく濡れているのに、耐え切れない悪寒《おかん》で歯が鳴り続けるのをとめられなかった」と。

『バイバイ』だけを読むと、あるいは本格ミステリとして読むと、あるいは「観念による殺人」の物語として読むと、この告白は不要に思える。しかし、この告白を聞いたことがあったからこそ、『哲学者の密室』の中で、駆は「死体に対する冒瀆行為によって、アントワーヌはハルバッハ哲学の圏外に出てしまった」という気づきを得ることができた。そして、この気づきが、自身の推理の間違いの気づきにつながったのだ。

ここで、『テロルの現象学』を見てみよう。笠井は、インタビュー等で、「『テロルの現象学』の第三部で行き詰まったので、『バイバイ』を書いてみた」という意味のことを語っている。そして、『テロルの現象学』にハイデガーの思想が出てくるのは、第二部の最後の章である。ここでは、連合赤軍の思想に対する批判として、ハイデガーの〈死の哲学〉を取り上げてから、「つまるところ彼らは、

『追い越しえない可能性』としての〈死〉に、恣意的に『追いつこう』として無益な努力を重ねた」と述べている。この批判が、『哲学者の密室』に登場する、駆のアントワーヌについての述懐と重なり合うことは、言うまでもないだろう。

くり返すが、『バイバイ』執筆時の笠井は、この作の出版までは考えていなかった。従って、『哲学者の密室』の執筆どころか、シリーズ化も考えていなかったことになる。

しかし、他の〈矢吹駆シリーズ〉を読んだ後で、〈テーマ〉という観点から『バイバイ』を読み直すならば、これら『哲学者の密室』などの後続作品への道が延びていることに気づくはずである。これは、〝たまたまそうなった〟のではない。『バイバイ』のテーマは、『テロルの現象学』の一部を切り出したものであり、残りの部分も、作者の頭には存在していたのだ。そして、その残りの部分が、後続作品のテーマになったわけである。

これが、〈テーマ〉という観点から見た駆シリーズのユニークな魅力に他ならない。「主人公がさまざまな思想家と対決する」というのは、漫画のバトルものみたいだが（そして、そう読んでも楽しめるが）、実際には、『テロルの現象学』から、ジョルジュ・バタイユに関する部分を抜き出したのが『薔薇の女』、ハイデガーに関する部分を抜き出したのが『哲学者の密室』、というわけである（『サマー・アポカリプス』のシモーヌ・ヴェイユは『テロルの現象学』では大きく取り上げられていない。この点については第十五節で考察する）。

いや、これも正確ではない。『テロルの現象学』自体が、「観念批判論序説」という副題を持っていることからわかるように、「観念批判論」の一部に過ぎないのだ。作者によると、この第二部は「エロティシズム論」となっているので、バタイユはこちらで大きく取り上げられているのかもしれない。

もちろん、「観念批判論」に基づく作品は、駆シリーズだけではない。例えば、『復讐の白き荒野』（一九八八年）には、『テロルの現象学』で大きく取り上げられ、『バイバイ』でも触れられている三島由紀夫の影が落ちていることは、読んだ人には明らかだろう。

ただし、紙幅に限りがあるので、本書では駆シリーズを中心に考察させてもらいたい。――というわけで、再び『バイバイ』の考察に戻ることにする。

八　『バイバイ、エンジェル』――そのトリック

この節では、『バイバイ』のトリックについて考察する。拙著『エラリー・クイーンの騎士たち』では、「首を切った理由」も「密室状態の部屋に爆弾を仕掛けるトリック」も、どちらも先例があると指摘している。それは間違いではないのだが、使い方を見てみると、笠井の方が優れているのだ。

まず、首切りの理由を見てみよう。私が述べた先例では、「被害者の頭部に犯人しか使えない凶器の痕跡が残ったため」となっている。犯人は、その痕跡を隠すために、頭部を切断して持ち去ったという次第。

ところが、『バイバイ』では、切断した頭部は、ほどなく発見されている。そして、頭部には何の

痕跡もなかった。しかも、犯人は頭部を洗ってから捨てたらしい。

クイーンの『エジプト十字架の謎』や〝先例〟作品を読んでいる探偵小説愛好家ならば、ここで驚いたに違いない。このデータにより、首を切断した理由から、「死体の身元を誤認させるため」と「頭部に犯人を示す痕跡が残ってしまったため」の二つが――探偵小説愛好家が真っ先に思いつく二つの理由が――除かれてしまったからだ。しかも、「犯人はなぜ頭部を洗ったか」という新たな謎まで加わってしまった。従って、本格ミステリ・ファンにとって面白くなるのは、実は、この頭部発見のシーンからなのだ。（余談だが、笠井が『バイバイ』で挑んだ『エジプト十字架』でも、中盤に被害者入れ替えトリックが明かされるシーンがあり、探偵小説マニアであればあるほど、このシーンで驚くことになる。笠井は、このテクニックもクイーンから学んだのだろう。）

話を戻すと、犯人が死体の頭部を持ち去った理由は、やはり、頭部に犯人にとって致命的な手がかりが残ってしまった、というものだった。それは〝化粧〟。化粧ならば、犯行現場で細工すれば良いのだが、時間が足りなかったので、とりあえず持ち去り、洗ってから放置したわけである。なんと、探偵小説愛好家が一度消去した理由が結局は真相だったのだ。このあたりもクイーンに学んだ点であり、同時に、作者の卓越したセンスの証《あかし》にもなっている。

だが、作者のセンスがうかがえる点は、まだある。普通なら、被害者が化粧をしていたのを隠すために頭部を持ち去り、化粧を落とすために洗うのだが、この作では逆。被害者が化粧をしていないのを隠すために頭部を持ち去り、「洗ったので化粧が落ちた」と思わせるために洗ったのだ。

なぜそんな面倒なことをしたのだろうか？　それは、アリバイ工作のためだった。犯人は午前九時過ぎにオデットを殺害し、電話を使って十時以降も彼女が生きているように見せかける計画だった。だが、いつもなら九時には化粧を終えているはずのオデットが、その日に限って、化粧をしていなかった。前夜、いつもより強い睡眠薬を飲んだため、寝坊をしてしまったらしい。このままでは、警察に「オデットは九時前に——化粧をする前に——殺された。十時の電話はアリバイ工作だ」と思われてしまう。ならば、化粧前の頭部を切断して持ち去るしかない。——ねじくれた、そして面白いロジックである。これもまたクイーン的で、かつ、作者のセンスの良さをうかがわせる。

さらに、このロジックにより、犯人のデータが二つ手に入る。

①死体に化粧を施す技術がない。
②十時のアリバイがある。

この二つの条件に他のいくつかの条件を加え、駆はアントワーヌが犯人だと指摘するのだ。この推理の鮮やかさもまたクイーン的で、かつ、作者のセンスの良さをうかがわせる。

本作をクイーンと結びつけた考察はいくつもあるが、『エジプト十字架の謎』と比較したものが多い。首切り以外でも、『エジプト—』の復讐者クロサックが『バイバイ』のイヴォンに対応するとか、どちらも犯行現場に血の文字が残されているとかいった指摘もある。それは間違いではないが、ここまで考察したように、トリックをめぐる〝ねじれたロジック〟や、そのねじれを利用した推理も、実はクイーン風なのだ。

しかし、もう一つのトリックを——アンドレ殺しの密室トリックを——見ると、その考えは揺らいでくる。こちらは完全な〝ハウダニット〟ものなのだが、そのせいか、トリックの処理がクイーン風とほど遠いものになっているのだ。

だが、まずはトリックそのものを見てみよう。本作では「犯人には現場に爆弾を仕掛ける時間的余裕がなかった」という不可能状況に対して、モガール警視、ナディア、駆による三つの解決が提示される。

一つ目の警視による解決は、アンドレの泊まっている七二六号室の鍵と、犯人の泊まっている六二六号室の鍵を、番号札だけ交換する、というもの。アンドレが自室の鍵だと思って六二六号室の鍵を持って外出している隙に、犯人は本物の鍵で七二六号室に侵入して爆弾を仕掛けたのだ。

このトリックもまた、先例があるが、おそらく作者は読んでいないと思われる。ただし、〈間違った解決〉なので、〝よくある手〟でも問題はない。むしろ、ここで「六二六号室の鍵がホテルに戻っていない」というデータを読者にあらためて提示する作者の手際を誉めるべきだろう。

二つ目のナディアによる解決は、六二六号室の犯人が、岸壁登攀《とうはん》の経験を生かして外壁づたいに上階の七二六号室の窓まで移動。窓ガラスを破って侵入し、爆弾を仕掛ける、というもの。警察は爆破によって窓ガラスが割れたと思い込むが、実は、それ以前に割れていたというわけ。

このトリックは、探偵小説愛好家の盲点を突いている。なぜならば、類似のトリックを用いた他の作品では、犯人は犯行現場の「上の階の部屋」か「隣の部屋」から侵入しているからだ。仮に、謎の男（鍵を返却しなかった宿泊者）が六二六号室ではなく八二六号室に泊まっていたとしよう。探偵小説愛好家ならば、即座に「八二六号室からロープを垂らして七二六号室に侵入したのだな」と考えるに違いない。だが、下の階から上の階に移動するという発想は、なかなか出て来ないのだ。

もっとも、ナディアの推理では、アンドレと一緒に七二六号室に泊まっている女が共犯になっている。だとしたら、この女が七二六号室の窓からロープを垂らし、犯人が六二六号室からそのロープをよじ登って侵入する、という手も使えることになってしまうのだが……これもまた、〈間違った解決〉なので、穴にはならないだろう。むしろ、「なぜ犯人は爆弾という大仕掛けな凶器を使ったのか?」というホワイに対する説明になっている点を評価すべきである。

三つ目の駆の推理は、真相だけあって、最も面白い。そもそも、アンドレが泊まっていたのは、七二六号室ではなく六二六号室だった。犯人は七二六号室に自分と一緒にアンドレも泊まっているように見せかける。そして、七二六号室に爆弾を仕掛けてから、六二六号室に向かうアンドレに階数を錯覚させ、七二六号室におびき出す。

このトリックは、私の知る限りでは、先例はない。だが、二つのトリックの組み合わせだと考えると、どちらも先例が存在する。

まず、二人の人物が、泊まっている部屋をごまかすトリックは、戦後の国産探偵小説にある。実は、前述の〝鍵の番号札だけを取り替える〟トリックも、この作品に出てくるのだ。

次の、被害者に部屋を誤認させるトリックも、複数の先例がある。例えば、第一章で紹介した、天城一の未発表短篇「摩天の犯罪」も、このトリックを使っているらしい。

ここまで見てきたように、笠井のトリックは、既存トリックのバリエーションが多い。作者が既存トリックを知らない場合もあるだろうが、そうだとしても、斬新とは言えないはずである。

しかし、先例の有無は別にして、このトリックにはおかしな点がある。現実には実行できないと言っているのではない。このトリックを実行する犯人の心理がおかしいのだ。

まず、「七二六号室に爆弾を仕掛けるのは不可能だった」という状況を、なぜ作り出したのだろうか？　犯人マチルドは、明らかに〈謎の女〉をジョゼットに見せかけようとしている。それなのに、ジョゼットにも犯行が不可能な状況を作り出す意味はあるのだろうか？　警視の推理では、「ジョゼットがアリバイを作っている間に共犯者のデュロワが爆弾を仕掛ける」となっている。だが、マチルドの計画では、デュロワにも犯行が不可能になってしまうのだ。

次に、アンドレを最初から七二六号室に泊めなかった理由がわからない。「ジョゼット（実はマチルド）とアンドレが七二六号室に泊まる。アンドレが外出中にマチルドが爆弾を仕掛けてから部屋を出る。帰ってきたアンドレが部屋に入ると爆弾が破裂する」という計画では、なぜいけないのだろうか？

仮に、アンドレが六二六号室に泊まっていたとしても、階数を錯覚させて七二六号室に導く理由がわからない。単に七二六号室の鍵を渡して、「先に七二六号室に行ってくれ、私も後から行く」と言えばいいだけではないか。

そして、弁護士のフロサールに電話してアンドレが七二六号室に泊まったように見せかける理由がわからない。この策略では、犯人はフロサールの事務所から電話の内容を記録したノートを盗み出す必要が生じる。しかし、これは危険きわまりない。盗みに失敗する危険もあるが、それよりも危険なのは、警察に「犯人はフロサールのノートのことを知っている人物」だというデータを与えてしまうこと。実際、駆はこの点に着目してトリックを見抜いている。なぜ、そんな危険を冒してまで、電話のトリックを弄したのだろうか？

さらに、凶器に爆弾を使う理由がわからない。マチルドが警察に押しつけたい偽の解決は、「ジョゼットが金目当てで殺人を犯した」なので、毒殺や刺殺や銃殺の方が殺人の手段としてはふさわしいではないか。

何よりもこの計画で問題なのは、マチルドのアリバイがなくなってしまうという点。マチルドはアンドレの妹なので、事件関係者、いや、容疑者になる。そして、警察にアリバイを聞かれた場合、彼女は「ない」と答えるしかないのだ。警察が「ジョゼットとマチルドが組んでアンドレを殺した」と考える可能性だって、決して小さくない。

『バイバイ』に登場するホテルの密室トリックは、作中の犯人にとって、メリットはなく、むしろデメリットしかない。つまり犯人は、このトリックを弄する理由はないのだ。

だが、作品の外にいる作者には、理由があるはずである。それは何だろうか？

まず、なぜ作者がアンドレ殺しをプロットに組み込んだのかを考えてみよう。『バイバイ』の発想の源は首切りトリックなので、作者が書きたかったのはオデット殺しになる。では、アンドレ殺しはなぜ入れたのだろうか？

テーマとのからみで考えると、オデット殺しだけでは、犯人はアントワーヌ一人になってしまう。

作者は、駆が最後に対決する相手として創造したマチルドにも殺人を実行させるために、彼女によるアンドレ殺しを加えたのだ。そして、そのために、マチルドは自分のアリバイがなくなってしまうのに、前面に出て殺人を犯したわけである。

ミステリとのからみで考えると、物語の中だるみを防ぐために、中盤に殺人を――しかも、読者が喜ぶ〈密室殺人〉を――入れたのだろう。確かに、犯人はわざわざ不可能状況を作る理由はない。しかし、それでは中だるみを防ぐことはできないではないか。だから作者は、「誰が犯人でも犯行不可能」な状況を作ったのだ。

また、その不可能状況の真相も、月並みでは駄目。読者に「アンドレはずっと七二六号室に泊まっていた。六二六号室には謎の男が泊まっていた」と思わせ、真相は「アンドレは一度も七二六号室には泊まっていなかった。六二六号室の謎の男がアンドレだった」として、意外性を出さなければならないのだ。

そして、作者としては、トリックを解き明かすための手がかりを設定しなければならない。このため、「フロサールの事務所からノートを盗み出したのはなぜか？」という手がかりを盛り込まなければならなかったのだ。

さらに、作者の設定では、犯人マチルドはテロ組織の中央委員で、裏切り者のアンドレを処刑したとなっている。ならば、殺害手段は、毒殺や刺殺や銃殺よりも、爆殺がふさわしい。ここで爆弾を出しておけば、解決篇でテロ組織の存在を明らかにしても、読者は不自然に感じないはずだ。――作者はこう考えたのだろう。連合赤軍事件をテーマに持つ『バイバイ』では、テロ組織の存在を外すわけにはいかないのだ。

作者の都合だけで作中人物が不自然な行動を取るトリック小説——アンドレ殺しに関しては、そう言わざるを得ないだろう。オデット殺しの方は〝ホワイダニット〟なので、犯人に不自然な行動をとらせるわけにはいかない。犯人がつじつまの合わない行動を取ると、探偵がホワイの謎を解明できなくなってしまうからだ。

しかし、アンドレ殺しは〝ハウダニット〟なので、トリックを成立させることが最重要課題となる。そのためには、作中人物が不自然な行動を取るのもやむを得ないのだ。

……と、ここまでの文を読んで、第一章で私が同様の指摘をしていることに気づいた人もいると思う。天城一の「不思議の国の犯罪」に対して、私は同様の批判をしているからだ。

一九四七年に発表された天城一の短篇と、一九七九年に発表された笠井潔の長篇に、同じ批判が当てはまるのはなぜだろうか？

答えは、〈トリック分類〉にある。

第一章第八節で述べたように、天城一は〈トリック分類〉に基づいてトリックを案出している。言い換えれば、既存の密室トリックを分類したデータベースを持ち、このデータベースに存在しないトリックを見つけ出すか、それができない場合は、既存トリックを変形したり組み合わせたりしているのだ。変形や組み合わせによって、読者が〈密室トリック・データベース〉に検索をかけても引っかからないようにするわけである。（この点については、拙著『エラリー・クイーン論』で考察を行ったので、詳細は省略させてもらう。)

しかし――これも既に述べたが――既存トリックを変形したり組み合わせたりすると、複雑になることは避けられない。そして、複雑なトリックを作中人物に実行させようとすると――単純なトリックに比べて――どうしても無理や不自然さが生じてしまうのだ。

一方の笠井潔は、デビューは天城一よりずっと遅いが、読書対象の大部分が戦前の作品にとどまっているように見える。つまり、笠井の〈トリック・データベース〉に登録されている作品は、天城とそれほど差がないのだ。

ただし、その使い方を見るならば、笠井は天城とは異なる。笠井は、作中で〈トリック・データベース〉を利用した推理を否定しているのだ。

第五節で紹介したように、作中では、首のない死体に対して、ナディアが「被害者の入れ替わりを隠すために死体の首を切断した」という推理を語る。それに対して、駆は〝探偵小説愛好家風の臆断《ドクサ》〟*註1だとして否定。そして、こう語るのだ。

オデット殺しの現場に残された首なし屍体にもまた、このコップ同様に無限の意味が隠されてい

＊註1　『天城一の密室犯罪学教程』では、摩耶ものの作品は「毒草／摩耶の場合」という題でまとめられている。そして、この本には書いていないが、作者は「毒草」には「ドクサ」とルビをふっているのだ。つまり、題名は「摩耶の臆断《ドクサ》」というわけ。これもまた、二人の作家の興味深い交差と言えるだろう。

るはずです。ところが、マドモアゼル・モガールをその一員とする探偵小説愛好家の眼には、首なし屍体という事物はたちどころにある種独特の〈意味沈殿〉を惹き起こすのです。それは無限で多様であるべき首なし屍体の意味を、犯人による被害者の顔の隠匿であり、つまるところその屍体が誰のものであるか判別し難くするための作為であるという点においてのみ一義的に固定化するものです。

駆は現象学の言葉で説明しているのだが、これを、私のような〝探偵小説愛好家〟が、探偵小説の言葉で説明すると、こうなる。

マドモアゼル・モガールのような探偵小説愛好家が「首なし屍体」をキーワードにして〈トリック・データベース〉に検索をかけると、「屍体が誰のものであるか判別し難くするための作為」という結果が――この結果だけが――戻ってきます。そのため、探偵小説愛好家は、オデット殺しの現場に残された首なし屍体に対して、「身元を誤認させるため」と結論づけてしまうのです。

つまり、駆の言う〝探偵小説愛好家風の臆断《ドクサ》〟とは、〝〈トリック・データベース〉に検索をかければ得られる答え〟を指しているとも考えられるのだ。『バイバイ』の場合は、「ナディアの推理＝探偵小説愛好家風の臆断＝〈トリック・データベース〉の検索で得られるトリック」となる。ならば、「駆の推理＝現象学的本質直観による推理＝〈トリック・データベース〉の検索では得られないトリック」となると考えてもおかしくないだろう。

作中人物の矢吹駆は、推理に際して、〈トリック・データベース〉を意識していない。だが、作者は、駆に〝探偵小説愛好家風の臆断〟をさせないために、〈トリック・データベース〉を意識しなければならない。結果として、データベースに存在しないトリックを見つけ出すか、それができない場合は、既存トリックを変形したり組み合わせたりすることになる。つまり、トリック案出という観点からは、笠井潔も天城一と同じことをやっているのだ。だからこそ、密室というハウダニットを描くに際して、同じ欠点を抱えてしまったわけである。


天城一は、当時の〝トリック至上主義〟の風潮のため——

笠井潔は、〝探偵小説愛好家風の臆断〟とは異なる推理を描こうとして——

共に、トリックのバリエーションに力を注ぐ作風にたどりついたのである。

そして、バリエーションにつきものの、「作中人物の心理と行動の不自然さ」という欠点の解消方法も同じなのだ。

では、次節ではその「欠点の解消方法」、すなわち〝探偵のレトリック〟を、今度は笠井作品について見てみよう。

九　『バイバイ、エンジェル』——その推理法

駆の〈本質直観による推理〉、すなわち〈現象学的推理法〉について、『哲学者の密室』発表以降の作者は〝レトリック〟といっている。ただし、『バイバイ』刊行時は、明らかに〝推理法〟という位置付けだった（変わった理由については第六章で考察する）。従って、天城一を考察した時のように、探偵役の言葉を引用して補足するだけでは〝考察〟とは言えない。その推理法がどのようなものか、どのように使われているか、を見ていく必要がある。この節では、まず、「どのようなものか」について考察しよう。

駆の〈現象学的推理法〉は、ヴァン・ダインの生み出した名探偵ファイロ・ヴァンスが用いる〈心理学的探偵法〉の変形として考案されたと思われる。そこでまず、ヴァンスの〈心理学的探偵法〉から見ていくことにしよう。

この推理法は、簡単に言うと、「物的証拠よりも心理的証拠を重視する」というもの。これについては、批判する人（「容疑者全員とポーカーをやるのか」等々）も称賛する人（「現代のプロファイリングにも通じる」等々）もいるが、どちらも重要な点を見落としている。それは、ヴァンスは、この推理法を、「すべての事件に対して適用すべきだ」と言っているわけではない、という点。実際には、彼は、「警察より頭の良い犯罪者は警察が見つけることができるような物的証拠を残したりしない。

逆に、物的証拠を偽造することもある。だから、そういう犯罪者が起こした事件では物的証拠ではなく心理的証拠を重視すべきだ」と言っているのだ。つまり、心理学的探偵法を適用できる事件は、頭の良い犯人による、練りに練った計画犯罪だけなのだ。逆に言うと、大部分の犯罪、つまり凡庸な犯人による犯罪は、物的証拠を重視してかまわない、となる。

この「大部分の犯罪は警察で充分」という考えは、黄金時代の探偵小説では珍しくない。エラリー・クイーンも、『フランス白粉《おしろい》の謎』（一九三〇年）の冒頭で、父のクイーン警視に向かって、「事件の九割はあなた（警視）が解決できるが、残りの一割はぼくの出番だ」という意味のことを言っている。ヴァン・ダインやクイーン以前の、〈ホームズとそのライヴァルたち〉の時代の警察は、煙草の銘柄の特定や足跡の照合もできない無能な集団だったが、黄金時代には、そうは言えなくなるほど、警察の捜査能力がアップしたのだろう。

そして、この前提を理解すると、心理学的探偵法の意義も見えてくる。『ベンスン殺人事件』（一九二六年）の第六章におけるヴァンスの説明を見てみよう。

真実を知る唯一の方法は犯罪の心理的な要因を分析して、それを個人に適用することなのだ。唯一の、真実の手がかりは心理的なものである――物的なものではない。たとえば、真にすぐれた美術の専門家が絵を判断したり、鑑定したりする場合、下塗りを調べたり、絵具の分析をしたりなどはしない、絵の着想なり、筆致なりに現れている画家の創造的個性を研究するのだ。まず自問する。この芸術作品は形式、技法、心構えにおいて、はたして、ルーベンス、ミケランジェロ、ヴェロネーゼ、ティティアン、ティントレット、そのほか作者はだれでもよいが、その作品の作者とされているものの天才――つまり、個性――を形成する特質をそなえているか、どうかをねえ。

ここで誰もが思いつく反論は、「名も知られていない二流の画家の絵の場合は、できない方法じゃないか」というものだろう。しかし、ヴァンスはすべての絵について言っているのではない。対象としているのは、「創造的個性」を持っている画家だけなのだ。これを犯罪に当てはめると、ヴァンスは「頭の良い犯人が知恵を絞って犯罪を計画した場合、犯行には犯人の個性があらわれる」と言っていることになる。シンプルな例を挙げると、「頭が良くても臆病な性格の犯人は、大胆さが必要な犯行計画は立てない」といった感じだろうか。実は、例としては『カナリア殺人事件』(一九二七年)がふさわしいのだが、ネタバラシになりそうなので、私が考えた例で了承いただきたい。

この推理法自体に関する考察も興味深いのだが、本書のコンセプトからは外れるので、指摘は一つだけにしておきたい。それは、『グリーン家殺人事件』(一九二八年)に対する批判について。

この作においてファイロ・ヴァンスがなかなか事件を解決できない点については、前出の都筑道夫の『黄色い部屋はいかに改装されたか?』をはじめ、いくつもの批判がなされている。しかし、〈心理学的探偵法〉についてここまで考察してきたことを踏まえるならば、決してヴァンスは無能ではない。『グリーン家』の犯人は――未読の人のためにぼかした表現をすると――「警察より頭が良いわけではないが、ある方法を使って、警察の上を行く犯罪を実行した」のだ。だから、頭の良い犯人を突きとめるためのヴァンスの探偵法が、うまく機能しなかったわけである。
では、笠井潔の考察に戻ろう。
『バイバイ』の第二章〈1月6日午後7時30分〉で、駆は「ナディアは警察流のやり方にたいして否定的な見方をしているようですが、僕はそうは思いませんよ。現実に行なわれているやり方が、いつもいちばんいいやり方なんです」と言い、その「理由のひとつは、実際に起こる犯罪の九分九厘までが常識的な動機や方法によってなされるものだから」と言っている。そして、こう続けるのだ。

しかし、その結果、実際に起こる犯罪全体のなかの一分か一厘かのごく僅かな部分が、初めから警察組織の守備範囲外のものとなるわけです。もちろん、それに官僚組織が無自覚とはいえません。ただ、こう現実的な判断を下しているだけなのです。その程度の例外は大勢に影響しない、と。

合理的な巨大組織が発するこの冷厳で現実的な判断は、しかし同時に、騎士道精神も中国《シノワ》の長城も強固な宗教的戒律も、およそなにものをもってしても阻むことのできなかった強大な力、つまり近代という時代が全世界にむかっておしつけた合理化という名の暴君が、ついに直面した限界性の告白でもあるのです。組織され体系化された合理精神の光が、不遜なほどの自信に満ちて人間を完璧に計量可能な諸要素の束に分解し整理しきろうとする瞬間、人間存在の深みから噴出する血の色の闇がその企てを阻むのです。犯罪というあまりに深く人間的な現象は、たとえその九分九厘までもが合理的な計量可能性によって官僚組織の膨大な書類操作の渦巻のなかに呑み込まれていくにしても、最後の一分一厘のところで、絶対に計算されつくされることのない人間性の深淵をくろぐろと露呈するのです。

重要な台詞なので略さずに引用したが、これで、ヴァンスとの違いがわかってもらえたと思う。二人とも、「大部分の事件は警察が解決できるが、一部の事件は警察では解決できない」と言っている点は、変わらない。違いは、その「一部の事件」がどういうものか、にある。ヴァンスの場合は、「警察より頭の良い犯人が起こした事件」。では、駆の場合は何だろうか？　それは、「常識的な動機や方法によってなされ」たわけではない犯罪の場合。本作ならば、〝観念による殺人〟となる。駆は、〝観念による殺人〟は、警察では解決できないと言っているのだ。

ファイロ・ヴァンスの言う通り、警察より頭の良い犯人は、警察が容易に見つけ出せるような手がかりは残さないかもしれない。だが、それでも隠しきれない大きな手がかりがある。それは、「犯人はその犯罪によって利益を得る」という手がかり。金銭、地位、愛情、隠蔽、安心、安全――こういったものを得られるからこそ、犯人は犯罪を犯したのだ。しかも、頭の良い犯人でも、それを隠すのはむずかしい。自分が被害者の遺産相続人であることを隠すと、遺産の相続ができない。自分と被害者の妻との恋愛関係を隠すと、いつまでも結婚できない。ということは、警察の容疑者リストに載ってしまうことは避けられないのだ。

だが、〝観念による殺人〟を犯す者は、こういった利益を基にした容疑者リストには含まれない。

利益のために殺人を犯したわけではないからだ。駆が例として挙げた「飢えに狂った男に殺人と人肉喰いという許し難い悪を犯させないために、もう一人の男が敢《あ》えて犯す殺人」（第三章〈1月7日午後9時〉）は、警察の手に余るのだ。

犯行手段も同じである。爆弾という凶器は、犯人にとっては、使い勝手が悪い。製造知識の習得や材料の入手は手がかりが残るし、相手を確実に殺せる保証はないし、恨みのない人々を巻き込む可能性もある。だが、〝観念による殺人〟の一種であるテロにおいて、爆弾はたびたび使われていることは言うまでもない。警察はここでは、メリットよりデメリットの多い凶器をあえて使用する犯人を捜査しなければならないのだ。

ここまで読んだ人からは、「でも、テロだって、警察は犯人を突きとめているじゃないか」という批判の声が上がるに違いない。動機なんてわからなくても、爆弾の材料の入手ルートから犯人は突きとめられるではないか。連合赤軍のリンチ事件も、内ゲバが起きた理由はわからなくても、警察は解決しているではないか。――と。

おそらく駆が言っている「解決」とは、動機の解明まで含まれているのだろう。というのも、先に引用した台詞の前に、駆は警視に向かって、「あなたにとっては犯人の確定が九十九で残りは一でしょう。しかし僕にとっては正しい直観が、つまりその犯罪の意味の把握が九十九で残りは一に過ぎないのです」と言っているからだ。

まとめると、駆の推理法が適用できるのは、〝観念による殺人〟だけということになる。ヴァンスやエラリーに比べると、かなり事件の範囲が限定されているが、それも当然だろう。第一節で考察したように、『バイバイ』執筆時の作者は、矢吹駆の物語を書き継ぐつもりはなかった。もともと〝観念による殺人〟を論じた『テロルの現象学』から派生した作品なのだから、〝観念による殺人〟しか解明しない名探偵でもおかしくないと言える。

　だが、ここで新たな疑問が生じる。ある事件が〝観念による殺人〟かどうかが、解決する前にわかるのだろうか？　事件が警察の手に余るとしても、それが〝観念による殺人〟とは限らない。ファイロ・ヴァンスが担当すべき〝警察より頭の良い犯人による殺人〟かもしれないではないか。

　解決篇で駆は、マチルドたちが〈赤い死〉《ラ・モール・ルージュ》という名の秘密革命結社のメンバーであることを語る。殺人の動機は、組織の資金調達（オデット殺し）と裏切り者の処刑（アンドレ殺し）だったのだ（この動機については別の理由もあるが、こちらについては第十一節であらためて扱う）。だが、駆は「僕はこうした知識をマチルドやアントワーヌの告白によって得た」と言っているので、真相を突きとめた〝後〟の話になる。実際には、かなり早い段階で、オデット殺しが〝観念による殺人〟であることに気づいていたように見える。

〈1月6日午前10時40分〉モガール警視が殺人現場に到着。

〈1月6日午後7時30分〉駆が警視に、〝観念による殺人〟は、警察では解決できないと言う。

〈1月7日正午〉ナディアに「誰がオデット殺しの犯人なのかしら」と訊かれた駆は、「ルシファーさ」と答えている。後でわかるが、この「ルシファー」とは、観念に取り憑かれた人間を指していた。

　なぜこんなに早くわかったのだろうか？　作中にははっきり書いていないが、おそらく、脅迫状も含め、事件にあふれかえる赤のイメージのせいだろう。一般的な動機による犯罪ならば、この〝赤〟

は過剰すぎるし、説明がつかない。そこで駆は、〝観念による殺人〟を——駆の言葉を借りるならば「人間存在の深みから噴出する血の色の闇」を——感じ取ったのだろう。もっとも、私のような探偵小説愛好家ならば、「犯人が現場に残してしまった赤い手がかりを隠すために現場を〝赤〟で埋め尽くした」という推理をするのだが……。

作者が巧妙なのは、この駆の気づきを、モガール警視に裏付けさせていること。警視は、犯行現場を見た時に「(この事件は)一見した印象よりも遥かに奥行きが深い気がする」と語り、捜査が進んでからも「この事件にはどうも不愉快な、割り切れんところがある」と語っている。警視のベテラン捜査官としての勘が、この事件は自分の守備範囲外だと教えたわけである。そして、だからこそ警視は、民間人の駆に事件の話をしたのだろう。

『バイバイ』の時点では、駆の〈本質直観による推理〉は、〝観念による殺人〟を推理するためのものだった。駆はラルース家の事件は「常識的な動機や方法によってなされ」た犯罪ではないと感じ取り、ナディアや警視の誘いに乗り、この推理法を用いて解決したのだ。

だから、〈本質直観による推理〉は、レトリックではない。少なくとも、『バイバイ』の時点では、まぎれもない〝推理法〟だった。そして、最初からシリーズ化を目論んで生み出された他の名探偵とは異なり、〝観念による殺人〟だけを——評論『テロルの現象学』と連携する事件だけを——扱う探偵だった。だが、その範囲の狭さゆえに、現象学を応用した、ユニークな推理を描くことに成功したのだ。

ごく一部の作家だけが、〝魅力的な推理〟を描くことに成功している。
ブラウン神父の逆説に満ちた推理――
エラリー・クイーンの論理的な推理――
法水麟太郎のペダンチックな推理――
摩耶の皮肉と社会批判に満ちた推理――
そして本作によって、矢吹駆の〝観念〟に挑む推理が生まれたのである。

十『バイバイ、エンジェル』――その推理

前節では、〈本質直観による推理〉が、「どのようなものか」を考察した。本節では、この推理法が「どのように使われているか」について考察しよう。

〈本質直観による推理〉について、駆はモガール警視に向かって、こう語っている（第二章〈1月6日午後7時30分〉）。

あなたは今日の午後、たくさんの証拠を現場で集め、たくさんの証言を記録にとったことでしょう。しかし、集められた諸事実は真実にたいして権利上同等である無数の論理的解釈を同時に許すものなのです。無数に並列して存在しうる論理的解釈のうちから、ただひとつだけを正しく選

びとりうるためには、諸事実を論理的に配列するための作業に先立って、ひとつの直観が要求されるのです。その直観を導きの糸とした作業でなければ、どんなに整合的な推理であってさえそれはまったくの無意味な徒労に過ぎないでしょう。

この台詞に対する私の解釈は、こうなる。

例えば、〝オデット殺しの現場に残されたおびただしい赤のメッセージ〟というデータの解釈は、いくつもある。そして、犯人が金銭や恋愛といった一般的な動機で殺人を犯したと考える限り、正しい解釈は得られない。犯行が〝観念による殺人〟だと直観して、初めてデータの正しい解釈が得られるのだ。

そして、この説明が正しいとすると、興味深い点が見えてくる。

本格ミステリにおいて作者が読者をミスリードするテクニックの一つに、「事件の構図を錯覚させる」というものがある。例えば、「大富豪の子供の誘拐事件に見せかけて、実は、未来の遺産相続者の抹殺が狙いだった」というプロット。この場合、読者が〝身代金目当ての誘拐事件〟という前提で手がかりを解釈しようとしても、真相にたどり着くことはできない。この事件の本質が将来の遺産狙いであることを見抜き、容疑者が遺産相続候補者の中にいることを見抜いた後でないと、手がかりの正しい解釈はできないのだ。

どうだろうか。駆の台詞と重ならないだろうか。いや、正確に言うならば、作者のやっていることが、重なり合わないだろうか。

〔笠井潔〕駆の推理法を生かすため、事件が〝観念の殺人〟であることを見抜いてから推理を組み立てれば解決できるが、〝普通の殺人〟だと思い込んだまま推理を組み立てても解決できないプロットを案出する。

〔他の作者〕読者をミスリードするため、事件が〝遺産相続者の殺害〟であることを見抜いてから推理を組み立てれば解決できるが、〝身代金目当ての誘拐〟だと思い込んだまま推理を組み立てても解決できないプロットを案出する。

目的は異なるが、やっていることは同じである。第八節では、駆の推理において〝探偵小説愛好家風の臆断〟を批判させるために、作者が〈トリック・データベース〉を意識しなければならないことを指摘した。それと同じように、駆の推理法の都合で、作者は「読者に事件の構図を錯覚させる」という、本格ミステリ作家が行うプロット上のミスリードを行わなければならなくなったのだ。

これが、本格ミステリとして見た笠井潔のユニークな個性である。探偵役の矢吹駆の〈本質直観による推理〉は、もともと、『テロルの現象学』と連携させるために生まれたものだった。だが作者は、この推理法を生かすために、読者が〈トリック・データベース〉に検索をかけても引っかからないようなトリックの案出に力を注ぎ、読者が事件の構図を錯覚するようにミスリードしなければならなくなった。作者の執筆時のこの姿勢は、天城一などの戦後の日本の探偵作家と同じなのだ。

――と、ここまでは誉めているが、ここから先は批判に入る。なぜならば、『バイバイ』における

〈本質直観による推理〉の使い方は、上手くいっていないように見えるからだ。

一般的に、笠井の言う〝観念による殺人〟を犯した犯人は、動機を隠そうとはしない。例えば、テロリストによる爆破事件や暗殺事件では、犯行声明が出ることがほとんどである。実行犯の正体は隠すが、それが自分たちの仕業であることは隠さないのだ。

しかし、オデット殺しでも、アンドレ殺しでも、犯人は犯行声明など出さず、普通の殺人に見せかけている。アンドレ殺しなどは、〝裏切り者の処刑〟なので、それを明らかにして組織の引き締めを図るべきなのに、やってない。

その最大の理由は、犯人の計画が、「最後にはデュロワにすべての罪を着せる」というものだったこと。だから、犯行声明は出せないし、普通の殺人に見せかけなければならないのだ。言い換えると、犯人は、デュロワがやりそうにないことはできないのだ。

いや、そもそも、オデット殺しの計画は、「金銭（オデットの金庫の千五百万フラン）目当ての殺人」であり、「実行犯（アントワーヌ）に偽アリバイを用意し」、「他人（デュロワ）にすべての罪を着せる」というものなので、普通の犯罪と何も変わらないのだ。唯一の違いは、大金を欲する理由が、私利私欲ではなく、組織の資金集めであることしかない。この違いだけで、〈本質直観による推理〉が上手く使えるのだろうか。

実際には、犯人は、犯行の周囲に赤いメッセージをちりばめ、駆はそこから〝観念による殺人〟を読み取った（と私は解釈している）。だが、この赤いメッセージは、デュロワに罪を着せる計画の足を引っ張っているとしか思えない。しかも、メッセージを残すことによって、メリットが生じるわけでもない。つまり、やらない方が良かったのだ。

この犯人の計画の不自然さは、第八節で考察した、〈アンドレ殺し〉の不自然さとよく似ている。〈アンドレ殺し〉がトリックを成立させるために作中人物に不自然な計画を実行させたのと同じく、〈オデット殺し〉もまた、〈本質直観による推理〉を成立させるために作中人物に不自然な計画を実行させているのだ。いや、正確に言うと、「本格ミステリ形式の中で、〈本質直観による推理〉を成立させようとしたために」となるだろう。つまり、〈本質直観による推理〉は、本格ミステリでは使い勝手が悪いのだ。

だが、この点の考察は第六章十一節にまわすことにして、もう少し『バイバイ』を見てみよう。

十一　『バイバイ、エンジェル』――その思想闘争

『バイバイ』で最後に考察したいのは、クライマックスの駆とマチルドの対決。ミステリ的には〃探偵と犯人の対決〃だが、作者の意図は、もちろん、〃笠井潔と永田洋子の対決〃となる。ただし、「永田洋子＝マチルド」ではない。これについては後述する。）

〃探偵と犯人の対決〃として見た場合、ここで大きなどんでん返しが提示される。私は第九節で犯行動機について、「組織の資金調達（オデット殺し）と裏切り者の処刑（アンドレ殺し）だった」と書いている。確かにアントワーヌたちにとっては、そうだった。だが、ここでマチルドは、どちらも偽りだったと語る。資金がないと同志二十人の命が失われるという話も、アンドレが裏切り者だという

話も、マチルドのでっち上げだったのだ。

これは、行為自体はクイーン作品の犯人などが行う〈操り〉と同じだが、ミステリ的には違う。クイーンならば、マチルドの操りを探偵が推理で見抜くのだが、駆は、マチルドに質問して教えてもらっているからだ。

おそらく作者がこの〈操り〉を描いた目的は、ミステリ部分とは関係ない。前節で考察したように、資金集めのための殺人というのは、普通の金銭目当ての殺人と根本的には変わらなくなり、〝観念による殺人〟とは言いづらくなってしまう。そこで作者は、アントワーヌの〝金銭目当ての殺人〟の外側に、マチルドの〝観念による殺人〟を設定したわけである。また、同志を平然と死に追いやるマチルドの行為を、連合赤軍リンチ事件と重ね合わせる目的もあったのだろう。


次は〝笠井潔と永田洋子の対決〟そのものを見ていこう。一般に、矢吹駆シリーズでは、駆と実在の思想家（をモデルにした作中人物）の思想対決が描かれている、と言われている。しかしそれは、二作目以降の話。そもそも『バイバイ』執筆時点では、永田洋子の著作は刊行されておらず、その思想も断片的にしか知られていなかった。

では、マチルドとは何者なのだろうか？　それは、「笠井潔が永田洋子から読み取った〝観念〟を先鋭化させて生み出した思想家」に他ならない。マチルドが語る思想は、実は、笠井潔のものなのだ。

作者によると、『テロルの現象学』は、『バイバイ』執筆時点では、第二部まで進んでいたらしい。その第二部の最後の章（第六章「観念の倒錯」）で取り上げているのが、連合赤軍事件。ここでは観念が肉体憎悪に転化し、肉体憎悪が生活憎悪に転化し、生活憎悪が民衆憎悪に転化する必然性を描いている。そして、連合赤軍は、生活憎悪の段階にあったと位置付けている（だから、駆のパリでの暮らしぶりには、肉体憎悪と生活憎悪が垣間見えるのだろう）。

ここでマチルドに戻ると、肉体憎悪は、デュロワやアンドレと肉体関係を持ったことが示しているると思われる。「白豚」や「卑しい獣」と軽蔑する男を自ら誘惑して寝たのは――マチルドの言葉を借りるならば、「率先して（自分の）肉体も生命もすべてを惨めなぼろ屑のように扱ってきた」のは――肉体憎悪によるものだと言いたいのだろう。

次の生活憎悪は、彼女が属するテロ組織〈赤い死〉の規約にうかがえる。「第一に、婚姻の、したがって家庭の所有の禁止。第二に、労働の、したがって定職の禁止」。『テロルの現象学』では、「生活の概念は生存の条件の意味的組織化において定義されるのだが、それを二つの中心点を持つ楕円として表象することができる。第一の中心点は〈生殖〉であり、第二の中心点は〈労働〉である」としている。〈赤い死〉の第一の規約は〈生殖〉を、第二の規約は〈労働〉を禁止していることは、言うまでもない。

最も注目すべきは、民衆憎悪。『テロルの現象学』では、連合赤軍の「市民社会から山岳アジトへの主体の自己分離」の「最大の根拠は、革命という観念が成熟した市民社会のただ中では不可避に摩滅させられてしまうという危機感にあった」と書いてある。つまり、連合赤軍はここで、市民社会から逃げたと言っているわけである。代わりに、民衆憎悪の例として挙げられているのは、一九七四年に東アジア反日武装戦線〈狼〉が起こした〈三菱重工本社ビル爆破事件〉。

なぜ作者は、永田洋子をモデルにしたマチルドに、永田洋子にはない民衆憎悪を持たせたのだろうか？　それは、『バイバイ』を本格ミステリにするために他ならない。

『テロル―』の論では、肉体憎悪は三島由紀夫の自害、生活憎悪は連合赤軍のリンチ事件に対応しているが、この二つは殺人が内部を向いているので、それを描いても、本格ミステリにはならない。だから、殺人の対象が外部にある民衆憎悪をマチルドに持たせたわけである。

だがマチルドは、民衆憎悪を持つ〈狼〉のテロの上を行こうとしている。連合赤軍が革命に銃を用いて、〈狼〉が爆弾を用いたのに対して、彼女は核兵器の使用を考えているのだ。銃や爆弾なら被害者は限定できるが、核兵器はできない。だが、「革命の最悪の敵が人民そのものであった」と語り、「人民という名の迷妄を胎内から引きずり出し、渾身の力で醜い肉塊となるまで踏み潰さねばなりません。これだけが、真実の、最後の革命を可能にする唯一の道です」と語るマチルドは、踏み潰す民衆を限定する必要を感じていないのだ。『テロル―』における民衆憎悪には、核兵器までは出て来ないので、これもまた、作者が小説化の際に付与した部分となる。

以上で、マチルドが永田洋子をモデルにしたのではないことがわかってもらえたと思う。マチルドは、『サマー・アポカリプス』のシモーヌや、『哲学者の密室』のハルバッハのように、特定のモデルがいるわけではない。笠井潔が『テロル―』で論じた〝民衆憎悪〟を、極限まで肥大化させた、〝観念のモンスター〟なのだ。そのモンスターに肉体を与える際に、永田洋子を意識したということはあるかもしれないが……。

作者がマチルドという〝観念のモンスター〟を作り出したのは、もちろん、駆の敵として、駆が滅ぼすべき相手としてである。では、マチルドに対する駆の反論は、というと……

マチルド。君はなぜ叛乱のただなかで人々が神々の高みにまで達しうるという真実を視《み》ようとはしないのだ。苦学生と浮浪児と娼婦の軍隊が、ただ死ぬためだけに最後の一人まで闘い続けたという、この都市の舗石《しきいし》のひとつひとつに刻まれた真実を視ようとしないのだ。

この言葉は、『テロル――』第六章の、「パリ・コミューン最後の日々の、次のような挿話を思い起こしてみよう」以降の文に対応している――ことは間違いないのだが、ここには奇妙なねじれがある。『テロル――』では、パリ・コミューンの挿話は、連合赤軍の思想を批判するために用いられている。連合赤軍の「訓練によって革命戦士(＝殺し、殺されうる主体)を生みだそう」という思想に反論するために、パリ・コミューンの、何の訓練も受けていない革命戦士を例として挙げているわけである(かなり単純化した要約で申し訳ない)。これに対して、『バイバイ』では、同じ挿話を、「マチルドが憎悪する民衆が『神々の高みにまで達しうる』」ことを、そして、マチルドや駆が彼ら以下の存在であることを示すために用いているわけである。

そして、駆の反論は、『テロル――』に出て来ない、以下の三つの論の提示に進む。

①「バリケードが三日しかもたないのは、蜂起した群集が我身可愛さで秩序に逃げ戻るからではない。人間がそこで、弱い眼には耐えられない真実の輝きに眼を灼いてしまったからなのだ。」

②「叛乱は敗北する。秩序は回復される。しかし、叛乱は常にある。秩序は叛乱によっていつかふた

たび瓦解するのだ。永続する敗北それ自体が勝利だ。」

③「三日間の真実を生きつくす百世代の試みの後に、いつか、そうだ、いつか強い眼を持った子供たちが生まれてくるようになる。そうして彼らは、太陽を凝視して飽くことを知らず、僕たちの知らない永遠の光の世界に歩み入っていくことだろう。」

正直に言うと、いずれも――特に③は――論とは言い難い。『テロルー』の中に組み込むことはできないだろう。だが、〝小説〟の中に組み込むメッセージとしては、実に魅力的ではないか。実際、『サイキック戦争《ウォーズ》』のラストには、③がそのまま組み込まれているのだ。

しかし、これは当たり前の話と言える。もともと『バイバイ』は、評論『テロルー』の執筆で行き詰まった時に書かれた小説なのだ。小説のための、いや、小説だからこそできるアレンジや追加を行わなければ、行き詰まりは打破できないだろう。

『バイバイ』は、『テロルー』の論を小説形式で書いたものではない。黄金時代の本格ミステリの典型である〈名犯人と名探偵の対決〉として描くために、犯人は肥大化した肉体憎悪、生活憎悪、民衆憎悪をすべて兼ね備えた〝観念のモンスター〟として造形され、探偵はその犯人に、論を超えた理想とも言うべき考えをぶつける。

この対決こそが、評論書では描けないものであり、〈思想小説〉としての『バイバイ』の魅力でもあるのだ。

十二　『サマー・アポカリプス』——その評価

『サマー・アポカリプス』あらすじ

カタリ派を調べる矢吹駆に、〈四騎士〉からの「黙示録の怒りがその頭上に堕ちかかるであろう」という脅迫状が届く。そして、何者かによる狙撃。

カタリ派の聖地である南仏のモンセギュールに向かった駆たちを待っていたのは、殺人事件だった。舞台はナディアの友人ジゼール・ロシュフォールの館。被害者の骨董商フェストは、密室の中で、石球で頭を砕かれ、弩《いしゆみ》の矢で射られていた。つまり、二度殺されていたのだ。そして、現場には白馬の死体が。

続く第二の被害者は、ジゼールの生母の従僕。密室の中で首つり自殺をしたように見えた。そして、現場には赤い馬の死体が。〈黙示録の四騎士〉に見立てた連続殺人なのだろうか？

さらにジゼールの継母ニコルが黒馬と共に殺され、父オーギュスト・ロシュフォールが青いペンキをかけられた馬と共に殺された。

だが駆は、事件の捜査に関心を示さない。彼が関心を示すのは、カタリ派の秘宝やその隠し場所を示すと言われるサン・セルナン文書の調査、そして、南仏セットの女教師シモーヌだった。ジゼールの婚約者であるジュリアン・リュミエールの姉である彼女は、マチルドの友人でもあった。そして、『バイバイ、エンジェル』事件での駆の行為を批判する。

第四の殺人のあと、すべての謎は解明される。だが、解明した探偵は、矢吹駆ではなかった……。

〈矢吹駆シリーズ〉第二作『サマー・アポカリプス』を、私は単行本が出るのを待ちきれずに初出の雑誌で読んだ。そして、期待以上の傑作だと感じ、同人誌に書評を寄稿。単行本刊行後、私の評価を裏付けるように、この作はベストテン等で高い評価を得て、現在でも、シリーズ初期三作の最高傑作と言われている。

では、どの観点から評価されたのだろうか？　刊行年（一九八一年）を見ればわかるように、〈本格ミステリ〉としての評価に他ならない。当時は、他の部分――カタリ派の秘宝や思想闘争の部分――を評価した人は見かけなかった記憶がある。前述の私の書評では、駆とシモーヌの思想闘争に触れているが、それは、ミステリ部分との連携（が成功している）という観点からの言及に過ぎず、闘争の内容には踏み込んではいなかった。当時の他者の評も、私と似たり寄ったりのものが大部分だったと記憶している。

リアルタイムで駆シリーズを読んできた者の感触では、思想闘争の部分に評者の力点が置かれるようになったのは、一九九〇年の『天使／黙示／薔薇』（シリーズ初期三作の合本）からだろう。刊行元の作品社は『テロルの現象学』を出しており、明らかに、この本と駆シリーズを結びつけて読んでほしい、という狙いがあったと思われる。

この狙いは、付録のエッセイからもうかがえる。執筆者が綾辻行人、池澤夏樹、木田元《きだげん》、松山巖、矢川澄子となっていて、ミステリ関係は綾辻のみ。その綾辻のエッセイでは、「矢吹駆シリーズは本格ミステリとして魅力的だ」と、わざわざ力説しているのだ。

さらに、一九九二年に出た『哲学者の密室』が、決め手となった。この作では、本格ミステリ部分と思想闘争部分を、分けて論じることができないからだ。

だが、まずは刊行時の観点に戻って、『サマー・アポカリプス』を本格ミステリとして考察してみよう。

十三 『サマー・アポカリプス』――その本格ミステリ性

第八節で述べたように、駆シリーズでは、〈探偵小説愛好家風の臆断〉を否定する都合上、既存の探偵小説に登場するトリックをそのまま使うわけにはいかない。トリック・データベースに未登録のトリックを案出するか、登録済みトリックを変形させるしかないのだ。そして、『サマー』では、この変形が実に鮮やかに決まっている。

第一の殺人では、犯人は窓を破って被害者の部屋に入り、石球で殴り殺したあと、弩で矢を射込んだように見えた。容疑者たちは、犯行時に現場から離れた場所にいたか、これだけの行動をとる時間的余裕がなかったので、不可能状況が生じている。

そして真相は、というと、「現場から離れた場所にいた」オーギュスト・ロシュフォールが犯人だった。彼は離れた位置から、投石器で石球を窓ごしに発射したのだ。もちろん、命中率の低い投石器で致命傷を与えられるとは思っていなかった。狙いは、窓に穴を開けること。そして、その穴から命中率の高い弩で矢を射込んだわけである。ただし、石球が運良く被害者に致命傷を与えたため、「二度殺された死体」が生じてしまった。

「室外から弓矢で射殺しておき、室内で射られたように見せかける」というトリックは、探偵小説では珍しくない（第一章で考察した天城一の作品の一つもそうだった）。しかし、探偵小説愛好家の多くは、このトリックが使われていることに気づかないはずである。なぜならば、被害者を殺害した凶器は石球であり、弓矢ではなかったからだ。犯行現場の周辺には（投石器も含め）石球を遠くから投げ込む装置はない。あったとしても、命中率は低い。これでは、読者が室内で石球を使ったと決めつけてもおかしくないだろう。

しかし、石球の真の目的は、窓に矢を通すための穴を開けることだった。ありふれたトリックを実に鮮やかに変形していると言っていい。加えて、木製の投石器を分解して燃やし、存在そのものを読者が気づかないようにしたり、椅子に座っていた死体を容疑者の一人が動かして角度を変え、窓からのルートに読者が気づかないようにしたりと、実に巧妙である。それでいて、雑談の中に「犯人が投石器を利用できる」というデータを紛れ込ませたり、犯行現場でのディスカッションの中に「被害者が椅子に座っていた可能性」の検討を入れたりしているのには、恐れ入る。作者の卓越した本格ミステリのセンスを、まざまざと感じさせられてしまうではないか。

同様に、第二の殺人のトリックも、すばらしい。原理は——こちらも第一章で天城一の作品の一つを考察する際に言及した——G・K・チェスタートンの「ムーン・クレサントの奇跡」と同じだが、またしても巧妙に変形しているのだ。

「ムーン──」のトリックは、窓から首を出した被害者を上階の犯人がロープの先端の輪で引っかけ、そのまま持ち上げて絞殺。その後、木に吊して自殺に見せかける、というもの。ほとんどの探偵小説愛好家が知っているトリックなので、そのまま使えば、誰でも気づいてしまうに違いない。──だが、本作の場合は、ほとんどの探偵小説愛好家が気づかないはずである。なぜならば、このトリックを使うと、首吊り死体は密室の〝外〟になければならないのだが、この殺人では、死体は密室の〝内〟にあったからだ。どうやってそんなことができたのだろうか？

まず、鉄格子のはまっている窓の室内側に、ロープの輪の部分を窓枠に沿って固定する。ロープのもう一端は、天井の梁を通してから窓から出す。そのあと、部屋に入ってきた被害者の注意を惹き、窓から外を見ようとした時に窓の外からロープを引く。ロープは窓枠から外れ、被害者の首を絞める。さらにロープを引くと、被害者は梁から吊される。ここでロープの反対側の端を窓の鉄格子に結びつけ、余った部分を切る。これで、密室の中で自殺した（ように見える）死体のできあがり。

窓の〝外〟から、被害者を窓を通して〝外〟に釣り出すのではない。室内の支点を利用し、窓際から部屋の〝中〟に被害者を引っ張り込むのだ。力のかかる方向と被害者の動く方向が逆なので、「ムーン──」のトリックを知っている読者でも、このトリックが思い浮かばないのだ（まあ、何やらチェスタートンというよりは、『必殺仕事人』風だが、『サマー』の方が早いらしい）。

さらに、作者は見事なミスリードで、このトリックを読者が気づきにくくしている。このトリックの場合、成人男子一人分の体重を引っ張り上げるだけの力が必要になる。この問題をチェスタートンは「犯人は力持ち」で「被害者は小柄」で済ませているが、笠井はもちろん、それだけで済ませてはいない。本作では、馬にロープを引っ張らせているのだ。だが、犯行現場の近くに馬の死体があったにもかかわらず、読者は馬の利用を思いつかない。なぜならば、読者は、馬が殺されたのは〈黙示録見立て〉のためだと思い込んでしまうからだ。そもそも話は逆で、犯人は馬を利用したトリックを気づかれないために、見立てを行ったのだ。

見立て殺人の犯人は、何らかのカモフラージュをするために見立てを行う場合が多い。だが本作では、犯行に馬を使ったのは、第一の殺人ではない。第二と第三の殺人なのだ。そのため、まんまとカモフラージュに引っかかった読者が少なくないはずである。

本作は、ここまで述べてきた二つの密室殺人のトリックが、実にすばらしい。だが、解決篇では、読者はこれとは異なる驚きにも出会うことになる。

黙示録見立ての連続殺人の犯人はオーギュスト・ロシュフォールで間違いない。使われたトリックも前述のもので間違いない。だが、その真相を解き明かすのは、矢吹駆ではない。シモーヌの弟にしてジゼールの婚約者、ジュリアン・リュミエールなのだ。駆は彼と同じように真相を見抜いていたのに、なぜか口をつぐんだままだった。

だが、シモーヌに向かっては、こう語る。あの犯罪の真の演出者の名は、あなたの弟のジュリアンだと。

「ロシュフォールによって計画され実行された事件という貌の裏には、もうひとつの貌が隠されている。僕でさえ感心しないではいられないほど狡猾な男は、ロシュフォールの犯罪そのものを絵具に使って、自分のためにまるで違った絵を描いていたんだ」

ジュリアンは第一の殺人を解き明かし、オーギュストが妻も殺そうとしていることを見抜いた。この殺人のあとでオーギュストを殺せば、ロシュフォール家の財産はすべてジゼールが受け継ぐ。そして、ジゼールと自分が結婚すれば、その財産をすべて手に入れることができる。――ジュリアンはこう考えたのだ。そして、オーギュストの連続殺人を監視し、最後に正当防衛に見せかけて彼を殺したわけである。

これは、ミステリでいう〈操り〉だが、エラリー・クイーン作品にたびたび登場するタイプではない。クイーンの方は、操り人形遣いが人形（実行犯）の殺意をかき立てたり、計画の立案に手を貸したりするのに対して、ジュリアンはそんなことはしていないからだ。最後の殺人までは、彼はまったく干渉していない。しいて挙げるならば、第一の殺人で用いられた投石器の金属部分を処分したことくらいだろうか。この行為は、読者にジュリアンを疑わせる役割も果たしているわけで、まったくもって巧妙だと言える。

笠井自身は、本作のミステリ的な趣向をクイーンの『十日間の不思議』（一九四八年）と結びつけているが、前述の理由により、それほど強く結びついているわけではない（天城一も第二作目として書いた「ポツダム犯罪」で同じようなことを語り、やはり私は第一章で否定しているが）。クイーン作品で言うならば、むしろ、『Yの悲劇』（一九三二年）だろう。『Y』を未読の人のために詳細は伏せるが、ジュリアンの行動に着目して、『Y』の探偵役ドルリー・レーンの行動と比べるならば、納得してもらえると思う。
余談だが、拙著『エラリー・クイーンの騎士たち』の中では、そのドルリー・レーンと麻耶雄嵩《まやゆたか》作品の名探偵を比べて、以下の考えを述べている。

名探偵がその卓越した推理力を用いて、自分一人だけ真相を見抜いた場合、大きな力を手に入れたことになる。（略）
例えば、探偵が次の犠牲者を推理できた場合、この犠牲者の生死を決める力は、犯人から探偵に移ってしまう。殺人を実行しようとして探偵に阻止された時、犯人は思い知らされるのだ——自分が持っていたはずの被害者の生殺与奪の権利が、探偵に奪われていたことを。
例えば、探偵が犯人を推理できた場合、それを明かすか明かさないか、あるいはどんなタイミングで明かすかを、探偵は自由に決めることができる。言い換えると、犯人の生殺与奪の権利を探偵が握ることになるわけである。
いや、探偵が手に入れるのは、犯人の生殺与奪の権利だけではない。犯人を利用して自分の殺したい相手を葬ったり、便乗殺人を犯したり、他人に罪を着せたり、といった行為さえも、自由に行うことができるのだ。

これは、『サマー』におけるジュリアンの行為とまったく同じだと言えるだろう。笠井は、麻耶よりもずっと早く、「事件に介入してその形を変えてしまう」探偵の物語を描いていたのだ。

しかし、『サマー』のルーツが『十日間の不思議』だとしても、『Yの悲劇』だとしても、いずれもクイーンの傑作、いや、本格ミステリの傑作であることは間違いない。『サマー』が傑作と評されるのは、この点からもうなずけるのだ。

ところが、『サマー』には、さらに底がある。駆もまた、第一の殺人の段階で、犯人がオーギュストであることを見抜いていた。それだけではない。ジュリアンが、その計画に便乗して何かを企んでいることにも気づいていた。それなのに、真相を明かそうとも、殺人を防ごうともしないのだ。

この点についての考察は、第十五節で行いたい。

十四 『サマー・アポカリプス』——そのシリーズ化

繰り返しになるが、『バイバイ』執筆時の作者は、矢吹駆を探偵役とするシリーズを描く気はなく、その気になったのは、この『サマー・アポカリプス』から。このため作者は、シリーズ化のためにいくつか設定を変えざるを得なかった。それらを一つ一つ、見ていこう。

まず注目すべきは、〈本質直観による推理〉。前述したように、本作ではジュリアンが謎を解くのだが、第一の殺人については、終章で駆の推理も語られている。彼は、〈二回にわたって殺されている死体〉の意味を現象学的に直観し、「屍体をもう一度殺すわけにはいかないのだから、殺人者にとって第一の殺害は行為の意味としての殺害ではありえなかったはずだ」と考え、石球を用いた目的は

〝殺害〟ではなく〝窓に穴を開けること〟だと見抜くのだ。

この推理自体は〈本質直観による推理〉になっているし、出来が悪いわけでもない。いや、鮮やかだと言ってもかまわないだろう。だが、対象となる犯罪が、〈観念による殺人〉ではなく、普通の動機による殺人なのだ。これは、第九節で引用した駆のモガール警視に対する言葉と矛盾していないだろうか。

もちろん、これはシリーズ化のための変更に他ならない。駆に〈観念による殺人〉以外の犯罪も解明させるため、普通の犯罪にも本質直観が応用できることにしたわけである。


次に注目すべきは、この後の全作品に登場する宿敵、ニコライ・イリイチの登場。ミステリ・ファンならば、シャーロック・ホームズの宿敵、モリアーティ教授を思い出すに違いない。だが、その役割は逆になっている。モリアーティがシリーズを終わらせるために生み出されたキャラクターであるのに対して、イリイチはシリーズを続けるために生み出されたキャラクターなのだ。

第九節で考察したように、『バイバイ』における駆は、「観念による殺人」にしか興味を持たない名探偵だった。もともとは評論書『テロルの現象学』から派生した一作限りの探偵だったので、それでも不都合はなかった。だが、これでは取り組む殺人が限定され、シリーズ探偵には向かない。そこで作者は、さまざまな事件の背後で糸を引く存在として――〈観念としての悪〉を象徴する存在として――イリイチを作り出したのだ。こうすれば、「事件の犯人は〈観念としての悪〉を持っていないが、その背後に〈観念としての悪〉を持っているイリイチがいる」という口実で、駆は捜査に乗り出すことができる。

『サマー』の場合、犯人のオーギュストは、ただ単に、私利私欲のために殺人を犯したに過ぎない。従って、本来なら、駆が関心を示す対象ではない。

その殺人に便乗したジュリアンは、『バイバイ』のマチルドやアントワーヌも属していたテロ組織〈赤い死〉の一員だった。彼は、組織の理想を実現するために、原子力帝国を築く任務を受けていた（これは、前作でマチルドが、組織が核兵器を使用する可能性について語っていたことと連携している）。この任務を果たすために、ロシュフォール原子力産業を手に入れようとしたのだ。となると、駆が倒すべき相手となるのだが……そうではなかった。駆はジュリアンを評して「ただの操り人形さ。あの男（ジュリアン）の御託を聞いたろう。マチルドが体現した悪の深みにさえ及ばない、とんだピエロだ」と言う。つまり、「相手にとって不足あり」なのだ。

そして、その〝操り人形〟ジュリアンを操るイリイチこそが、駆の「相手にとって不足なし」の敵となる。

私は第十一節で、マチルドを「観念のモンスター」と評したが、そのモンスターを造り上げたのは、イリイチだったのだ。シモーヌによると、「難民たちの悲惨な生活をその眼で目撃して」衝撃を受けたマチルドに、イリイチが〈赤い死〉の思想を植え込んだらしい。

そして、ジュリアンもまた、〝原爆を作り出すことができる自分の力を制御しうる思想〟を持っていない心の隙をイリイチに突かれて、〈赤い死〉に引きずり込まれたのだ。

それだけではない。駆にとってイリイチは、文字通りの意味での〝宿敵〟なのだ。駆がフランスに来る前にヒマラヤの僧院で修行を積んだことは『バイバイ』でもちらりと触れられているが、『サマー』では、さらに詳しく述べられている。そこで、世界には善も悪も存在しないことを駆に教えた導師《メートル》が、駆に「地上に還って悪と闘え」と告げたのだ。そして物語の終盤、駆は「導師《メートル》が僕を地上に送ったのは、この男（イリイチ）と闘わせるためだったのかもしれない」と語るのだ。もし、イリイチも導師の下で修行を積んだことがあったならば、駆とは同門ということになる。まさしくイリイチは、シリーズを通じての敵役にふさわしいキャラクターだと言えるだろう。

ただし、イリイチの設定には問題もある。事件の陰で糸を引く存在であるために、作中で駆との思想闘争ができないのだ。

もちろん、作者はこの問題を理解していて、その解決法も考え出していた。それは、「駆の思想闘争の相手を事件の犯人以外にする」という方法。実際、『サマー』で駆の思想闘争の相手をつとめるのは、最初の三つの殺人の犯人オーギュストでもなければ、四つ目の殺人の犯人ジュリアンでもない。殺人には直接関与していないシモーヌなのだ。

『バイバイ』のように、探偵と犯人の間で思想闘争を繰り広げると、確かに緊張感は高まる。だが、この設定をシリーズ化して延々と続けるのは、何とも不自然ではないか。本格ミステリとしても、読者に「容疑者の中に思想家がいたら、そいつが犯人だな」と気づかれてしまうのは都合が悪い。そこで作者は、探偵・駆が対決する犯人と、思想家・駆が対決する思想家を分けたわけである。

ただし、まったく別の物語が一作の中に同居しているわけではない。作者は、巧妙なプロットによって、この二つの対決を連携させているのだ。

次節では、その連携の巧みさを見てみよう。

十五　『サマー・アポカリプス』——その思想闘争

『サマー』における矢吹駆の思想闘争の相手、シモーヌ・リュミエールは、シモーヌ・ヴェイユをモデルにしている。ただし、本書では、その思想までは踏み込まず、作者・笠井潔と作品『サマー・アポカリプス』との関わりだけを見ていきたい。

この観点から興味深いのは、作者が一九九五年に書いた「カタランの明るい浜辺」というエッセイ。『サマー』とヴェイユとの関わりについては、以下の二つの文が重要だと思われる。

一つ目は、「本格的にヴェイユを読みはじめたのは、『バイバイ、エンジェル』を書いたあとのことだと思う」という文。

二つ目は、「第二作はゴシック小説ふうの意匠を導入して、完璧な謎とき小説を書きたいと考えていた。（略）大異端カタリ派の運命は、まさに伝奇探偵小説の背景にふさわしい。マルセイユ時代のシモーヌ・ヴェイユが、カタリ派にかんするエッセイを書いている事実は、『サマー・アポカリプス』の構想を主題面からも補完しうる」という文。

この二つの文からわかることは、永田洋子とは異なり、ヴェイユは『サマー』のために、そして、駆と対決させるために、用意された思想家だということ。第七節でも触れたが、『テロルの現象学』

でヴェイユが大きく取り上げられていない理由は、これで説明できるだろう。言い換えると、駆とマチルドを笠井潔と永田洋子に重ね合わせることができても、駆とシモーヌ・リュミエールを笠井潔とシモーヌ・ヴェイユに重ね合わせることはできないのだ。同じエッセイの中で、作者はこの二人が対決する場面を、「これまでに書いた小説のなかでも、最も密度の濃い箇所であると自賛している」と述べているが、それは、この場面が評論書から抜き出して小説にはめ込んだのではなく、最初から小説のために構想されたものだったからに違いない。

『サマー』の思想闘争は、『テロルの現象学』から離れているだけではない。駆もまた、作者の笠井潔から離れているのだ。『バイバイ』における駆は、作者の分身と言ってもよかったが、『サマー』ではそう言い難い。例えば、駆のヒマラヤでの離脱体験は、作者にはないからだ。だが、最も大きな違いは、駆はマチルドを殺害しいたという点にある。駆とシモーヌ・リュミエールの闘争は、この点から幕を開けるのだ。

その駆とシモーヌの最初の対決は、第四章の第五節。ここでシモーヌは、マチルドは「人間を支配する怖ろしい逆説の罠に嵌まってしまった不運な娘」であり、彼女は「世界と和解し、人々と愛し合うことをあまりにも激越に渇望したからこそ、悪と狂気と犯罪の淵に踏み込んでしまった」と語る。――ここに出てくる「逆説の罠」というのは、『テロルの現象学』の言葉。つまり、シモーヌは『バイバイ』において駆がマチルドに言ったことと同じことを言っているのだ。違いは、シモーヌの方は、マチルドが罠に嵌まった理由まで踏み込んでいること。マチルドは「人々と愛し合うことをあまりにも激越に渇望したからこそ」逆説の罠に嵌まったと言う。そして、彼女に比べて駆は、「初めから人間と世界を愛そうともしない」と批判する。

　これを受けて駆は、「僕はマチルドよりももっと深くマチルド的だった。そこには、確かに観念的なものの逆説があった」と語る。『バイバイ』から一歩進んで、駆は自分もまた、『テロルの現象学』で言う〈観念の逆説〉にとらわれていることを認めたのだ。

だが、ここから先は、『テロル――』から離れていく。駆は自身の離脱体験を語り、その結果、「他者と世界を消してしまったのではない。それは消えてしまったのだ」と結ぶ。ここで言っている「他者と世界を消してしまった」というのは、シモーヌの「人間と世界を愛そうともしない」に対応している。つまり駆は、「僕は人間と世界を愛そうともしないのではない。僕から人間と世界が消えてしまったから、愛することができないのだ」と言っているわけである。

　この駆に対して、今度はシモーヌが反論する。それなら、虐げられた者、惨めな難民、無実の囚人、飢えた子供たちはどうなるのか？「あなた（駆）は、それも運命だ、〈すべてよし《トゥー・テ・ビアン》〉と呟くだけでこれらの悲惨の一切を、暴力と蛮行の一切を承認していくのですか」と。要するに、駆は「人間と世界」を無いもの（駆の別の言葉を使うと「仮象」）として、飢えた子供たちに対して何もしないが、それで良いのか、とシモーヌは言っているのだ。なお、ここで出てくる〈すべてよし〉という言葉は、『テロルの現象学』ではなく、『熾天使の夏』から採っている。

　これに対して駆は、「無辜《むこ》の千人の子供を面白半分に虐殺しようとしている権力者の前に、拳銃を持った君が立たされたとしたら、いったい君はどうする」と切り返す。千人の子供のために引き金を引けば、シモーヌは自分が否定したマチルドと同じ選択をしたことになる。さらに駆は、「では君は、目の前で千人の子供たちが目を抉られ、腹を割られ、四肢を切断されていくのを自分の責任において黙視するのか」と問いかけ、「まもなく君は、この怖ろしい選択の前に立たされることになるだろう」と語り、離脱した人間がこの立場でできることは、「すべてを承認すること」と言ってから、こう結ぶ。そして、その時、「人は、歓びと安らぎに満ちて呟くだろう。〈すべてよし《トゥー・テ・ビアン》〉と」。

私の紹介がわかりにくくて申し訳ないが、それでも、駆とシモーヌの対決が〈思想闘争〉とは言い難い部分を持っていることは感じ取ってもらえたのではないだろうか。具体的に言うならば、個人に寄りすぎているのだ。例えば、シモーヌは駆に向かって、「あなたのように霊的な人が、どうしてあの可哀相なマチルドを冷酷に無慈悲に、死に向かって追い立てることができたのでしょう」と批判している。しかし、ほんの一握りしかいない「霊的な人」への批判が、〈思想闘争〉と言えるだろうか？　「ナチス」や「連合赤軍」ではなく、「矢吹駆」個人への批判が、〈思想闘争〉と言えるだろうか？　〝思想〟というのは、個人から切り離さなければならないのではないだろうか？

その答えは――私の答えは――こうなる。

本作を『テロルの現象学』の論を小説化したもの――いわゆる派生作品――と考えるならば、〈思想闘争〉とは言えない。だが、本作を矢吹駆シリーズの一作と考えるならば、〈思想闘争〉と言える。駆シリーズが「主人公・矢吹駆が実在の思想家（をモデルにした作中人物）と思想闘争を繰り広げる物語」ならば、思想が駆に寄っているのは当たり前の話ではないか。

駆シリーズ第一作『バイバイ、エンジェル』の思想闘争は、小説の形をとってはいるものの、内容の大部分は、『テロルの現象学』からの流用や派生だった。

しかし、駆シリーズ第二作『サマー・アポカリプス』の思想闘争は、『テロルの現象学』とはさほど連携していない。連携しているのは、小説の『バイバイ、エンジェル』であり、小説の『熾天使の夏』なのだ。つまり、このシリーズ第二作において、事件を解明し、思想闘争を行う名探偵・矢吹駆の〝物語〟が幕を開けたのである。

その結果、『サマー』では、思想闘争がミステリ部分と鮮やかに連携することになった。前出の駆のシモーヌに向けての言葉、「まもなく君は、この怖ろしい選択の前に立たされることになるだろう」。駆は、シモーヌを「この怖ろしい選択の前に」立たせるために、ロシュフォール家の殺人を利用したからだ。

物語の終盤、駆はシモーヌに向かって、ジュリアンの犯罪をあばく。そして、イリイチの手先となったジュリアンが「悪夢の原子力帝国を築き上げようと企てる」ことを指摘してから、シモーヌに銃を渡す。「僕の贈り物を利用するもしないも、あなたの自由です。しかし、利用しなければ、あなたの神はあなたのなかで死ぬ。かといって利用しても、同様にあなたの神は死ぬのです」とつけ加えて。

ここでシモーヌは、「とうとうあなたに追い詰められてしまいましたわ」と言うが、駆がシモーヌを追い詰めることができたのは、駆の思想がシモーヌの思想より優れていたからではない。駆はジュリアンの犯罪を見抜くことができたが、シモーヌは見抜けなかったからなのだ。

私は第十三節で、「名探偵がその卓越した推理力を用いて、自分一人だけ真相を見抜いた場合、大きな力を手に入れたことになる」と書き、ジュリアンの行為と結びつけた。そして、駆もまた、自身の卓越した推理力によって、シモーヌとの思想闘争のための大きな武器を手に入れたわけである。これは、ミステリ部分との見事な連携と言って良いだろう。

『サマー』の思想闘争は、確かに迫力と魅力に富んでいる。だがそれは、この思想闘争を作品から抜き出して思想書に組み込んでも生じる迫力や魅力ではない。小説の——矢吹駆シリーズの——中に組み込まれることによって生じる迫力と魅力なのだ。そしてまた、この思想闘争は、『サマー』の本格ミステリとしてのプロットとも連携している。仮に、この思想闘争をカットしてしまったら、駆の行動は意味不明になってしまうだろう。

この傑作に続き、笠井は〈矢吹駆シリーズ〉第三作『薔薇の女』を発表した。私個人の感想を言うならば、「前二作以上に面白かったが、前二作よりも普通のミステリに近づいた」となる。もちろん、本作単独で見るならば、〝普通のミステリ〟とは言えない。だが、前二作と比べると、〝普通のミステリ〟に見えてしまうのだ。

作者も同じ感触だったらしく、前出の『天使／黙示／薔薇』のあとがきでは、こう述べている。

第三作の『薔薇の女』は、第二作に比較すれば、はるかに楽に書き上げることができた。（略）

『サマー・アポカリプス』と悪戦苦闘した二年のあいだに、作者はたぶん、未熟なものであれ作家的な技巧のようなものを、それなりに体得したのだろう。しかし、技巧で書ける小説が小説の名にあたいするだろうか。そんな自問が、連作を書き続ける意欲を奪ったのかもしれない。

引用文の最後にあるように、一九八三年の『薔薇の女』で矢吹駆シリーズは中断する。そして九年後、笠井は〝戦中〟を舞台にした本格ミステリにして密室ミステリの長篇に挑んだ。次章からは、その考察に入ろう。

第二部

数学者と哲学者の密室

戦争と密室

この矛盾対立を、何らかの形で解決しなければ、この事件は解決されない。しかし、この解決は決して形式論理によっては果たし得ない。所与のデータは明白に矛盾している。矛盾した事実の上に立って、如何に巧妙な形式論理の運用を行っても、結果はまた一つの矛盾を包蔵する。

即ち、科学の一端としての犯罪捜査は、この事件に於て、形式論理の限界に達したのである。科学が終点に達したとき、哲学者が呼び出される。「おお神よ、おお、哲学者よ」

——天城一「盗まれた手紙」より

第三章 天城一と笠井潔の密室

※以下の作品の真相等に言及あり。
天城一『圷家殺人事件』『風の時／狼の時』／笠井潔『哲学者の密室』

本章では、以下の二長篇だけの比較考察を行いたい。

天城一『圷家殺人事件』（一九五五年）

笠井潔『哲学者の密室』（一九九二年）

実は、私が本書のテーマを――天城一と笠井潔を比較しようという考えを――得たのは、この二作の共通点に気づいたことがきっかけだった。特に、笠井の『哲学者の密室』で重要な役割を占める〈戦争〉を補助線として用いると、天城の『圷家殺人事件』は、これまで見えなかったものが見えてくるようになったのだ。

戦中派と戦後派の作家が、それぞれお互いを意識せずに密室ものの長篇を書いたにもかかわらず、二つの作が鮮やかに、そして複雑に重なり合う様は、私の心を震わせた。もちろん、一方がもう一方を意識して書いたというわけではないので、相違点も少なくない。だが、その重ならない部分もまた、興味深いのだ。

では、まずはあらすじから見ていこう。

一　物語

天城一『圷家殺人事件』

開戦が近づく一九四一年十一月六日。伊多検事とその秘書をつとめる私（天城一）は、圷《あくつ》家に向かう。当主の圷慶二郎子爵が射殺されたというのだ。慶二郎の息子の圷信義と婚約している秘書の津中ユリも撃たれ、瀕死の重傷を負っていた。彼女の証言によると、来客と思って玄関ドアを開けた時に撃たれたが、犯人の姿は見ていないとのこと。

しかし、広警部と島崎警部補が現場を調べると、犯人は犯行後に圷邸を出ることはできなかったことがわかる。つまり、密室殺人なのだ。

ここで物語は一九三七年十月にさかのぼり、日中戦争のさなかの上海近郊で、圷信義率いる小隊が、三名を残して全滅する様子が描かれる。

再び一九四一年に戻り、いくつかの事実が明らかになる。圷慶二郎は三河コンツェルンの政治顧問をつとめていたこと。重病で寝たきりの圷夫人は、殺人の翌日に亡くなったこと。事件当日の犯行時刻前後に、千手男爵が圷邸を訪れたが、ユリに追い返されたこと。この千手は軍の急進派・茅崎大将の秘書であること。十一月三日に就寝中の圷信義が襲われたが、襲撃者は密室状態から忽然と消えたこと。

そして、隠された事実も明らかになる。十一月三日に圷邸のまわりをうろうろしていた石戸陽次という男は、〝日本のルーデンドルフ〟と呼ばれた天才・石戸陽一郎中佐の息子で、圷慶二郎を父の仇《かたき》とつけ狙っていたこと。この石戸陽一郎が、圷信義の実の父親であること。

圷夫妻とユリの告別式の直前、圷信義は伊多に「国家機密」と記した書類を託した。だが、その信義は告別式の後に密室で射殺されてしまう。自殺ならば銃に信義の指紋がついていないのはおかしい、他殺ならば密室の謎が生じる。

その翌日、島崎が推理を語る。犯人は千手で、権力を手に入れるのに邪魔な坏家の人々を殺害したというのだ。そして、ユリは千手の愛人であり、この計画に協力していた、とも。千手が自殺したこともあり、事件はこれで解決となる。

戦中の一九四五年。伊多は天城に真相を話す。襲撃事件は、信義の戦争後遺症による幻覚だったが、信義は（実の父ではない）慶二郎が自分を襲ったと思い込んでしまう。母も父に毒を盛られたのではないかという疑念、さらに、父の持つ「国家機密」を入手すれば開戦を回避できるのではないかという考えも加わり、ユリを共犯とする父殺しを決行したのだった。そして、信義の死は自殺だった。

笠井潔『哲学者の密室』

一九七六年五月。矢吹駆とわたし（ナディア）は、著名な哲学者ガドナスと会い、第二次世界大戦中にポーランドにあったコフカ収容所の話を聞く。

同じ月の三十日。ダッソー家に滞在中のロンカルという男が殺される。モガール警視とバルベス警部が調べると、現場が密室状況であることがわかる。また、当時ダッソー邸にいた者は、コフカ収容所の囚人（ジャコブ、カッサン）か、その子供（フランソワ・ダッソー、クロディーヌ・デュボア）だった。ロンカルはナチの戦犯で、彼らに殺されたのだろうか？

事件の話を聞いた駆は、本質直観により、「密室の死の本質とは『死の可能性の隠蔽としての、特権的な死の人為的な封じ込め』」だと語り、犯人はダッソーとジャコブだと指摘する。

ここで物語は一九四五年一月にさかのぼり、ハルバッハの弟子でナチスのヴェルナー少佐がコフカ収容所を訪れた日の出来事が語られる。収容所の所長フーデンベルグはヴェルナーの学生時代のライヴァルであり、ハルバッハに絶滅収容所を見せて転向させた人物であり、今は女囚となったヴェルナーの恋人ハンナを愛人にしていた。そして、このハンナが密室の中で殺され、隣の部屋にはフーデンベルグがいた。降雪により、自殺でなければ犯人はフーデンベルグになるが、その場合は密室の謎が立ちふさがる。

再び一九七六年に戻り、駆とナディアはヴェルナーの部下だったシュミットという男から、ロンカルがフーデンベルグだと知らされ、さらに、コフカ収容所で起こったハンナの密室殺人の話を聞く。ナディアはここで収容所の密室トリックを解き明かす。

ガドナスとの対話により、駆は密室には二種類あることに気づく。「意図的な密室（ジークフリートの密室）」と「偶然にできた密室（竜の密室）」の二種類。そして、「密室の死の本質とは『特権的な死の夢想の封じ込め』」だと修正し、ハンナは自殺だったと語る。

もう一つの密室――ダッソー家の密室――については、ナディアが一つの方法を考えるが、この説は実験で否定されてしまう。

一方、駆はパリに来たハルバッハと会い、彼を糾弾する。ところがその直後、ハルバッハはダッソー邸で墜落死してしまう。犯人は、ハルバッハがコフカ収容所を訪れた時の写真を持っていて、それを餌に、墜落するように仕向けたのだ。

ここで、ナディアがダッソー家の密室について新たな説を述べるが、アリバイによって否定。今度は、駆が推理を述べる。ダッソー家の密室は「竜の密室」だと指摘し、犯人の計画が失敗したために密室が生じたと語る。そして、庭師が犯人であり、その正体はヴェルナーだと明かす。

その後、駆は収容所の密室も解明する。ヴェルナーがハンナの自殺幇助を行ったというのだ。駆たちの前に姿を見せたヴェルナーが細かい部分を補足し、駆にアドバイスを与えて去って行く。

二　設定

まず、作品の設定を見てみよう。これまでの天城一の作品――すべて短篇――は、三人称で書かれていた。しかし、初長篇となる『圷家殺人事件』では、「私」の一人称に変わっている。その語り手は〝天城一〟となっているが、これは実際の作者である天城一（数学者の中村正弘）とは別人。弁護士志望の学生だが、父親のコネで、伊多伯爵の秘書をつとめている。この伊多が本作の探偵役を演じているため、事件の語り手をつとめたという設定である。

言うまでもなく、これはヴァン・ダインのファイロ・ヴァンスものの設定を踏襲している。こちらの語り手は〝ヴァン・ダイン〟となっているが、これは実際の作者であるヴァン・ダイン（美術評論家のウィラード・ハンチントン・ライト）とは別人。父親の法律事務所で働く弁護士だが、ヴァンスの法律顧問をつとめている。彼が、このヴァンスが探偵役を演じた事件を語る、という設定である。

そして、ヴァンスが解決した事件をヴァン・ダインが小説化する際には、章題に日時を入れているが、天城一はそれも踏襲している。例えば――

第二章　犯罪の現場で（六月十四日金曜日午前九時）　ヴァン・ダイン『ベンスン殺人事件』

第三章　現場の検証（十一月六日木曜日二十二時二十分）　天城一『圷家殺人事件』

といった風に。加えて、〝後から振り返って書いた〟ペダンチックな註も踏襲している。

さらに、『圷家殺人事件』という題名も、ヴァン・ダインの『グリーン家殺人事件』を意識したものだと思われる。

笠井潔もまた、その初長篇『バイバイ、エンジェル』の時点から、ヴァン・ダインを踏襲していた。叙述に関しては、やはりワトソン役の一人称。しかも、この作の第一章では、一人称の語り手ナディア・モガールが、次のように書き記しているのだ。

　これからは、わたし自身の証言の部分と、客観的な報告の部分とを、大好きなヴァン・ダインの方法にならって日付け順に配列していくことにしよう。

その言葉通り、各章には――ヴァン・ダイン作品のように――日時が添えられ、しかも、副題は「ラルース家殺人事件」と、こちらも『グリーン家殺人事件』に合わせている。

ただし、第四長篇の『哲学者の密室』では、「ダッソー家殺人事件」という副題はあるものの、章の日時は省略。それ以外の叙述でも、ヴァン・ダイン方式から距離を置くようになっている。例えば、語り手のナディアが不在の場面を見てみよう。『バイバイ』の第一章にはナディアの父であるモガール警視が捜査をするシーンがあるが、このシーンの前には、以下の文章が添えられている。

〈ラルース家殺人事件〉の全体像を正確に記録しておくためには、わたしが直接に体験したのでない捜査上の節目について、後になって知ることのできた事実から第三者的で、客観的な報告を作成し、物語のあいだに適当に挟んでいくことが必要になってくる。

そして、実際に、このシーンの最初では、モガール警視は「パパ」と書かれているのだ。

だが、シリーズが進むにつれて、描写はナディアから離れ、多元描写に近くなっていく。『哲学者の密室』を例に取るならば、コフカ収容所の密室殺人の描写は、「ナディアが、関係者から聞いたり、自分で調べたりしたことを用いて、三人称で書いた」という設定だけでは描ききれないものになっているのだ。

一方の『埃家殺人事件』では、語り手の天城が不在の場所での出来事を三人称で描いた章については、どこから情報を得たのかを、きちんと書いてある。例えば、一九三七年に埃信義の小隊が全滅したシーン（第六章）には、「半分は私の創作である。残りの半分は、福地博士が埃信義から聞いた体験談である」という註が添えられているし、誰も見ていないはずの千手の心中シーン（第十五章）には、「この部分は勿論私の創作である。この部分を抜いては承知されぬ読者もおられるかと思う老婆心である」という註が添えられているのだ。

まあ、ヴァン・ダインを間にはさんだ類似点は、天城の初長篇の『埃家殺人事件』と笠井のシリーズ四作目の『哲学者の密室』を比べるより、笠井の初長篇『バイバイ、エンジェル』と比べた方が良いだろう。

三　叙述

前述の類似のうち、〝一人称〟という点については、ヴァン・ダインとは切り離して、ここで考察しておく。天城が『圷家殺人事件』を一人称で書き、笠井が矢吹駆シリーズを一人称で書いたのは、単にヴァン・ダインを真似たかったからではない。二つの大きな理由があったと考えられるのだ。

一つ目の理由は、「アマチュアが長篇に挑む場合、一人称の方が書きやすい」ということ。例えば、三人称の文で、女性が美人だということを読者に伝えたい場合、ある程度の力量が必要になる。ただ単に、地の文で「彼女は美人だった」と書いても、読者は失笑するだけだろう。しかし、一人称ならばどうだろうか？　語り手の主観で「私は彼女の美しさに目をうばわれてしまった」と書いても、読者に笑われることはないはずである。つまり、人物描写という観点からは、三人称よりも一人称の方が楽なのだ。

そして、事件の説明と解明だけで済む短篇と異なり、長篇では作中人物を人間として描かなくてはならない。特に、『圷家』の場合は、人物描写をおろそかにすることはできないのだ。信義の脆《もろ》さを感じさせる天才性が、ユリの自己犠牲を厭《いと》わない熱情が、そして千手の大物ぶった小心者らしさが読者に伝わらなければ、真相の説得力がなくなってしまうからである。

ここで、『圷家』冒頭の〈登場人物のプロフィル〉に添えられた「作者の言葉」を見てほしい。そこには「小説としての描写に自信を持てないために、重複の憂が多分にあるが、巻頭に主要人物の文字によるポートレイトを一括して置く」とある。つまり、小説家としてはアマチュアの天城は、「登場人物」の「描写に自信を持てな」かったのだ。だからこそ、一人称を選んだのだろう。

天城が『圷家』を執筆していた当時、横溝正史や角田喜久雄《つのだきくお》や坂口安吾などが優れた長篇本格を描いていた。しかし、彼らは既に完成した小説家であり、自分の世界を確立しているために、アマチュア作家の参考にはならない。おそらく、最も参考になるのは、高木彬光の初期長篇だろう。アマチュアであり、トリックを中心に物語を組み立てるタイプなので、天城は大いに参考にしたに違いない。

ここで、初期の神津ものの長篇は、松下研三の一人称で書かれていることを指摘しておく。そして、神津恭介の〝天才性〟が読者に伝わるのは、語り手の主観描写に多くを負っていることは確かである。天城が実際に、一人称を選ぶ際に高木彬光を参考にしたかどうかはわからない。しかし、理由の一つ――描写力不足を補うため――が同じであることは、間違いないだろう。

一方の笠井はどうだろうか？　笠井もまた、『バイバイ、エンジェル』が最初に書いた小説であり、自身は文章修行を積んでいないアマチュアだったと語っている。となると、笠井もまた、人物描写の力量不足をカバーするために一人称を選んだと考えても良いだろう。そして、笠井が『バイバイ』の次に書いた非ミステリ『熾天使の夏』を読むならば、この〝人物〟とは、事件関係者全員ではなく、矢吹駆ただ一人であることがわかるのだ。

この二作は作中の時系列では『熾天使』→『バイバイ』の順になっていて、叙述は以下の通り。

『熾天使の夏』――日本にいる駆を駆の一人称で描いたもの。

『バイバイ、エンジェル』――パリにいる駆をナディアの一人称で描いたもの。

内容を見るならば、『熾天使』に登場する駆の思考は、とっつきにくい部分はあるものの、われわれ読者が理解できるものになっている。だから、駆の一人称で描かれていても、読者はついていくことができる。だが、物語が進むにつれて、徐々に読者はついていけなくなり、最後に、「すべてよし」と語る駆に、読者は置いてけぼりをくらってしまう。

この、「読者がついていけなくなった」矢吹駆が探偵役をつとめるのが、『バイバイ』となる。ならば、駆の一人称で描いたならば、読者がついていくことはできない。三人称でも同じだろう。読者と同じく駆の考えについていけないが、それでもついていこうとするナディアの視点から描くことにより、ようやく読者は読み進めることができるようになるのだ。(なお、厳密には『熾天使』と『バイバイ』の一人称はまったく同じ形式ではないのだが、本稿ではそこまで踏み込まない。)

ここまで考察したように、天城一と笠井潔が最初の長篇小説で〝ワトソン役の一人称〟を選んだ理由の一つは、三人称で描く難しさを避けるためだった。だが、もっと大きな理由も存在する。それは、「作品のテーマが三人称とは相性が悪い」ということなのだ。

三人称の文章は、基本的には〈神の視点〉で書かれている。本格ミステリの場合、作者はすべてを

――犯人も動機もトリックも――知っている〈神〉の位置から、あるデータは伏せ、あるデータは明かしながら、物語を進めていくわけである。

一方、一人称の文章は、基本的には〈作中人物の視点〉で書かれている。ただし、事件の解決後に執筆する時点では、語り手はすべてを――犯人も動機もトリックも――知っている。そして、この〈未来〉の位置から、あるデータは伏せ、あるデータは明かしながら、物語を進めていくわけである。

つまり、推理に必要なデータの提示という観点からは、一人称も三人称も違いはない。実際、「三人称だが視点は神ではなく作中人物（の一人）にある」という、エラリー・クイーンもののような叙述形式も存在している。

ただし、駆シリーズの場合、〈神の視点〉の有無は、大きな違いとなる。なぜならば、各作品では駆が思想闘争を行うからである。

駆シリーズの各作品に登場する哲学者と駆の思想闘争は、スポーツ漫画のように、作者の手の上で二人が闘っているのではない。作中に登場する哲学者にはモデルがいて、彼らと闘う駆の思想は作者が考えたものだからである。つまり、作中における「駆対ハルバッハ」は、作品の外における「笠井潔対ハイデガー」に対応しているのだ（ただし、第二章で考察したように、「駆＝笠井潔」ではない）。この場合、作者（笠井潔）が〈神の視点〉から描いて勝敗をつけてしまうとアンフェアになってしまうことは、言うまでもないだろう。

では、天城一はどうだろうか？　初期短篇を見る限りでは、露骨なまでに〈神の視点〉から描かれている。第一章で考察した作中探偵・摩耶の社会批判は、神である作者の代弁をしているに過ぎないと言ってもかまわないだろう。もう一人の探偵役・島崎警部補にしても、摩耶ほどではないが、やはり、神の代弁者をつとめることが多い（本書第五章第九節参照）。

しかし、『圷家殺人事件』には、こういった〈神の視点〉からの批判は出て来ない。なぜならば、〈神〉から批判されるべき行為は――作者が批判したい行為は――まだ行われていないからだ。

本作の事件は一九四一年十一月で、その一ヶ月後に真珠湾攻撃が行われるという設定になっている。そして、犯行動機（の一つ）は、「戦争を回避するため」。つまり、本作は「批判されるべき〝戦争〟を防ごうとする人々が起こした犯罪」を描いたものなのだ。いや、彼らだけではなく、探偵側の伊多や天城も戦争を防ぐべく、「我々は戦い、しかして敗れた」（エピローグ）のだ。この状況で、〈神の視点〉を導入して作中人物を批判することに、意味はない。

笠井潔の駆シリーズが一人称で書かれているのは、作中人物に仮託して、現実の世界に存在する哲学者と笠井潔が思想闘争を行うためだった。

天城一の『圷家殺人事件』が一人称で書かれているのは、現実にあった第二次世界大戦の開戦を防ごうとする人々の悲劇を描くためだった。

作者が作中人物を利用して現実と切り結ぼうとした場合、すべてを見通す超越的な〈神の視点〉は、邪魔以外の何物でもない。そして、天城一も笠井潔も、それをわかっていたのだ。おそらくこれが、天城一と笠井潔が最初の長篇小説でワトソン役の一人称を選んだ、最も大きな理由に違いない。

余談だが、『圷家』と『哲学者』では、どちらも犯人が探偵側の人物（立場や考え方が探偵役やワトソン役と同じ側にいる人物）になっている。これもまた、この二作がワトソン役の一人称で描かれている理由だろう。犯人の殺人にかけた思いを受け取って描くためには、同じ側に立つ人物の一人称が最適なのだから。

四　探偵

天城一の探偵役・摩耶と島崎は第一章で、笠井潔の探偵役・矢吹駆は第二章で触れたので、この節では『圷家殺人事件』の探偵役である伊多宏伯爵を見てみよう。

矢吹駆と比べた場合、伊多は摩耶のように推理のレトリックは使わないので、この点では似ているとは言えない。だが、別の大きな類似点がある。それは、どちらも異邦人《エトランジエ》だという点。

パリに住む日本人・矢吹駆が〝異邦人〟であることには誰も異論はないと思うが、日本に住む伊多がなぜ〝異邦人〟なのかは、『圷家』を読んでいない人にはわからないと思う。実は、伊多はパリ生まれで、正式な名前は「ヒロシ・ゴットフリート・フォン・イダ・クラウゼンブルク」。日本を捨てた伊多晴信伯爵が、オーストリアのクラウゼンブルク伯爵家の跡継ぎである妻ウルリカ・フォン・クラウゼンブルクとの間にもうけた子供なのだ。伊多晴信は帰国するつもりはなかったので、息子に日本語は教えず、妻の侍女のハンナ・レーマー（「ハンナ・アーレント」＋「エルンスト・レーム」か？）にヨーロッパの各国語を教えさせた。

だが、伊多晴信は日本の疑獄事件に巻き込まれたために、やむを得ず息子を連れて帰国。伊多宏は日本の学校で、外国人として日本語を学ぶことになった。だから、作中の天城は、彼が「何語で思索しているのか知らない。多分、日本語ではないだろうと思うことが多い」と語っている。――というわけで、日本人にとっては、伊多は異邦人と言ってもかまわないだろう。いや、実際に第十一章では、伊多自身が、「この異邦人から見ますと、日本の社会的偏見は異様にさえ見えるのです」と語ってさえもいる。加えて、事件関係者からは、「あなたは、やはり日本人じゃない。日本人はあなたのように真実を窮極まで追い詰めた上、その上に真実をズタズタに裂き散らすようなことはできません」と言われているのだ。

では、なぜ天城も笠井も、探偵役を（ワトソン役から見ると）〝異邦人〟に設定したのだろうか？それは、作品のテーマに〈戦争〉や〈テロ〉が盛り込まれているからに他ならない。

例えば、作中で〝広島・長崎への原爆投下〟をテーマとして扱う場合を考えてみよう。探偵役とワトソン役を共に日本人にした場合と、アメリカ人と日本人にした場合では、どちらがよりテーマを掘り下げることができるだろうか？　答えは、言うまでもないだろう。

『圷家』でワトソン役をつとめる天城は、伊多に対して、「無表情」「無感動」「何を考えているかわからない」といった述懐を漏らす。そしてこれは――前節でも触れたように――駆シリーズでワトソン役をつとめるナディアの述懐と重なり合う。この探偵役とワトソン役の溝は、物語が進むにつれて少しずつ埋まっていき、読者の目の前にテーマが浮かび上がってくる。作者二人はこの効果を狙って、探偵役を〝異邦人〟にしたわけである。

殺人事件の捜査を描くだけのミステリならば、探偵役がワトソン役に対して隠し事をするだけで済む。だが、〈戦争〉のような大きなテーマを扱う場合は、探偵役とワトソン役にギャップを持たせた方が、テーマをより効果的に描くことができるのだ。

伊多に関しては、もう一つ、注目すべき作がある。それは、一九五四年発表の短篇「盗まれた手紙」(この作は第五章で考察する)。本作の探偵役は摩耶なのだが、捜査結果の報告相手は、「ヒロシ・ゴトフリード・フォン・イダ・クラウゼンブルク伯爵閣下」、つまり、伊多宏になっている。そして、二〇〇二年に書かれた「盗まれた手紙」の〈自作解説〉には――『哲学者の密室』で矢吹駆と思想闘争を行うハルバッハのモデル――ハイデガーの名前が出てくるのだ。

そこでは、まず、「ハイデガーは前世紀の最大の哲学者だと思います」と語り、「しかしながら、ハイデガーには経歴に非常に大きな傷がありました。彼はナチスでした」と続けて、ハイデガーとナチスとの関わりについて述べたあと、「私はハイデガーは葬られたと思いました。そこで、ハイデガー哲学のパロディを書くことは『反季節的』だろうと判断しました」と書いている。

「盗まれた手紙」は同人誌《密室》の第13号(一九五四年五月発行)、『圷家』は同じ《密室》の第17号(一九五五年三月発行)なので、作者は連携させる意図があったのだろう。つまり、『哲学者の密室』にあって『圷家』にはない〝ハイデガー哲学〟は、『圷家』の露払いとも言うべき「盗まれた手紙」に登場しているのだ。

しかも、ハイデガー哲学が登場するのは、「盗まれた手紙」だけではない。一九九〇年に出た長篇

『風の時／狼の時』では、探偵役の伊多がギムナジウムの生徒時代にハイデガーを学んだことを語り――彼によると、ハイデガー哲学に一番似ているものは、日本では、落語とのこと――それを使って謎解きを行っている。そして、この長篇は、『坏家殺人事件』の改稿版なのだ。

五　主題――『坏家殺人事件』

今度は、テーマについて比較してみよう。
『坏家殺人事件』における作者の狙いについては、《別冊シャレード》69号（二〇〇二年）にこの作が再録された際に、作者自身が添えたエッセイの中で、こう述べている。

（初稿は）純粋な探偵小説を書いたつもりでしたから、その柱となる密室殺人の新しいトリックと、ほとんど過去の探偵小説では顧みられなかった動機として「平和のための犯罪」の二つを使いました。

密室トリックについては第七節に回し、ここでは動機について考察しよう。
この「平和のための犯罪」については、後に続く文で詳しく述べているが、要人の暗殺計画や、情報操作で作戦を中止に追い込むことなどを指している。『坏家』における犯人の動機になっているのは、後者の一種である〝作戦計画のリーク〟らしい。つまり、極秘の作戦計画をリークして、計画をつぶしてしまうというわけ。〈パンドラの箱〉すなわち機密書類は、日本軍の作戦計画書らしい。ただし、作者の言葉に反して、『圷家』では、この動機は添え物になっている。エピローグに出てくる圷信義の告白書では、動機については、「自衛のため、母のため、ユリのために、父を倒す以外に策なしと断じ」父殺しを決行した、と書いてあるからだ。信義は、父が自分と母を殺そうとしたと思い込んだために殺人を犯したに過ぎない。

一方、機密書類に関しては、信義の告白書にはこう書いてある。

（ユリは）戦争が始まるといいました。（略）ユリは僕の戦死の恐怖にあえいだのですが、僕は部下の霊と戦慄する未来の恐怖にあえぎました。僕達の戦場で流す血をすすっている父の姿が胸に浮かびました。ユリがパンドラの箱だ、と書類のことを呼んだ時、僕は決心をしました。

一見、戦争を防ぐために父親を殺したようにとれるが、それは違う。父・慶二郎は自身が顧問をつとめる三河コンツェルンの利益（巨大企業にとっては開戦情報は巨額の儲けにつながる）のために千手から書類を手に入れただけで、計画には一切関与していない。つまり、〝平和のため〟ならば、書類を盗んでリークするだけで十分で、父親を殺す必要はないのだ。しかも、父親を殺して書類を手に入れたというのに、それをリークに使わず、伊多に渡して「中を見ずに保管して、本当の持ち主を探してほしい」と矛盾した依頼しかしていない。結局、伊多は開戦派の茅崎大将に渡してしまい、開戦は阻止できなかったわけだから、信義に〝平和のため〟という意識は乏しかったと言えるだろう。

（後知恵だが、「信義はアメリカに真珠湾攻撃計画をリークするが、日本を戦争に引きずり込みたいアメリカはそれを無視した」とすると、よりテーマが深まったのではないだろうか。まあ、戦後生まれの脳天気な考えかもしれないが。）

だが、作者の言う〝平和のための犯罪〟の、こういった中途半端な使い方については、別の角度から考察すべきだろう。

前述のように、この〝機密書類〟のくだりは、カットしてもミステリとしては成立する。いや、むしろ、探偵小説としては、カットした方がまとまりが良い。殺人の動機は、「自衛のため、母のため、ユリのために」だけで、何の問題もない。

しかし、作者はカットするどころか、かなりの枚数を割いている。機密書類の件だけではない。事件を開戦の一ヶ月前にしたのも、慶二郎が三河コンツェルンの顧問だという設定も、千手が開戦派の茅崎大将の秘書だという設定も、ミステリ部分には関係ない。はっきり言って、戦争がらみのデータで、ミステリ部分と連携しているのは、坏信義の部隊が全滅した件しかないのだ。作者はなぜ、探偵小説としての完成度を下げてまで、〝平和のための犯罪〟というテーマを盛り込んだのだろうか？

これは、発表時期ではなく執筆時期を考えれば不思議ではない。天城が初稿を書いた（と語っている）一九四七年といえば、松本清張の『点と線』が出る十年前なのだ。この当時は、いや、多少手を入れた程度で同人誌に発表した一九五五年でさえも、新人が長篇探偵小説を出してもらえるとしたら、トリックが優れている場合がほとんどだった。作者としては、トリック部分を優先するしかなかったに違いない。

だが、天城一の資質が、トリック小説では満足できなかった。そこで、後付けで、〃平和のための犯罪〃というテーマを——トリックの邪魔をしない程度に——組み込んだのだろう。

この観点から見ると、江戸川乱歩の〃トリック至上主義〃の呪縛が解けた一九九〇年にこの作の改稿版として発表した『風の時／狼の時』が興味深い。こちらでは、信義の告白書は大幅にカットされ、伊多の推理では、殺人の動機は〃平和のための犯罪〃だけになっているからだ。そこで、『風の時』をもう少し細かく見てみよう。なお、改稿時に人名が変更されているものは、『圷家』での名前をカッコに入れて示している。

まず、〃機密書類〃は、「公になるか或いは敵国の手に渡るならば、真珠湾からマレー半島にかけての広大な領域に渡る奇襲作戦は不可能になる」というもの。阿久津信義（圷信義）の狙いは、リークではなく、書類を行方不明状態にして、「敵国に知られている可能性がある以上、作戦は実行できない」と政府に思わせることだったらしい。「知られたと思わせるだけで充分」というアイデアは、ある意味では、前述の「盗まれた手紙」の応用だとも言えるだろう。

なるほど、これならば、まさしく〃平和のための犯罪〃になる。ただし、この〃犯罪〃は、機密書類の盗難のことなのだ。既に述べたように、これは阿久津慶二郎（圷慶二郎）を殺す動機にはならない。作者は伊多の口を借りて、「大義親を滅す」などと言っているが、この「大義」は——繰り返しになるが——機密書類を盗むだけで果たすことができる。これも繰り返しになるが、慶二郎が情報を手に入れようとしたのは、三河コンツェルンのビジネスのために過ぎない。彼にとっては、その情報が「開戦する」でも「開戦しない」でも、どちらでもよいのだ。

旧稿版の『坏家』では、慶二郎殺しの動機は、「自衛のため」が主であり、「機密書類の奪取」は従になっているので、この矛盾はさほど気にならなかった。しかし、改稿版の『風の時』では、「機密書類の奪取」を主にしてしまったので、テーマが探偵小説部分と矛盾していることがあらわになってしまったわけである。

しかも、この信義の思いを無視して機密書類を開戦派の玉木大将（茅崎大将）に返してしまう伊多の行動もまた、矛盾に満ちている。この点について、伊多は三つの理由を――「天城が書類を持っていると思われて拷問を受けるおそれがある」「大日本帝国というフィクションが、いつまでも続くことなどありえないという認識」「勝利の陶酔」を――挙げている。だが、どれも納得できるものではない。一つ目の理由にしても、機密書類の内容をリークしてしまえばいいだけの話だからだ。

なお、信義の自殺の動機は、旧稿版ではユリを失った絶望からだったが、改稿版では、「自分の才能が化学兵器のために使われるのに耐えられなかった」という理由が追加されている。これもまた、おかしな話で、開戦を止めるために機密書類を盗んだのだったら、その目的を果たすために全力を尽くすのが〝平和のため〟だろう。それでも開戦してしまった場合に、自殺すればいいではないか。まだ開戦もしていないのに、伊多に――父親を殺してまで手に入れた――書類を押しつけて自殺する行為のどこが、〝平和のための犯罪〟なのだろうか。信義は、ユリが命を捨ててまで彼に託した思いを無駄にして平気だったのだろうか。

——と、散々文句をつけたが、私はこの部分は欠点だと思っていない。

基本的に、探偵小説における犯人の動機は、プロットやトリックや推理とは連携していない。例えば、松本清張の長篇に出てくる「自分がハンセン氏病患者の子供であることを隠すために殺人を犯す」という動機を、エラリー・クイーンの長篇に出てくる「自分が黒人の子供であることを隠すために殺人を犯す」という動機と入れ替えても、プロットやトリックや推理を修正する必要はないのだ。

だが、〝平和のための犯罪〟は、動機としてはあまりにも大きすぎる。これだけ大きいと、動機に合わせてプロットやトリックや推理を組み立て直さなければならない。それなのに、作者はそれをせず、既存の——個人レベルの動機による殺人で用いられた——密室トリックのバリエーションを用いただけにしてしまった。

しかし、こういった、他の探偵小説では見ることができない大きな動機を持ち込むことは、天城の個性であり、魅力でもある。仮に、探偵役を摩耶に代えて、ファンタジーやファルス仕立ての短篇にすれば——第一章で述べたように——不自然さを覆い隠すことができたに違いない。実際、「高天原の犯罪」では、大きなテーマとトリックを連携させることに成功している。

しかし、天城にとって、第二次世界大戦を阻止しようとする〝平和のための犯罪〟は、ファンタジーやファルス仕立てにするものではないし、短くまとめるものでもなかったのだ。

『圷家殺人事件』は、これまでの探偵小説が扱わなかった〝平和のための犯罪〟というテーマを、これまでの探偵小説でおなじみの〝密室もの〟に盛り込んだ作品である。作者はこの試みの難しさを克服できたとは言えないので、本作を〈成功作〉と評価することはできないだろう。だが、独創的な試みに挑んだ〈傑出した作品〉と呼ぶのはかまわないと思う。

六　主題――『哲学者の密室』

天城一が成功に至らなかった、〝戦争〟という大きなテーマと密室ものとの接続。『圷家殺人事件』の改稿版である『風の時／狼の時』の刊行から二年後、その接続に成功し、プロットやトリックや推理までもがテーマと連携している傑作長篇が刊行された。それが、笠井潔の『哲学者の密室』である。

駆シリーズ第一作『バイバイ、エンジェル』では、テーマ（テロリズムをめぐる思想闘争）はプロットやトリックや推理と連携していない。前述のように、動機と連携しているだけである。従って、この思想闘争部分だけを抜き出して、他の作品にはめ込むことが可能になっている。

しかし、『哲学者の密室』は違う。プロットもトリックも推理も、テーマと固く結びついているため、他の作品と差し替えることはできないのだ。

そのテーマ、すなわち「大戦間探偵小説論」と「ハイデガー批判」と「密室の本質直観」は――私のつたない説明で申し訳ないが――以下のように作品に組み込まれている。

・ダッソー家で密室殺人が起こる。

・駆は事件の支点は「密室」だと語り、ハルバッハ哲学を援用して探偵小説に当てはめ、「密室における死の、現象学的に直観された本質は、『死の可能性の隠蔽としての、特権的な死の人為的な封じ込め』」だと結論を下す。
・この結論を用いて、ダッソー家の密室状況を「犯人は被害者の死体を密室に封じ込めて隠すつもりだったが、予期せぬ警官の来訪により失敗した」と説明し、犯人は現場を〃開かずの間〃にすることが可能だったダッソーだと解明する。
・この解明の歯切れの悪さをナディアに指摘された駆は、その理由を「疑念を感じはじめているハルバッハの死の哲学を前提として、密室現象の本質について考察することを強いられた」ためだと語る。
・ガドナス教授宅を訪ねた駆は、客のシュミットから、コフカ収容所で起こった密室殺人の話を聞く。
・さらに、ガドナス教授の示唆により、密室には二種類あることに気づく。ジークフリートの密室、つまり特権的な死を封じ込めるために意図的に作られた密室と、竜の密室、つまりおぞましい死を溢れさせないために偶然にできてしまう密室の二つが。そして、密室における死の本質は、「死の可能性の隠蔽としての、特権的な死の夢想の封じ込め」だと修正する。
・駆はハルバッハと会い、戦後に死の哲学を放棄したことを批判し、さらに、その理由は絶滅収容所を見たことではないかと指摘する。否定するハルバッハだったが、自分がコフカ収容所を訪れたことを証明する写真を処分しようとして——犯人の罠にかかり——墜落死する。
・駆は、ダッソー家の密室は作者のいない密室であり、真の支点は〃密室〃ではなく〃宙吊りにされた死〃だと指摘。密室にどう出入りしたかは棚上げして、密室の換気窓と廃屋をつなぐ緑のトンネルに着目。三重密室を抜け出て廃屋に行くことができる庭師のグレが犯人で、彼は廃屋から換気窓を通して被害者を狙撃しようとしたと推理。だが、被害者は狙撃の直前に窓から転落し、致命傷を負う。そこを第一発見者のジャコブが刺し殺したのだ。

・ガドナス教授の家で、駆はさらに「大戦間の探偵小説とハルバッハ哲学は同根である」と語り、「二十世紀の探偵小説の被害者は、特権的な死者なんです」と指摘する。

・ナディアとグレ（ヴェルナー）に向かい、駆はコフカ収容所の密室は、「特権的な死の夢想を封じ込めるジークフリートの密室」であり、ハンナは「夢想された自殺」を遂げたと語る。犯人ヴェルナーは、絶滅収容所によって自殺さえできなくなったハンナを自殺に見せかけて殺し、それをフーデンベルグに見せつけたのだ。ヴェルナーは、本人の言葉を借りるならば、

絶望的な勇気を奮い起こしてなされるハンナの『自殺』に直面した瞬間、人間を快と苦に自動反応する機械装置に過ぎないと傲慢にも信じ込んでいる、収容所官僚フーデンベルグの思想と人格は致命的な危機に瀕するだろう。

と考えたわけである。

・ヴェルナーは駆の推理を補足する説明をした後、自分とフーデンベルグ、そしてハルバッハとの闘いを語り、駆にアドバイスを贈ってから立ち去った――最後に新たな密室殺人が起きることを示唆して。

私のつたない説明でも、大戦間探偵小説論、ハルバッハ批判、密室の本質直観といったテーマが、

探偵小説としてのプロットやトリックや推理と見事に連携していることがわかると思う。作者はこの連携のために巧妙な手をいくつも打っているのだが、紙幅に限りがあるので、一点だけ考察しよう。

作中で駆は、密室を「ジークフリートの密室（意図的に作られた密室）」と「竜の密室（偶然にできた密室）」の二つに分類している。ただし、この分類は、笠井の「大戦間探偵小説論」には出て来ない。なぜならば、探偵小説に登場する密室は、すべて「ジークフリートの密室」だからだ。

もちろん、犯人が意図しない密室状況が登場する探偵小説はいくつもある。しかし、作中の犯人にとっては「意図しない密室」でも、作者にとっては、「意図した密室」なのだ。当たり前の話だが、作者は密室を作ろうと考えて、トリックを案出したのだから。従って、大戦間探偵小説を論じる場合は、「ジークフリートの密室」や「ジークフリートのアリバイ」や「ジークフリートの見立て」だけを考えれば充分ということになる。

しかし、作中人物の駆にとっては、充分ではない。彼が考えるべきは作中の犯人の意図であり、作者の意図ではないからだ。従って、推理においては、「竜の密室」という観点は外すことはできない。

笠井の『哲学者の密室』は、作者自身が考え出した「大戦間探偵小説論」を作中で扱っているが、その際、〝探偵小説の外〟と〝探偵小説の中〟をきちんと分けて論を変えている。決して、J・D・カーのように、密室を論じるために、「われわれは探偵小説のなかにいるからだ。そうでないふりをして読者をたぶらかしたりはしない。探偵小説の議論に引きこむための念入りな言いわけなど、考えるのはよそう」（『三つの棺』一九三五年）と言ったりはしない。そして、この「探偵小説の議論に引きこむための念入りな言いわけ」こそが、「竜の密室」であり、「竜の密室」こそが、作者が論を周到な計算のもとに作中に組み込んでいる証なのだ。

もっとも、これは天城より笠井の方が作家として優れているというわけではない。『哲学者の密室』はシリーズ四作目であり、『バイバイ』から十三年もたって――しかも、この間に駆シリーズ以外の長篇をいくつも書いている――刊行されたからだ。何度も述べたが、笠井の処女長篇の『バイバイ』を見るならば、『圷家』同様、テーマとトリックと推理が巧く連携しているとは言えないだろう。

七　密室――『圷家殺人事件』

次は、密室トリックを見てみよう。『圷家殺人事件』では、以下の三つの不可能犯罪と、そのそれぞれに対しての複数の解決が提示されている。

①圷信義の襲撃犯が邸から忽然と姿を消す。
〔信義の推理〕犯人は慶二郎で、妻（信義にとっては母）の部屋に隠れた。
〔島崎の推理〕犯人は千手で、愛人ユリの部屋に隠れた。
〔伊多の推理〕襲撃は信義の幻覚で、犯人は存在しない。
②圷慶二郎とユリの密室内での殺人。
〔島崎の推理〕犯人は千手で、信義が開発した弾力のある繊維を使って鍵をかけた。

〔伊多の推理〕犯人は信義で、共犯者のユリは自ら致命傷を負い、密室を作成した。
③圷信義の密室内の殺人。
〔島崎の推理〕犯人は千手で、②と同じく、弾力のある繊維を使って鍵をかけた。
〔伊多の推理〕信義の自殺で、風船をつけたハンカチで銃に指紋が残らないようにして自分を撃ち、ハンカチを空に飛ばした。

伊多の推理が真相なのだが、「本質的に新しい密室犯罪のトリックはありえない」が持論の天城らしく、それぞれのトリックの基となった作品を明かしている（カッコ内は私の補足）。

①ガストン・ルルーの『黄色い部屋の秘密』（一九〇八年）
②モーリス・ルブランの短篇「海浜の悲劇」（『八点鐘』収録の「テレーズとジェルメーヌ」一九二三年）
③ハンス・グロースの『予審判事便覧』（実際にはこの本のトリックを流用したコナン・ドイルの短篇とヴァン・ダインの長篇）

ただし、本作を密室ものとして見た場合、評価すべきはトリックそれ自体ではない。本作は、長篇という長さを利用した、トリックの使い方が優れているのだ。その使い方とは、以下の二つである。

・三つの密室がそれぞれ連携している点。
・密室トリックの説得力がある点。

まず、連携について説明しよう。

時系列上では最初に起こった信義の襲撃事件では、信義はこう考える。

襲撃犯はどうやって消えたか?→隠れる場所は母の部屋かユリの部屋しかない。→ユリが犯人を匿《かくま》うはずがない。→母が犯人を匿った。→母が匿ったならば犯人は父（慶二郎）になる。

かくして信義は父を殺す決意を固め、これが次の密室殺人を生むことになる。言い換えると、信義の殺害動機は、襲撃事件の不可能性によって生じたわけである。

その慶二郎殺しの当初の計画では、共犯者のユリは重傷を負うが一命を取りとめて偽証をする、という予定になっていた。だが、この計画のいくつかの欠点に気づいたユリは、自ら命を断つことによって、偽証に説得力を持たせようと考えたのだった。そして、この命を懸けた偽証によって、完璧な密室状況が生まれたわけである。

だが、予定していなかったユリの死は、信義に絶望を与え、自殺に追い込むことになった。つまり、慶二郎殺しの密室状況を生み出したユリの死が、信義の自殺を引き起こしたわけである。

こういった連携は、一作に複数のトリックを盛り込める長篇ならではのものだと言えるだろう。

次に、説得力の有無について説明しよう。

第一章で考察したように、天城一の短篇では、犯人がトリックを弄する理由がよくわからない、というか、作者がきちんと説明していない。だが、本作では、枚数を割いて、説得力を持たせているのだ。

例えば、信義の幻覚の原因は――作中には説明はないのだが、エッセイ等によると――統合失調症気質を持つ実の父親（石戸陽一郎）の血を受け継いでいる上に、自分が率いる小隊が全滅したことによる戦争後遺症が重なったもの、となっている。そして、遺伝の件は、「異母兄である石戸陽次が、しばしば死んだ母の幻を見る」というデータを提示。小隊の全滅の件は、一章を割いて描写している。この二つのデータにより、真相の説得力が増しているのだ。

第二の密室におけるユリの命をかけた行動についても同様である。彼女の信義への思いや、計画の穴に気づく頭脳や、思い込みの激しさについて、きちんと描かれているのだ。解決篇で伊多に「ユリさんは、切れる頭を持ってはいるが、一方少々無鉄砲でそそっかしい人でもあるのです。計画不備のために、危険が愛人（信義）に及ぶと思ったとき、死を以て信義君の楯になろうと決心しても不思議ですか？」と問われた読者の大部分は、「不思議ではない」と答えるに違いない。

ただし、最後の密室は微妙と言える。ユリの跡追い心中をする信義の心理はおかしくないのだが、現場を密室にするのがおかしいのだ。他殺に見せかけるために風船のトリックを用いながら、他人が出入りできない密室にするのは、つじつまが合わない。信義は、自分の死を〈自殺〉と〈他殺〉の、どちらに見せかけたかったのだろうか？

前述の信義の告白書には、「僕の死は自殺です。ユリの死に責任のある千手を処罰するために、千手に嫌疑のかかり得る形で自殺しますが、千手は僕の死とは無関係です。僕の死のために処刑されぬよう御配慮下さい」とある。素直に読むと、「千手が信義殺しの犯人として逮捕されて世間のさらしものになるのは望むが、殺人罪で死刑になることまでは望まない」と伊多に言っているようにとれないこともない。だが、そう巧くいくだろうか？　警察が千手を逮捕するには、密室トリックを解明しなければならない。しかし、実際には、誰も施錠するための密室トリックは使っていないので、ドアや錠には何の証拠も残されていない。紐でこすった跡もないし、ピンを刺した跡もないし、テープを貼った跡もない。いかに〝密室のエキスパート〟島崎警部補でも、この状況で密室トリックを考えつくのは難しいだろう。——と言いつつも、実際には考えついてしまうのだが、信義はそこまで島崎を信頼していたのだろうか？

あるいは、「千手が犯人に違いないが密室トリックがわからないので逮捕できない」という状況を作り出すのが、信義の狙いだったのだろうか？　もしそうだとすれば、なかなか巧妙な密室の使い方と言えるのだが……。

（なお、『風の時』では、「ユリの死に責任のある千手を処罰するために」が、「時間稼ぎのために」に変えられているが、こちらも意味がわからない。死にゆく信義は、何の時間を稼ぎたかったのだろうか？　時間を稼ぐとしたら、機密書類の捜索を遅らせることしか思いつかないが、信義の死が自殺でも他殺でも、書類の捜索に与える影響は同じに見えるのだが……。）

こういった「トリック間の連携」や「トリックの使い方」という評価基準は、江戸川乱歩などの〈トリック分類〉には存在しない。乱歩方式では、作品からトリックだけを抜き出し、分類・評価するからだ。また、島崎の〝間違った推理〟も、それだけ抜き出して評価しても——〝正しい推理〟を無視して評価しても——意味が無いことは、言うまでもないだろう。『坏家』に登場する複数の密室トリックは、個々に抜き出すのではなく、作品全体として評価しなければならないのだ。

もっとも、『坏家』の密室トリックは、それだけ抜き出しても面白い。既存トリックのバリエーションであることは間違いないが、他に例のない変形をしているからだ。

例えば、ユリの密室トリックを見てみよう。犯人が容疑をそらすために致命傷にならない程度に自傷するトリックは、さほど珍しくはない（ヴァン・ダインのある長篇とか）。しかし、犯人が意図的に致命傷を負う作品は珍しい。通常は、犯人は死刑を逃れるためにトリックを弄するのだから、当たり前の話と言える。この種のトリックは、私の知る限りでは、スティーヴン・バーの短篇、柄刀一《つかとうはじめ》の中篇、山口芳宏の長篇などが使っているが、どれも『坏家』より後に発表されている。この観点からは――乱歩は認めないだろうが――オリジナリティを主張してもかまわないだろう。もっとも、ユリは密室状況を作るつもりはなかったので、柄刀作品などのプロトタイプにとどまっている、という見方もできる。

次に、信義の自殺のトリックを見てみよう。この〈ハンス・グロース・トリック〉の元祖であるコナン・ドイルの短篇も、有名なヴァン・ダインの長篇も、密室状況ではない。横溝正史の有名長篇は密室状況だが、これは犯人の意図ではない。通常は、犯人は自殺を他殺に見せかけるためにこのトリックを弄するので、当たり前の話と言える。つまり、このトリックを使いながら犯人が意図して密室状況を作った作品は、私の知る限りでは、『坏家』くらいしか存在しないのだ。この観点からは――乱歩は認めないだろうが――オリジナリティを主張してもかまわないだろう。もっとも、前述したように、「犯人が意図して密室状況を作った」理由がよくわからないのだが……。

八　密室――『哲学者の密室』

『哲学者の密室』の密室トリックもまた、〈トリック分類〉上は、既存トリックのバリエーションと言える。ダッソー家の密室は、十九世紀の名作長篇をルーツとする「時間差トリック」で、コフカ収容所の密室は、エラリー・クイーンの初期長篇と同じタイプの「機械的トリック」になる。

しかし、『圷家』同様、本作も使い方が巧い。特に、駆の〈本質直観による推理〉との連携がすばらしい。この連携については第六節でも触れたが、もう少し掘り下げてみよう。

駆はまず、ダッソー家の密室は竜の密室（作者のいない密室）であると指摘。完璧な密室を作り出した犯人の存在を前提としないで推理を進める。

次に、真の支点は〝密室〟ではなく〝宙吊りにされた死〟だと指摘。〝宙吊りにされた死〟のうち、背中の刺し傷は完璧な密室を作り出した犯人の存在を生み出してしまうため、この点については判断を停止して先に進む。

頭部の打撲については、密室を作り出した犯人の存在を前提にしなくてよいので考察を先に進めると、被害者は換気窓まで登り、そこから落ちたという説得力のある説が得られる。

――と、普通の探偵小説の推理とは異なる推理が披露されるのだ。ただし、犯人の当初の計画が換気窓から顔を出した被害者を廃屋から狙撃するというものだと推理するくだりや、刺し傷は第一発見者のジャコブがつけたものだと推理するくだりに関しては、普通の探偵小説の推理とは、それほど差はない（もっとも、「三重密室を出ることが三重密室に入ることになる」といったレトリックの見事さは、普通の探偵小説を超えているのだが）。

コフカ収容所の密室の方は、もっと駆の〈本質直観による推理〉と連携している。駆は収容所の密室（ジークフリートの密室）の本質は「特権的な死の夢想の封じ込め」だという支点から、「自殺ではないが他殺でもない、同時に他殺であるが自殺でもある」という意味を導き出す。

そして真相は、というと、駆の説明そのままなのだ。ヴェルナーは窓ごしにハンナを撃つが、ハンナ自身も銃を空に向けて撃ち、死んだ自分が倒れる力を利用して窓に鍵を掛ける、というトリックだったからだ。犯人ヴェルナーは、（犯行当時の認識では、）「愛したハンナの魂を救おうとして、尊厳ある死を仮構しようと努めた」。あるいは、（三十年後の認識では、）「直視できないほど不気味なものに変貌したハンナの実存を、私は『自殺』という虚構で隠蔽しようとした」わけである。

作者は現実のハイデガー哲学と絶滅収容所を巧みに作中に組み込み、ヴェルナーとハンナとフーデンベルグの架空の人間関係と組み合わせた。これにより、「駆の直観した密室の本質がそのまま真相になる」というアクロバティックな推理を実現できたわけである。

そして、この二つのトリックが既存トリックのバリエーションであることは間違いないが、他に例のない変形をしている点も、『坏家』と同じである。

ダッソー家の密室は、前述のように、分類上では、時間差トリックになる。基本形は、「病気や事故で倒れた被害者に駆け寄った犯人が殺害するが、目撃者は被害者が倒れたのは殺されたからだと勘違いして不可能状況が生まれる」というもの。しかし、この基本形を知っている読者でも、トリックを見抜くことは難しいと思う。なぜならば、犯人ジャコブが被害者フーデンベルグに駆け寄った時、まだ生きてはいたものの、脈は止まり、絶命は数秒後に迫っていたからだ（ジャコブは医者なので正しく判断できる）。放っておいてもすぐに死ぬ人間を刺し殺すことに、何か意味はあるのだろうか？いや、放っておけば自分は罪に問われないが、刺し殺せば、良くて死体損傷、最悪の場合は、殺人罪に問われることになる。メリットどころか、デメリットしかないではないか。かくして読者は、ジャコブを容疑者から外してしまうわけである。

では、なぜジャコブは被害者を刺し殺したのだろうか？　それは、被害者が「生と死のあいだで宙吊りにされて」いたからだ。ジャコブ自身が収容所で味わい、盟友のエミール・ダッソーが死に際《ぎわ》に味わったグロテスクな〈ある《イリヤ》〉から被害者を解放しようとしたのだ。

おそらく、『哲学者の密室』を読んでいない人は、私の説明に納得できないだろう。特に、作中でかなりの枚数を割いて説明している〈ある《イリヤ》〉に関しては。だが、読んだ人ならば、大部分が納得したに違いない。この観点からは——乱歩は認めないだろうが——オリジナリティを主張してもかまわないだろう。

コフカ収容所の密室もまた、〈トリック分類〉の観点からは見えないユニークさを持つ。トリック分類上では、「被害者（が生成した）密室」なのだが、本作にこの分類方式を当てはめるならば、「ハンナが自殺したのをヴェルナーが他殺に見せかける」というトリックになる。だが、本作はその逆。「ヴェルナーによる他殺をハンナが自殺に見せかける」トリックなのだ。これには意味がないことは、誰でもわかる。自殺に見せかけたいのならば、ハンナが実際に自殺すればいいではないか。わざわざヴェルナーが殺人という大罪を犯す必要はない。

しかし、『哲学者の密室』を読んでいる人ならば、意味があることはわかるはずである。絶滅収容所とフーデンベルグによって、ハンナは自殺することができなくなった。そこでヴェルナーは、ハンナを自殺に見せかけて殺し、それをフーデンベルグに見せつけたのだ。「ハンナは自殺などできない」と確信しているフーデンベルグに、ハンナの自殺を見せてその信念を打ち砕くことが、ヴェルナーの目的だったのだ。

この観点からは――乱歩は認めないだろうが――オリジナリティを主張してもかまわないだろう。『坏家殺人事件』と『哲学者の密室』に登場する密室トリックは、〈トリック分類〉の観点からは既存のバリエーションに過ぎない。だが、〝犯人にはメリットがない、あるいは意味がない行動によって密室が生まれている〟という点に注目すると、オリジナリティがあると言える。

また、その密室トリックをプロットや推理に連携させる手際に着目するならば、高く評価すべきだとも考えられる。これもまた、『坏家殺人事件』と『哲学者の密室』の共通点なのだ。

九　密室――『圷家殺人事件』と『哲学者の密室』

前々節では『圷家殺人事件』の三つの密室を、前節では『哲学者の密室』の二つの密室を、個別に考察した。本節では、一緒に考察してみることにしよう。

まず、『圷家』のユリによる密室と、『哲学者』のコフカ収容所の密室を比べてみよう。すると、驚くほどの類似点が見出せるのだ。

この二つの密室は、一人の女と二人の男によって生み出されている。信義＝ヴェルナー、ユリ＝ハンナ、千手＝フーデンベルグ。

〈信義＝ヴェルナー〉と〈ユリ＝ハンナ〉は心と体の双方向の結びつきで、〈千手＝フーデンベルグ〉と〈ユリ＝ハンナ〉は体だけの片方向の結びつきである。

〈信義＝ヴェルナー〉と〈ユリ＝ハンナ〉は手を組み、密室殺人を行う。その矛先は〈千手＝フーデンベルグ〉に向いている。

密室殺人のトリックは、〈ユリ＝ハンナ〉の自己犠牲による、被害者密室である。

――と、トリックの構造だけを見ると、そっくりなのだ。

しかし、読者の印象は異なるに違いない。それは、密室トリックの主体が異なるからである。『哲学者の密室』の密室がヴェルナーによって構想され、ハンナはその道具として忠実に実行しているのに対して、『圷家』の密室は、信義の計画をユリが変更して、しかも完遂できなかった（鍵を開ける前に気を失ってしまう）ことによって生み出されている。つまり――『哲学者』の定義を借りるならば――『圷家』の密室は〈竜の密室〉であり、『哲学者』の密室は〈ジークフリートの密室〉なのだ。

天城は評論「密室犯罪学教程・理論編」の中で、「（探偵小説の犯人に）頭があれば密室殺人を犯すはずはない」と書き、密室ものの最高傑作と言われる長篇が、偶然の積み重ねで密室が生じたことを指摘している。つまり、密室ものの多くは〈竜の密室〉にならざるを得ないと言っていることになる。もちろん、『圷家』も例外ではない。

だが、『哲学者』の収容所の密室は、〈ジークフリートの密室〉に他ならない。頭の良い犯人が密室殺人を犯したわけである。ならば笠井は、いかにしてそれを可能にしたのだろうか？

答えは、〈大戦間探偵小説論〉にある。前述のように、探偵小説の中の人物にとっては〈竜の密室〉でも、作者にとっては〈ジークフリートの密室〉になる。笠井は、この「作者にとっての〈ジークフリートの密室〉」を、「犯人にとっての〈ジークフリートの密室〉」にスライドさせたのだ。作者が作中人物を利用して読者に〈ジークフリートの密室〉を披露するように、犯人ヴェルナーはハンナを利用してフーデンベルグに〈ジークフリートの密室〉を見せたわけである。この「作品の外にある作者の狙いを作中に落とし込む」という手法は、テーマやメッセージに関しては珍しくない。だが、トリックを作中に落とし込んだ作品は珍しい。他の有名な作例としては、

・作者の執筆行為を作中犯人の行為に落とし込んだクリスティの長篇。
・作者が行う手がかりや推理の案出を作中犯人の行為に落とし込んだクイーンの長篇。

くらいではないだろうか？

一方の天城一は、自身は密室殺人を書きたいが、作中犯人は密室殺人を犯したくないことも理解していた。だから、密室殺人を犯したくない犯人に密室殺人をやらせるために、「犯人の計算外のアクシデントで密室が生じる」という手を使った。これは、他の多くの作家も使っている手に他ならない。かくして密室は〈竜の密室〉になり、天城はついに、〈ジークフリートの密室〉を描くことはなかった。

――と書いて終わりにできないのが天城一という作家。ここで、『坏家』と『哲学者』に登場する〝第三の密室〟を比較してみよう。

『哲学者』の作中では、三つ目の密室殺人は登場しないが、終章では、三つ目の密室殺人が行われるであろうことが暗示されている。それは、犯人ヴェルナーが、密室の中で、他殺にしか見えないような自殺を行う、というもの。駆の言葉を借りるならば、「彼（ヴェルナー）は自殺する決意だよ。しかし、自殺したとは思われたくないんだ。だから他殺に見せかける。同時に、たんなる事故死や他殺とも思われたくない。そのために、わざと現場を密室化するんだ」となる。

まさしくこれは、『坏家殺人事件』の犯人・信義が、最後に行った行為ではないだろうか。前々節の考察で、私は「信義は、自分の死を〈自殺〉と〈他殺〉の、どちらに見せかけたかったのだろうか？」と批判したが、実は、ヴェルナーと同じ理由があったのかもしれない。自らの死を、戦争という大量死の中での〈特権的な死〉――すなわち〈ジークフリートの死〉にしたい、という理由が。

だとすると、『坏家』は、「ユリの密室＝竜の密室」と「信義の密室＝ジークフリートの密室」の二つを描いた作品と言えるので、ますます『哲学者』に似てくるのだが……。

十　密室――天城一と笠井潔

最後に、天城一と笠井潔の〈密室論〉を比べて、その共通点と相違点を見てみよう。
笠井の密室論は、『哲学者の密室』第十二章3の中で、〈大戦間探偵小説論〉と連携する形で語られている。

　二十世紀の探偵小説の被害者は、第一次大戦で山をなした無名の死者とは、対極的な死を死ぬように設定されている。ようするに、彼は二重に選ばれた死者、特権的な死者なんです。精緻なトリックを考案して殺人計画を遂行する虚構の犯人と、完璧な論理を武器に犯人を追いつめる虚構の探偵は、立場は対極的であるにせよ被害者の死に、聖なる光輪をもたらさんがために奮闘するのですから。

そして、密室は、その内部に「聖なる光輪をもたらされた特権的な死（という夢想）」を封じ込めるため、第一次大戦の大量死と対峙した多くの作家によって書かれ、大戦間探偵小説を象徴するサブジャンルになった――。
この文でわかるように、被害者に「聖なる光輪」をもたらすには、「精緻なトリック」が必要になる（と笠井は言っている）。犯人がただ被害者を殺すだけでは、あるいはありふれたトリックを弄するだけでは、「聖なる光輪」は与えられない。もちろん、犯人の単純な犯行計画がアクシデントなどで複雑化する場合もあるが、その場合でも、作者が「精緻なトリック」を案出していることは間違いない。

これは、実に画期的な論だと言える。従来、本格探偵小説が「子供だましだ」と批判されてきた二つの要素――「非現実的で複雑なトリック」と「非現実的で天才的な探偵」――が、「被害者の死に聖なる光輪をもたらす」ために必要なものであり、だからこそ本格探偵小説は第一次大戦の大量死に対峙できるジャンルだ、と言っているからである。つまり、これまで探偵小説が批判されてきた短所が、そっくり長所に入れ替わってしまったのだ。

（駆の論には出てこないが、作者の評論の方では、やはり「パズルのピースのような」と批判される作中人物も、「パズルのピース」だからこそ、大量死に対峙できる、という反転した論が提示されている。おそらく、この論のこの部分は、小説である『哲学者の密室』の作中人物に語らせることはできないので、外したのだろう。）

私の力不足できちんと伝わっていないかもしれないので、表現を変えよう。

従来、本格探偵小説、特に密室ものは、リアリズムという観点から「現実と乖離《かいり》している」と批判されてきた。「パズルのピースのような作中人物の間で起こった」「現実にはできそうにない複雑なトリックを用いた事件」を、「現実にはいそうにない天才的な名探偵が解く」物語は、文学作品でなく、パズルだと叩かれてきたのだ。

だが、笠井は、これをひっくり返した。第一次大戦（日本は第二次大戦）の大量死を経由した社会は、十九世紀的な文学形式では描くことができない。それができるのは、「パズルのピースのような作中人物」と「現実にはできそうにない複雑なトリック」と「現実にはいそうにない天才的な名探偵」を持つ、本格探偵小説というジャンルなのだ、と。

戦前に「探偵小説は文学たり得るか」という論争があった。この論争の前提には、探偵小説の上位に文学が存在するという考えがあり、その高みに探偵小説は近づくことができるか、というのが論点になっている。そして、否定派は「探偵小説のような特殊なジャンルは文学になれない」と主張してきた。笠井はこの前提を根本的にぶちこわし、「探偵小説の特殊性こそが大量死を経由した現在を描くことを可能にしているのだ」と論じているわけである。

次は天城一の密室論に移ろう。氏の「密室作法」や「密室犯罪学教程・理論編」などはトリック分析がメインなので、密室もの自体はさほど論じてはいない。天城の密室論としては、「密室の系譜」（一九八四年）が、本節の考察の参考資料としては適切だろう。

まず、〝リアリズム〟の観点からは、天城は「密室ものはアンリアル、アリバイものはリアル」と考えている。例えば――

（時間差密室トリックで）物的手段を使わないとすると、アリバイ造りに似てしまいます。一番簡単なのは一人二役で、犯人が被害者に化けて生きていた証拠を残せばいいわけです。一見名案のようですが、アリバイ・トリックと密室犯罪の二兎を追う愚を犯します。アリバイがうまくできるならば、何も苦労してアンリアルな密室殺人を書く必要はありません。リアルなアリバイ物の長編を書くことができます。(5節)

(鮎川哲也の「赤い密室」は)密室作家としての作者の名声を確立した作品ですが、ファンタジーを主調とする密室に、リアルなアリバイ作家の素質が妥協しているところが欠点だというのは望蜀《ぼうしょく》でしょうか?(7節)

そして、その〝アンリアル〟な密室ものについては、こう述べている。文中の「ザングウィル」は、密室ものの古典『ビッグ・ボウの殺人』(一八九二年)の著者名。

ザングウィルまでの密室犯罪は、すべて現実に起った出来事の模倣でした。ザングウィル以降の密室は、先例のない思考実験です。系譜学的に、無から出発しています。現実に根を持たぬことが、現代の密室犯罪の特色です。必然的に、密室小説はメルヘン化しています。(9節)

メルヘンにはメルヘンのリアリティがあります。メルヘンの不朽の生命はそのリアリティに負っています。地上からすべての王子と王女が去る日が来たとしても、メルヘンの中の王子様と王女様は生きつづけるでしょう。(9節)

この「〇〇には〇〇のリアリティがある」という言葉は、そのジャンルのリアリズムのなさを擁護する際に持ち出される定番のもので、いささか芸がないと言える。ただし、天城の場合は、旧来の弁解をしているわけではない。この前後の文章も読んでみると、もっと別のものが見えてくるのだ。

まず、「メルヘンにはメルヘンのリアリティが～」の直前の文を引用してみよう。

（略）乱歩が、終生悩みつづけたのはリアリティの問題でした。しかし、文芸のリアリズムは急速に退潮しています、芥川賞の最近の受賞傾向も立証しますが。十九世紀のリアリズムは市民階級の経験の等質性に依存していました。

ポスト工業化の社会の入口に立つ現在は、経験が多様化しています。目読で四四ビット／秒の文芸は、十の十乗のオーダーのビット／秒を受容する人間の経験を追い切れません。文芸全体がメルヘン化することをおそらくは防ぎきれないでしょう。

密室小説は本質的にメルヘンです。乱歩はチェスタートンの成功の原因をユーモアに見ましたが、むしろブルジョワ社会の諷刺に成功したと見るべきではないでしょうか。〈奇妙な足音〉も〈見えざる人〉もメルヘンではないでしょうか。ブルジョワの風俗と思考の様式の、彼らが進歩そのものとうぬぼれ切っていた部分のぬい目を、鋭く突き立てたことではないでしょうか。

ポスト工業化の社会でも、社会の思考のひだにひそむ病根は絶えないでしょう。彼らは彼らなりに、彼らの現人神を持つでしょう。彼らの目のまえを、大手をふって〈見えざる人〉が通り抜けている様を告示するメルヘンは、それなりの存在理由を持ってはいないでしょうか？

この文を読めばわかるように、天城も笠井と同じように、十九世紀のリアリズムと二十世紀のリアリズムが異なると考えている。違いと言えば、その異なる理由が、「世界大戦」によるものか、「工業化」によるものか、という点になる（ただし、笠井が『哲学者』以降に書いた評論では、「工業化」も視野に収めている）。私見だが、ここで天城が言いたいことを具体化してみると、「シャーロック・ホームズの冒険譚には様々な職業の人物が登場するが、当時の読者は自分と無関係な職業でも類推ができた。だが、工業化により専門化、細分化、分担化、自動化がされた現在では、自分と無関係な職業は、〝別世界のもの（メルヘン）〟になっている。だから客と使用人、住居者と郵便配達人は別の世界の住人なのだ」ということだろう。そして、チェスタートンの「奇妙な足音」や「見えない男」を「ブルジョワ社会を諷刺するメルヘン」と位置付けてから、「メルヘンにはメルヘンのリアリティが〜」以降の文に入り、それに続いて以下の文が書かれて、この評論は終わっている。

メルヘンのリアリティを、勝ち誇るブルジョワジーの世紀の文芸のリアリティの尺度で測って、リアリティの欠如に悩むのはナンセンスではなかったでしょうか？　ブルジョワたちの時代は既に終っているのです。

バリケードの上の赤旗よりもっと鮮烈に、残存している市民社会を震撼《しんかん》させる密室犯罪は、まだ書かれてはいません。犯罪が犯罪者による他の手段を以てする革命ならば、そのエッセンスを詰めたメルヘンが、もっと革命的でない理由があるでしょうか？

どうだろうか？　一九八四年に発表した文章で、天城はここまで踏み込んで、社会と密室ものについて考えていたのだ。そして、この考えの先には、笠井の論につながる、いくつもの道が延びているように見える。『哲学者の密室』しか読んでいないとピンとこないかもしれないが、笠井の『ミネルヴァの梟は黄昏に飛びたつか？』の論と比べてみると、その道が見えてくるのではないだろうか。例えば、笠井の〈虚構の時代＝人形の時代〉に、天城の前記の文の〈メルヘン〉を重ね合わせることは不自然ではないはずである（締めくくりの文に「革命」が出てくるのは出来すぎだが）。

また、『風の時／狼の時』で伊多が言う「大日本帝国というフィクションが、いつまでも続くことなどありえない」という台詞を、笠井の論に引きつけて、「大日本帝国という〝大きな物語〟が、いつまでも通用することなどありえない」とすることも可能だろう。

天城の〈密室論〉と笠井の〈大戦間探偵小説論〉を比べてみると、同じ考えとは言いがたい。だが、探偵小説の人工性を認めながらも、「その人工性ゆえに」社会を撃つことができる、と考えている点では、かなり近いと言える。

この近さが、ここまで述べてきた、『坩家殺人事件』と『哲学者の密室』の重なり合いを生み出したのだ。

おまけとして、余談を少々。

天城の「密室の系譜」4節では、ザングウィルの『ビッグ・ボウの殺人』について、興味深い指摘がある。まず、乱歩の「ルルーの〈黄色い部屋〉に比べてやや遜色がある」という文を引いて、それに反論する形で、「人によっては、偶発事を重ねた〈黄色い部屋〉のトリックよりも、犯人の強い意志による密室の形成を高く買い、ザングウィルを密室犯罪の本当の開祖と考えるかもしれません」と添えているのだ。

言うまでもないが、天城自身が、『黄色い部屋』よりも『ビッグ・ボウ』を「高く買」っているわけである。そしてその理由は、「犯人の強い意志による密室の形成」にあった。つまり天城は、〈竜の密室〉である『黄色い部屋』よりも、〈ジークフリートの密室〉である『ビッグ・ボウ』の方を高く評価しているわけである。

乱歩のトリック分類では、密室トリックが犯人の意図したものかどうかは気にしていない。だが、天城は気にしていた。この道もまた、笠井に通じていたわけである。

第四章　天城一と笠井潔の応酬

※以下の作品の真相等に言及あり。
天城一『圷家殺人事件』／笠井潔『哲学者の密室』／F・W・クロフツ『ポンスン事件』
※本章のみ、内容を考慮し、敬称を添えている。

この章では、天城一氏と笠井潔氏のやりとりが大部分を占めている。ただし、単なる引用ではなく、私自身の論から派生した文だと見なしてほしい。なぜならば、ここに載っている二人のやりとりは、私が前章で述べたようなことを考え、その考えに沿って依頼した原稿なのだから。

一　笠井潔から天城一に

そもそものきっかけは、私が光文社のアンソロジー『甦る推理雑誌⑤「密室」傑作選』で、天城氏の『圷家殺人事件』を再読したことだった。笠井氏の『哲学者の密室』を読んだ〝後〟でこの作を読むと、初読時には見えなかった、いろいろなものが見えてきたのだ。

そこで、笠井氏と話す機会に恵まれた時、「『圷家殺人事件』を読んでいますか?」と聞いてみた。すると、「読んでいる」という返事をもらうことができたのだ。これで、次の仕掛けに進めるようになった。

「次の仕掛け」というのは、この後、私が編集して二〇〇六年に甲影会から《別冊シャレード》93号として刊行された『天城一読本』のこと。この読本のために、作家や評論家やファンへのアンケートを実施したのだが、その中に、笠井氏も加えておいたのだ。そして、氏は期待通り、いや、期待以上の回答を寄せてくれた。以下に、その回答の全文を掲載しよう。

アンケート回答　笠井潔

Q1 天城一作品の魅力は何だと思いますか？

A1

わたしの父にあたる年代だが、天城一氏の個性には戦中派の日本人に稀な二〇世紀性を感じ、共感する。坂口安吾や三島由紀夫など少数の作家は別として、父の世代の大多数に二〇世紀的なニヒリズムを感じることはできない。生活すること、成長すること、豊かになること、などなどの価値を無自覚に疑おうとしないからだ。父の世代は戦後復興と高度経済成長に邁進し、引退してからはＮＨＫの「プロジェクトＸ」を見て感涙にむせんでいる。

二〇世紀は世界戦争の時代だった。二〇世紀精神とは、大量死の重圧で人格的な背骨をへし折られ、一九世紀的な人間性の徹底的な自己解体に見舞われた青年たちの、荒廃し空無化した異様な精神なのだ。どのようにグロテスクであろうと、その必然性から逃れることはできないと覚悟した精神、ようするにニヒリズムである。

横溝正史『獄門島』、高木彬光『刺青殺人事件』、鮎川哲也『黒いトランク』などなど日本の戦後探偵小説は、世界戦争の時代の申し子たちを主人公として描くことに成功した。戦後探偵小説の意義は、もっぱらこの点にある。

しかし、一九五六年の経済白書にある「もはや戦後ではない」という景気のよい掛け声に煽られたのだろうか。世界戦争の申し子たちも、過酷な戦争体験を忘却の淵に沈め、経済成長と豊かさの実現に向けて走りはじめる。もともと「人間失格」でしかない存在が、人間のようなふりをする姑息さに、誰も疑いを挟まないような時代が到来した。

探偵小説の世界も同様で、たとえば横溝正史は事実上筆を折った。高木彬光は復員探偵だった神津恭介を見限り、高度成長期のエリート・ヒーローとして霧島三郎を創造する。

天城氏が一九五〇年代後半以降の時代を、どのように生きてきたものか、読者には推測のしようがない。しかし天城作品が、世界戦争の時代の探偵小説である事実を疑うことはできない。戦後探偵小説界ではマイナーな作家として遇され、高度成長期以降は作家的沈黙を強いられた天城一を、デフレ時代のわれわれが再発見したのも時代の必然だろう。平成大不況は戦後復興と高度経済成長、豊かさに向けて無限に疾走する人間の時代に、明瞭な形で終わりを告げた。世界戦争の産物であるという探偵小説の精髄を、誰よりも直截に示している天城作品のリアリティが注目されはじめたのに、どのような不思議もない。

ヨーロッパでは、第一次大戦によって二〇世紀がはじまる。第一次大戦後の二〇世紀精神を左右の極で体現した哲学者が、ルカーチとハイデガーだ。学生の頃にわたしは、ハイデガーの主著『存在と時間』の副読本としてカール・レーヴィットの『乏しき時代の思索者』を読んだ。レーヴィットは戦前の一時期、東北帝国大学の教壇に立っている。同じ時期に東北帝国大学の学生だった天城氏は、レーヴィットを通じてハイデガーの二〇世紀精神に影響されたのかもしれない。

Q2

天城一作品のベスト5を選んでください。

A2

わたしは短篇本格の意義をよく理解できない人間なので、読んだことのある天城氏唯一の長篇（長めの中篇か？）『圷家殺人事件』をベストとして挙げることにしたい。

Q3

天城一について、お好きなテーマでエッセイを書いてください。

A3

『圷家殺人事件』の背景は、第二次大戦直前の東京だ。泥沼の日中戦争下、戦時色は濃さを増しつつあるが、何年か後に焼け野原になるはずの「帝都」は、いまだ健在である。一応のところ戦時なのだが、もの不足に悩まされることもない特権階級の家では、平時と同じような日常が営まれている。

こうした背景のもとで、物語は密室殺人を謎の中心とした都市型探偵小説として開始される。しかし結末で明らかになるのは、事件の起点が大陸の戦場にあり、事件の結末が真珠湾攻撃と日米戦争に通じていくという事実なのだ。

「大量死と密室」は二〇世紀探偵小説の特権的な主題である。日中戦争と日米戦争の中間点に密室事件を配することで、『坏家殺人事件』は「大量死と密室」の主題を重層的に展開しえている。日米戦争に先行して日中戦争があった。戦争にアメリカを巻きこむことで、勝利の展望を得ようとしたのが中国側の戦略だったとすれば、日本はアメリカに負けたというよりも、結果として中国に負けたのである。しかし大多数の日本人は第二次大戦後、日中戦争のことなど忘れてしまう。高度成長期の日本人が忘却した日本の戦争経験を、『坏家殺人事件』はあらためて突きつけている。

われわれは日米戦争にかんして、宣戦布告なき真珠湾攻撃と広島、長崎への原爆投下は不正の価でバランスし、日米間では貸し借りがないと思っている。日米戦争ではバランスがとれていると仮定しても、しかし日中間はどうなのだろう。日本人は、日中戦争と日米戦争が表裏一体であったことを、都合よく忘れているとしか思えない。アメリカにはだらしなく這いつくばり続ける半面、中国には居直り的に傲慢な態度を誇示し続ける日本の将来はどうなるのか。中国の戦場ではじまり、焼け野原の東京を予感させて終わる『坏家殺人事件』は、このように現在にも通じる主題を密室探偵小説という形で提出しえている。

まさに、私の考察にぴったり――どころではない。こちらの考察の、はるか上をいくアンケート回答だった。恥ずかしい話だが、私は日中戦争まで視野に入れていなかったし、天城氏がエピローグの時期を一九四五年八月末に設定した理由も考えていなかったからだ。『『坏家殺人事件』は『大量死と密室』の主題を重層的に展開しえている」という文を読んだ時は、正直言って、興奮してしまった。実は、『天城一の密室犯罪学教程』が〈本格ミステリ大賞評論・研究部門〉を受賞した際の笠井氏の選評（第一章第六節で引用した篠田真由美の選評と同じく《ジャーロ》二〇〇五年夏号に掲載）でも、「（私の）『探偵小説論』の先行者である」と称賛しているが、ここまで踏み込んで書いてはいなかった。おそらく、今回は対象作品が『圷家殺人事件』だったからだろう。
なお、笠井氏の「天城氏は、レーヴィットを通じてハイデガーの二〇世紀精神に影響されたのかもしれない」という文については、『密室犯罪学教程』の「献辞」に、「当時東北大学の学生だった私には、このレヴィットの文章は深刻な影響を及ぼしました」とあるが、その影響を乱歩批判につなげているために、思想的な面までは語っていない。なお、「レヴィットの文章」とは、岩波書店の雑誌《思想》に発表された評論「ヨーロッパのニヒリズム」のこと。

二　天城一から笠井潔に

私だけでなく、天城氏もこのアンケート回答には強い印象を受けたらしい。氏の『天城一読本』に対する私宛ての感想の手紙（二〇〇六年四月十五日付）の中で、笠井氏の回答に関して、かなり長く語ってくれたのだ。今度は、その部分を引用しよう。

『天城一読本』感想（抜粋）　天城一

笠井氏の評論を読ませて頂いた点は感謝に耐えません。

戦前派の世代には、あの戦争に罪悪感を抱いているのは、小生ひとりではないと存じます。それは単に「シナ事変」に罪悪感を持つだけではないのですが。

小生の属した「原隊」はルソンで全滅しました（数人が生きて帰ったと聞きました。その中には親友が含まれていましたが、会うことはおろか、手紙をやりとりすることも出来ませんでした。死んだ中には東大を同期に出た者が含まれていました）。非戦闘部隊でしたから、戦いの役には立たなかったでしょう。小生が生き延びたのは、教育のため分遣されたからですが、その先の小さな幹候隊の半分はそれぞれ比島と満州で戦病死してしまいました。生き残ったのは半分です。彼らに対して生きた者が抱く罪悪感はご想像できないでしょう。

後輩に特別頭の良い男が居ました。勿論生き延びたわけですが、八十をすぎて毎夜中学の同級生が夢に出て来て

「なぜお前は死なないんだ」

と、汗をかいているとか。おわかり頂けましょうか？

私は天城氏とは長年にわたって手紙をやりとりしてきたが、今回のように戦争体験を語ったものは、これまでなかった。また、これまで読んだ氏の小説やエッセイの中にも——本名で書いたものも含めて——やはり見当たらなかった。笠井氏の文の持つ力が、これまで天城氏が秘めていた言葉を引き出したわけである。

この手紙を読んだ私は、今度は天城氏による『哲学者の密室』の感想を読みたくなってきた。しか

し、実を言うと、かなり前にも薦めて、「ぶ厚い本は読む気が起きない」と、断られてしまったことがあったのだ。そこで、今回は創元推理文庫版を買って、天城氏の許可も得ずに、一方的に送りつけることにした（なぜ文庫版かというと、「重い本は腕が疲れる」とも言われていたから）。

前述の笠井氏のアンケート回答の効果もあり、この作戦は成功して、長文の感想を書いてもらうことができた（二〇〇六年五月）。それが以下の文である。なお、文中の固有名詞や史実などに――氏の手紙は手書きの上に字が小さいのも加わり――いくつか不明点があったのだが、私の怠慢で、本人に問い合わせる機会を逸してしまった。できる限り調べたのだが、文中に未確認や不明の点が残ってしまったことをおわびする。また、私信のため、人名等に原語を使うといった氏の癖が出ているので、日本語に訳し、わかりにくい箇所は〔〕で補足した。

『哲学者の密室』感想　天城一

『哲学者の密室』この三日間で読破しました。

一言でいうと面白かったですネ。笠井氏を平成の小栗虫太郎、探偵小説のスタイルを借りた伝奇小説の大家と読みました。小栗と比べてペダンがはるかに実質的でよく消化されていますから、読み易くなっています。それにもかかわらず、この本が今以て初版なのは残念です。

カケルの推理方法は非常に面白かったですね。「支点」というコトバは、小生が摩耶ものを書いていた時代には「特異点」というものに当たります。この言葉は作中には出ていませんが、複素函数論から借りたもので、そこから全体が解ける考え方でした。カケルはたぶんアルキメデスのコトバから借りているのでしょうが、誰も似た考え方をするものだと思いました。

全体的に見ると、この作は（探偵小説のスタイルとしてですが）、「密室のポンスン」というところではないでしょうか。「ポンスン」はクロフツの『ポンスン事件』です。クロフツの場合は『アリバイのポンスン』で、いろいろな仮説が事故死というオチでひっくり返されるところにオリジナリティがありましたが、そのスタイルが密室でとられているわけです。ヴェルナーの計画通りに殺人が行われたのでは面白くないところを、巧みにすり抜けたアイデアはうまいもんだと感心します。

「大量死と密室」という考え方には、小生は同調しませんが、戦間期のDS（探偵小説）の黄金時代が、WWⅠ（第一次世界大戦）の「大量死」に背を向けて（ワイマール文化に典型的にそれは現れていますが）現実からの逃避であったというのは、疑いのないところではないでしょうか。それが英独仏で栄えた理由で、日本ではその時期にはエログロ・ナンセンスの乱歩の時代で終わって本格DSが発生しなかった（WWⅠで大量死は日本でなかったことに対応）理由だという説明は当たっていないとは思いません。

正直に告白しますが、摩耶ものの時代には、小生に筆を執らせた背後には、WWⅡで死んだ戦友たちを忘れて浮かれている〝民主主義化した〟日本人への怒りが在りました。「高天原の犯罪」や「ポツダム犯罪」にはかなりそれが表に出ているかと存じます（それらを小生が高く買うわけです）。逆に、皆様が良く出来ていると推す「明日のための犯罪」は、小生は浮かれ調子が気に入らないわけです。

戦後の日本はワイマールに（憲法がそうなっているから当然なのでしょうが）酷似しているからこそ、ＤＳが栄える時が来たとも云えるでしょう。

（その点で、ヴァン・ダインやエラリー・クイーンらのアメリカＤＳの黄金時代は、「ＷＷＩの大量死」とは無関係の、別の大衆文化の原因が求められなければならない点で、笠井氏の推論には穴が開くと存じます。）〔ＷＷＩでアメリカは大量死を経験していません。米軍は戦車戦を中心とする英軍の勝利のあとからＷＷＩに参加したと云ってよい有様でした。一部で独軍の反撃を喰って苦戦したところがないわけではありませんけれども。〕

この作が「思想小説」であるかという点になると、若干の疑念を持ちますけれど。

作の大きな欠点は、ハイデガーが占領地へ視察に行ったという仮定はムリだということです。民間人が占領地へ行くことは厳重に禁止されていました。非常に例外な人物だけが許可されています。〔エルンスト・〕ユンガーのような老ナショナリストであるならばパリへ行くことは許されましたし、〔第一次大戦でロシアの捕虜となったエトヴィン・エーリヒ・〕ドヴィンガーという『白と赤の間』という捕虜文学で一代に知られている男ならば（シベリアで苦労していました）東部戦線の集団軍司令部を訪れることが許可されています。ハイデガーのように、ナチ左派で一時はヒットラーと肩をならべていた実力者グレゴール・シュトラッサー（〈長いナイフの夜〉で消されてしまっていますが）の系統の者は、ナチスの中でも札つき、占領地に赴くことなど絶対に許されるはずがありません。ヒムラーはあまり利口ではありませんが、それほどバカではないということです。

〔アレクサンドル・〕コイレという科学史家（二十世紀の科学史では最大の人物です）がうまいこと

を言っています。（コトバ通りではありませんが）
偉大な理論家は、理論が破れたときには、驚いたりしない。説明する。
（なぜ理論が破れたか）
ハルバッハは（ハイデガーをモデルにしているならば）ウソがバレたぐらいで死にはしないでしょう。ハイデガーは小生から見ると狡猾な理論家、詐欺師に近い性格の人物です（だからと云って、彼が二十世紀最大の哲学者でないなどとは申し立てたりはいたしません）。一世を詐《いつ》わるだけの実力の持主でなければ、あんな途方もない大理論を建てられたりしないでしょうし、ナチに属していたことを悔いもしないでいられるでしょう。

私はアインシュタインも詐欺師として一流以上の大家だと思っています。彼の出世作、特殊相対性理論の mathematical part〔数学的部分？〕は最初の夫人の作だったと信じています。理由は、どうしてその理論が出来たか満足に説明できないからですが。

作について、いくらか不満があります。たとえばフッサールの名が一遍も出て来ないことです。ハルバッハがフライブルクの教授でナチの初期に総長をつとめたとまでいうくらいなら、現象学の発明者の名を出したって不思議じゃないでしょう。

シュミットがフランス語はわからないといっているのに、途中から（とくに終わりで）カケルとナディアと教授のディスカッションに参加しているのはミステークでしょう。フランス語を中学教育で学んでいたと言っても不思議でないのに（英語を学ぶよりフランス語を学ぶのがドイツでは普通と存じます、WWIIまでは）。

ドイツの勲章制度には無知のようですネ。

騎士〝鉄〟十字章はありません。Ritter Kreuz ――騎士十字章です。ヴェルナーの成功がどんなものか明白にしていませんが、柏葉剣付騎士十字章は相当凄い成功がないと貰えません。この程度のものになるとヒットラーが親授なるから、ヴェルナーの思惑からすると具合悪いでしょう。ただの騎士十字章なら(それでも十分名誉ですが)軍司令部が授与するので、その程度にすべきでしたね。フォーサイスの『オデッサ・ファイル』では、主人公の父親はそれを貰っていた職業軍人だったというだけで〝仇討〟を「正当化」されているところがあります(SSの佐官に殺されるという設定ですが)。

ヴェルナーがガドナスの計画の手先だったという考えには賛成しませんね。

PS　タイトルが拙かったんじゃないのかと案じます。せめて『夜と霧と密室』ぐらいにしたら、もう少し売れたのじゃ？　小生だったら『ヴァルハアル　彼岸へ』。

この感想もまた、こちらの想定を超えるものだった。「カケルの推理方法は非常に面白かった」というのは想定内だったが、まさかクロフツが出てくるとは。もっともこれは、氏の親友の鮎川哲也氏が『ポンスン事件』のファンなので――鮎川氏の処女長篇『ペトロフ事件』は、題名でもわかるように、この作を意識している――すぐに結びついたのかもしれないが。

また、『哲学者の密室』は、天城氏が初めて読んだ笠井作品なので、当然、駆シリーズも本作が初めてとなる(だから、「フッサールの名が一度も出て来ないのが不満」という感想が出てくる)。ということは、もちろん、『ヴァンパイヤー戦争《ウォーズ》』なども読んでいない。それなのに、「平成の小栗虫太郎、探偵小説のスタイルを借りた伝奇小説の大家と読みました」と指摘したのも、驚きである。笠井氏のペダントリーが「読み易くなっています」という人にも、初めてお目にかかった。――まあ、「小栗虫太郎に比べれば」の注釈付きではあるが。余談だが、天城氏が「ペダントリー」を「ペダン(「pedant」の「t」を発音しない?)」と書くのは、私信だけでなく、小説でもやっていて、例えば「われらのアラビアン・ナイト」には「ペダンは苦手だ」という台詞が出てくる。

私がもっとも期待していた、笠井氏の〈大量死理論(「大量死と密室」の主題)〉についても、きちんと感想を述べてくれていた。詳細は後述するが、示唆に富み、いろいろ考えさせられた。その後に続く指摘も、ミステリ部分とは関係ないとはいえ、興味深い。

「フランス語がわからないシュミットが議論に参加している」というのは、確かに、そう読めないこともない。だがこれは、実際にはガドナスが通訳しているのを途中から省略しただけだろう。ただし、こういう小説上の省略を天城氏はやらないことは、前章の一人称描写の考察で述べた通り。

「柏葉剣付騎士十字章を騎士十字章に変えた方が良い」というアドバイスは、正しいかもしれないが、笠井氏は変えられないだろう。作中に書いてあるように、「柏葉」の「葉」を、ジークフリートの弱点である背中の葉の跡に重ね合わせているのだから。

「ヴェルナーがガドナスの計画の手先だったという考え」というのは、作中には出て来ない。おそらく、この時期の天城氏が、「学者が自身の理論で人を操る」というアイデアにこだわっていたためだろう。(例えば、「エラリー・クイーンの『九尾の猫』に対して、セリグマン教授が犯人を操っていた」という説を述べた「クイーンのテンペスト」を一九九九年に発表している。）

追伸では題名の変更案を述べているが、『夜と霧と密室』は、ヴィクトール・フランクルがナチスの強制収容所での経験を描いた『夜と霧』（一九四六年。『哲学者』の参考文献にも名前が挙げられている）を意識したものだろう。笠井氏が二〇一〇年に雑誌に連載した（が未単行本化の）駆シリーズの第八作の題名を『夜と霧の誘拐』としたのは、この天城氏の指摘がヒントになったのかもしれない。もう一つの『ヴァルハアル　彼岸へ』の「ヴァルハアル（Valhall）」は、「ヴァルハラ（Valhalla）」の別表記。音の響きを考慮して、こちらを用いたのだろう。「ヴァルハラ（ワルハラ）」については、『哲学者の密室』第五章の冒頭を参照。

他の部分も補足しておくと、「ハイデガーは詐欺師に近い」や「アインシュタインは詐欺師として一流以上」といった評は、過去にエッセイとして発表している。これについては第五章で取り上げたい。

なお、天城氏は『哲学者の密室』だけでなく、探偵役の矢吹駆にも興味を持ったらしく、二〇〇六年五月十四日付の私宛ての手紙では、駆について触れている。

私信　天城一

笠井氏の作品、一つ読んだだけですが、矢吹駆をどの辺りでおろすことになるのか、難しい問題を抱え込んでしまったと思います。哲学小説としてハイデガーからレヴィナスへと渡るのはいいとして、そこからどこへ行くのですかネ。

一番心配するのは、作者はトシをとるのに、駆はトシをとれないということです。小生が摩耶と決別するのはそのためです。摩耶のキャラクターは青年です。トシをとった摩耶を提示できないのです。

エラリー・クイーンを万年青年として、とくにハーバード出などとして提起してしまったEQは、『九尾の猫』で限界を示しています。青年でないエラリーをうまく描いて、全体を笠井氏のように駆のビルドゥイングスロマンとして構成しようとすると、年老いた作者が駆のイメージを維持できるでしょうか？　老いたる駆が老醜をさらすのではないかと案じましたね。〔高木〕彬光がやはり神津を維持できませんでした。

ヴァン・ダインは存外に短い生涯でヴァンスを維持できませんでしたからね。その点でポアロを維持したクリスティはさすがに時代を越えた英雄と存じます。井上〔良夫〕氏がクリスティは一番凡庸で将来がないと見切っていたのは誤りでした。将来の判断はむずかしいですネ。

くり返すが、天城氏は駆シリーズは『哲学者の密室』しか読んでいない。それなのに、「一番心配するのは、作者はトシをとるのに、駆はトシをとれないということです」といった指摘が出てくるのは、感心してしまう。十年以上前の指摘だが、現在でも、いや、現在の方が通用するのが恐ろしい。

三　笠井潔から天城一に

こういった天城氏の感想を読むと、今度はこの感想に対しての笠井氏の感想を読みたくなってくるのが、マニアの性《さが》というもの。そこで、『哲学者の密室』に対する天城氏の感想を、今度は笠井氏に送ることにした。すると、氏は近刊予定の長篇（『青銅の悲劇』）のために多忙であるにもかかわらず、二〇〇八年五月に感想の感想を寄せてくれたのだ。笠井氏には心から感謝したい。残念ながら、私の怠慢のせいで、天城氏が永眠されたあとになってしまったのだが。

天城氏の感想によせて　笠井潔

第二次大戦を体験した世代から、わたしは『哲学者の密室』の感想を聴いてみたいと思っていた。中井英夫氏には読んでもらえたようだが、感想を聴く間もなく亡くなられた。天城一氏の感想は、だから長年のあいだ待ち望んでいたものといえる。

ハイデガーには東方占領地を訪問できたはずがない点や、ナチの叙勲制度などにかんしては一言もない。後者にかんしては、次の機会に手を入れたいと考えている。容易に修正のきかない基本設定にかかわる前者は、ハイデガーならぬハルバッハにはヒムラーに特別のコネがあり、例外的に収容所施設の見学を許されたのだということにするしかなさそうだ。

鮎川哲也賞の選考では、二十代や三十代の若い作者による応募原稿を読むことが多い。時代考証（といっても、せいぜい第二次大戦前や戦争直後の時代だが）の不備が気になって減点の対象とする場合もあるのだが、今後は、わが身を省みつつ採点しなければならないと思った。

天城氏から不自然性を指摘された柏葉剣付き騎士十字章だが、これには思い出が二つある。小学生のときに観た映画「撃墜王アフリカの星」が第一で、アフリカ戦線の撃墜王がヒトラーに叙勲される場面をよく覚えている。テーマソングの「アフリカの星のボレロ」も。愛読書の『北壁の死闘』が第二で、文庫本の表紙イラストにはこの勲章が描かれている。ヴェルナーには柏葉剣付き騎士十字章に値する軍功を、なにか考えなければならないようだ。

ハイデガーの性格にかんしては、「詐欺師に近い人物だ」という天城氏の指摘にまったく異論がない。詐欺師だから、詐欺がばれないように問題の写真を回収しようとした。自信過剰も詐欺師につきものだから、自分の運動能力を高く見積もりすぎて転落死したという設定に、さほどの不自然性はないと思う。

戦中派の優れた探偵小説作家から、二〇世紀探偵小説論（いわゆる「大量死理論」）を半分は認めてもらえたようで、この点は率直に嬉しい。もう半分は大量生をめぐる問題で、「アメリカのDSの黄金時代は、『WWIの大量死』とは無関係の、別の大衆文化の原因が求められなければならない」という指摘にかんしては、今後も考えていかなければならないだろう。理論的には、二〇世紀における大量死と大量生の入り組んだ関係ということになるが。

第一の波では平林初之輔、第二の波では天城氏を、わたしは直接の先行者であると思っている。いずれも二〇世紀という時代に固有の「精神」として、探偵小説を直截に捉えようとした批評家、作家だ。探偵小説に「精神」など必要ない、面白いパズル小説があればそれで充分だといった「俗情との結託」（大西巨人）が、またしても「探偵小説壇」を跋扈《ばっこ》している。平林や天城氏の提起は、いまだからこそ正面から引き継がれなければならない。

七月に刊行される『青銅の悲劇』の背景は一九八九年だが、天城氏の「ＷＷⅡで死んだ戦友たちを忘れて浮かれている〝民主主義化した〟日本人への怒り」をキャラクター的に典型化したような老人が登場する。この作品にかんしても感想を聴いてみたいと思うのだが、いまではかなうことではない。

天城氏の冥福を祈りたいと思う。

まず、補足しておこう。笠井の言う「第一の波」「第二の波」というのは、探偵小説の盛衰のことで、第一の波が戦前、第二の波が戦後間もなく、となっている。『俗情との結託』が、またしても『探偵小説壇』を跋扈している」云々は、当時の『容疑者Ｘの献身』をめぐる論争のことだろう。

次に、笠井氏の文の「二〇世紀探偵小説論（いわゆる「大量死理論」）を半分は認めてもらえた」というくだりを考察してみたい。

前章で触れたように、『哲学者の密室』における「大量死理論」の適用範囲は、大戦間のアメリカやヨーロッパにとどまっている。この部分に関して、天城氏は、「小生は同調しませんが」と前置きしつつも、「戦間期のＤＳの黄金時代が、ＷＷⅠの『大量死』に背を向けて（ワイマール文化に典型的にそれは現れていますが）現実からの逃避であったというのは、疑いのないところではないでしょうか」と認めている。ただし、アメリカの探偵小説黄金時代については、「WWIでアメリカは大量死を経験していません」と指摘し、「『WWIの大量死』とは無関係の、別の大衆文化の原因が求められなければならない点で、笠井氏の推論には穴が開くと存じます」と述べているわけである。このあたりが、笠井氏が「半分」と書いた理由だろう。

しかし、笠井論に対する天城氏の感想で私が驚いたのは、別の文だった。笠井氏の「大量死理論」は、後に、戦後の日本の探偵小説にも適用され、いくつもの評論が書かれている。ただし、天城氏はどれも読んでいない。おそらく、こちらの論に関しては、創元推理文庫版『哲学者の密室』に添えられている田中博氏の解説に出てくる「『探偵小説論』の二分冊（略）で『大量死理論』は、英米黄金期作品のみならず、様々な日本の戦後探偵小説をサンプルに検証されている」という文が、天城氏が読んだすべてだろう。いや、天城氏は解説に目を通していない可能性もある。それなのに、氏は「戦後の日本はワイマールに（憲法がそうなっているから当然なのでしょうが）酷似しているからこそ、DSが栄える時が来たとも云えるでしょう」と語っているのだ。

『哲学者の密室』の終章で、駆は——正確には、駆の口を借りて作者は——こう語る。

第一次大戦は人類の歴史はじめての、未曾有の殺戮戦争だった。（略）その結果として、ワイマール時代の空疎な繁栄の時代が生じた。ハルバッハが嫌悪した大衆消費社会さ。だがワイマール時代の無意味な生は、第一次大戦の無意味な死の陰画でしかない。

つまり、笠井氏は、「ワイマール時代は大量死によって（大量死を隠蔽するために）生まれた」と語り、天城氏は、そのワイマール時代は「戦後の日本と酷似している」と語っているわけである。この二つを結びつけると、「大量死理論」を戦後の探偵小説に当てはめることが可能になるわけである。さらには、戦後の日本の憲法がワイマール憲法を参考にしたのは、関係者の意識の底に、大量死を隠蔽しようという狙いがあったのかもしれない、という考察にまで広げることができてしまう。実に驚くべき指摘だと言える。

さらに驚いたのは、天城氏の「摩耶ものの時代には、小生に筆を執らせた背後には、WWⅡで死んだ戦友たちを忘れて浮かれている〝民主主義化した〟日本人への怒りが在りました」という文。天城氏にとっては「死んだ戦友」でも、他の人にとっては、「数多《あまた》の戦死者たちの一人」にすぎない。つまり、天城氏の文は、「第二次大戦での大量死を忘れて大量生を生きる日本人への怒りが探偵小説を書いた動機だ」と読み替えることが可能になるのだ。これはまさしく、〈大量死理論〉の体現ではないか。

さて、戦中派と戦後派、二人の偉大な作家による『哲学者の密室』をめぐるやりとりを、楽しんでもらえただろうか。私同様、このスリリングな交差を楽しんでもらえたならば、光栄である。

そして、楽しんでくれた人ならば、私の単独の評論書である本書にこのやりとりを収めた理由もまた、わかってもらえたと思う。

天城氏と笠井氏の二人に、あらためて感謝する。

第三部

数学者と哲学者の社会

社会への批判

前の戦争でも、無電が発達したために、現場のことがわかるつもりで最高司令部がつまらぬ干渉をして現場の司令官を困らせたことがたくさんある。一番ひどいのはヒトラーだ。あいつが干渉しなければドイツは勝っていたんだ。日本だって第十四方面軍がひどいめにあっている。レイテでは決戦をしない、決戦はルソンだと固く約束しておきながら、台湾沖海戦に大勝利の誤報が入ると方面軍の大反対を押し切ってレイテで決戦をやれという。制空権は向こうにあるというのに、無理にルソンの決戦戦力を送り出す。多くは海没だ。跡を補充すると送り出した師団は魔のバシー海峡で米国の潜水艦の狼群戦術にかかって、半分は海没し、どうにかルソンにたどり着いた連中も裸同然だ。決戦どころか持久戦が精一杯だ。そんな馬鹿な作戦をして大本営の幹部はだれも責任をとらない。

——天城一「失われた秘宝」より

第五章　天城一の社会

※以下の作品の真相等に言及あり。
天城一「盗まれた手紙」／エドガー・アラン・ポー
「盗まれた手紙」

第一章で述べたように、天城一は「評論的な創作姿勢」の持ち主である。この姿勢のため、天城には評論と連携した作品が多い。ここで言う〝評論〟とは、独立した評論として発表されている場合もあれば、小説中に評論が組み込まれている形をとる場合もある。そして、この〝評論〟の対象は、探偵小説と社会の二種類があり、さらに探偵小説については、「特定の作品に対する評論」と「ジャンルやテーマに対する評論」の二種類がある。本章では、この三種類の「評論と連携した創作」を見ていこう。まずは、「特定の作品に対する評論と連携した小説」から。

一 「盗まれた手紙」――トリック

「盗まれた手紙」あらすじ

摩耶が伊多（本書第三章参照）に出した手紙で、《盗まれた手紙》事件とその解決が語られる。

さる《高貴な夫人》の秘密の手紙を、訪れた悪徳弁護士の鹿野が撮影する。そばにいた刑事はシャッターの音は聞いたが、撮影したのがそんな重要な手紙だったとは知らなかったため、その場は見逃してしまった。

夫人から手紙の重要性を聞かされた伊多は、事務所に戻った鹿野を捕らえ、徹底的な身体検査と事務所の捜索を行った――が、手紙を撮影したフィルムは見つからなかった。事務所以外の場所に隠す時間はない。ならば、フィルムはどこに隠されているのだろうか……

摩耶はこの事件は科学では解くことができないと言明し、哲学によって解明するのだった。

本作は第三章でも触れたが、あらためて詳細な考察を行いたい。私は、この作が最も天城一の作家性が表れている、天城一以外は誰も書けない傑作だと思っているからだ。

作者は自作解説で、この作には二つのバージョンがあると語っている。最初のバージョンは、一九四七年のデビュー作と同時期に書かれ、エドガー・アラン・ポーの「盗まれた手紙」（一八四五年）に対する技術批評を狙ったらしい。次のバージョンは、一九五四年に発表されたもので、その時の副題を引くならば「弁証法的探偵小説」を、作者の自作解説から引くならば、「ハイデガー哲学のパロディ」を狙ったとのこと。

まず、ポーの「盗まれた手紙」に対する技術批評という観点から考察してみよう。正直に言って、こちらは〝批評〟としては不充分と言わざるを得ない。

これは拙著『エラリー・クイーン論』に書いたことだが、ポーがデュパンもの三部作で目指したものは、〈意外な推理〉を描いた〈推理の物語〉に他ならない。「モルグ街の殺人」は「密室殺人の意外な真相を描いた物語」ではなく、「分析的知性の持ち主が複雑怪奇な謎を解き明かしていく過程を描いた物語」なのだ。そう考えないと、この作の「セイレーンがどんな唄を歌ったか、また、アキレスが女たちの中に姿を隠した時にどんな偽名を使ったかは、たしかに難問だが、まったく推測できないというわけでもない」という引用文や、冒頭の分析的知性に関する蘊蓄《うんちく》や、デュパンが語り手の思考をトレースする最初のエピソードには、何の意味もないことになってしまう。この三つはすべて〈推理〉に関するものであり、「モルグ街の殺人」が何を描こうとした作品なのかは、このことからも明らかだろう。

同じように、ポー版「盗まれた手紙」もまた、「手紙の意外な隠し場所を描いた物語」ではない。「犯人が警察の思考を推理して、その裏をかく隠し場所を案出。探偵はその犯人の思考を推理して、隠し場所を突きとめる物語」なのだ。

しかし、江戸川乱歩にとっては、〝明らか〟ではなかった。トリック至上主義者にとっては、「モルグ街」が、〈意外な犯人トリック〉と〈密室トリック〉が組み込まれた作品でしかないのと同様に、ポー版「盗まれた手紙」は、〈隠し方トリック〉の小説に過ぎないというわけである。

天城版「盗まれた手紙」の技術批評（本作の序文の言葉を借りるならば「デュパンの論理の一つのミス」）は、この乱歩の見方に基づいている。「もっと優れた手紙の隠し方トリックがある」と批判しているのだ。

しかし、ポーは「手紙の最も優れた隠し方」を描いているわけではない。犯人が手紙をある場所に隠したのは、それが最高の隠し場所だったからではなく、警察が捜索しない場所だと考えたからに過ぎない。それなのに天城は、乱歩と同じく「盗まれた手紙」をトリック小説だと考え、もっと優れた隠し方トリックを描くことが、ポー批判になると勘違いしてしまったのである。

お次は、天城版「盗まれた手紙」を、トリック小説の観点から考察してみよう。

天城版では、真相は「鹿野は手紙を撮影したふりをした——レンズの蓋をしたままシャッターを切った――だけだった。実際に撮影しても、当局の捜査からフィルムを隠しきれるものではない。それならば、恐喝相手に撮影したと思わせる方が容易で効果がある、と考えた」というもの。いわば、犯罪の前提が存在していなかったわけで、なかなか面白い。

もっとも、アイデアだけを見るならば、この作の十八年後に発表されたアイザック・アシモフの〈黒後家蜘蛛の会〉シリーズの一作に似たものがないわけではない。ただし、摩耶のレトリックが、このアイデアをさらなる高みに押し上げている。今回、彼はこう言うのだ。

鹿野はシャターを切った。その音は刑事の耳に残った。鹿野は更に封筒に細工して、夫人が手紙を写されたと感ずる様な因象《いんしょう》を作った。かくして、架空の犯罪が発生した。架空なればこそ、実在すると信じる捜査当局は決して真相に達しない。従って「フィルム」は決して発見されない。しかし、捜査当局が神話を捨てない限り、「フィルム」は君達の意識の中に存在する――超在する存立者の「フィルム」！　これほど素晴しい隠し場所が又とあるか？　絶対に安全なのだ！　君達が、ピストルとアルミニューム、法と正義で守っていてくれるのだ。三軍の将も奪うことは出来ない。

読者が「もっと簡単に言えよ」とツッコミを入れたくなるような、相変わらずの摩耶流レトリックである。だが、私が注目したいのは、引用文中の「捜査当局が神話を捨てない限り」の〝神話〟について説明した箇所。ここでは、捜査陣が「いくら探してもフィルムが見つからないなら、そもそもフィルムは存在しないのではないか」という発想ができない理由を説明していて、『高天原の犯罪』のように社会批判がなされているからだ。本当は全文引用したいのだが、本作自体が摩耶が書いた手紙という設定なので、それを言ったら作品全体を再録しなければならなくなる。ここは、私の拙《つたな》い要約で了承いただきたい。

まず摩耶は、「我々は《科学の神話》に汚毒されている」と主張し、「現代人の知識の大半は神話だ」と断言する。例を挙げるなら、昔の人は〈地球平面説〉や〈天動説〉を信じているだけでなく、その論拠も提出できた。しかし、現代人の大部分は、自分が信じている〈地球球体説〉や〈地動説〉の論拠を提示できないではないか、と。そして、

ピタゴラス時代に比べれば、我々の《知識》は驚異的に普及した。しかし、完全に実証性の根を離れた《常識》——常に識《しる》しされねばならぬ知識の破片が多くなったとゆうだけだ。科学のコマギレだ。知識の大半は、我々自身と縁のない、直接的体験を含まない、烏合の衆だ。かつては、科学とは組織された常識であるとされた有難い御代もあったが、現在では、常識とは解体された科学——神話のガラクタの屑山だ。現代人は、この科学のコマギレを押し頂いている。しかし、それは、彼らが、正しいと判断しているからではない。正しいと《教え込まれている》からに過ぎない。科学上の《権威者》——教授・博士・学士院会員ｅｔｃが真理だと云うから真理なのだ。
これが現代の正体だ。科学の発達は現代人の能力を凌駕した。科学の全成果を理解する余裕はない。しかし、他人の知っている知識は持たねば恥である。そして、通俗科学書に飛びつく。そ

して、拾い読みする――この科学書は権威の安売り、しかも押し売りだ。
知識が能力の限界に達しかけるか或いは凌駕しているために、現代人はこの知識の安売りを批判する余力がない。無理に、分っても分らなくても、鵜呑みにする。鵜呑みにする以外、決して取り入れることは出来ないから。

この社会批判は、「高天原の犯罪」とは逆に、発表当時の一九五〇年代よりも、現在の方が読者に深く突き刺さる。コンピューターの利用者の中で、論拠を備えた知識を持っている人が、どれくらいいるのだろうか？

また、ここで「神話」という言葉を用いているのも凄い。私はこの作を昭和に読んだのだが、その時は、「『神話』というのは、さすがに大げさだろう」という感想を抱いた。しかし、東日本大震災の後、「原発神話」「安全神話」という言葉が乱れ飛び、天城の社会に対する鋭い目に愕然としたのだ。まさしくわれわれは、「原発は安全」だと教え込まれ、権威者が真理だと言うから信じたのだから。

ところが、探偵小説のファンにとっては、この続きは、もっと興味深い。引用した社会批判をトリック解明につなげる際に、摩耶は（作者は）以下の論を持ち出すのだ。

この事件がそうだ！　君のような、最高の教養、恐らく現代人がつけ得る最高の教養と教育で武装された人物でさえ、この現代の呪いを逃れていないのだ。ポーが、天才の心と卑俗な心とを併せ持った偉大なポーが、我々の《心理的盲点》を指摘して以来、捜すものが見当らぬのは心理的盲点のためだと信ずる。その上、「フィルム」がないと云っても、それは楽観的だから《真実》ではない――と信じている。

ポーの《神話》を君達はこの事件の背後に設想している。その故に、その故にこそ、君の明敏な眼さえ狂うのだ。神話を受け継ぐが故に、真実を見る勇気に欠けるのだ！

現代人の共通の病弊――被害妄想狂になっているのだ。

君が、君の腹の中の《ウロコ》を取り去りさえするならば――（略）

「フィルム」はない。ないならば（最早単なる三段論法の問題だ！）、我々の推理の基底、「フィルムが撮られた」ことこそ否定されねばならぬ。「フィルム」は初めからなかったのだ。


摩耶は、伊多に対して、こう言っているのだ。「君は、ポーの『盗まれた手紙』にとらわれているため、『フィルムは我々の盲点になる場所に隠されているに違いない』と決めつけてしまう」と。

さて、この台詞に既視感はないだろうか？　そう、これは、笠井潔の『バイバイ、エンジェル』において、矢吹駆がナディアの推理を「探偵小説愛好家風の臆断」と否定する台詞とそっくりなのだ。

ちょっと、駆の台詞に変換してみよう。


フィルムが見つからないという事象にもまた、このコップ同様に無限の意味が隠されているはずです。ところが、伊多伯爵をその一員とする探偵小説愛好家の眼には、〝見つからないフィルム〟という事物はたちどころにある種独特の〈意味沈殿〉を惹き起こすのです。それは無限で多様であるべきフィルムの不在の意味を、犯人による捜査陣の盲点を突いた巧妙な隠匿であるという点においてのみ一義的に固定化するものです。

どうだろうか。違和感がないのでは。実を言うと、『バイバイ』の序章には、こんな文章もある。

　誰も近代の知の全域を学びつくすことなどできはしない。それどころか、多くの人々にとって、彼らの時代、彼らの思考《エピステーメー》が、人類の歴史の頂点にあることを実感させてくれるものは、複雑になりすぎて理解することなどできない近代科学の体系ではなく、それが与えてくれる技術的な成果だけなのだ。人々はテレヴィやトラクターや宇宙船を通じてのみ、近代の知の意義、近代の科学の偉大な勝利を実感することができる。

　こちらの駆の台詞も前出の引用文と重なり合うと思う。もちろんこれは偶然ではないのだが、これについての考察は、第三節にまわそう。

　天城版「盗まれた手紙」は、探偵小説として見た場合、「犯罪がない事件を犯罪に見せかける」というユニークなアイデアと、それをあばく摩耶の推理のレトリック、そしてその推理に盛り込まれた社会批判、と天城作品の三つの魅力がすべて組み込まれた傑作と言える。——ただし、「ポー版『盗まれた手紙』への技術批評」という観点からは、失敗作と言わざるを得ない。その理由として、この節の冒頭では、ポーの狙いが〈隠し方トリック〉にはないことを示した。次の節では、ポーの狙いが〈隠し方トリック〉にあったという前提の下に、天城版が技術批評として成り立つかどうかを見てみよう。

二　「盗まれた手紙」――ポー

まず、前述したように、作者はこの作について「デュパンの論理の一つのミスに挑戦」と書いている。では、このトリックを、ポー版「盗まれた手紙」に応用できるだろうか？　もちろんできない。応用するならば、手紙が〝存在しない〟状態にする必要があるが、それには細かく破るか燃やすかしなければならない。だが、どちらも痕跡が残ってしまう。そもそも、他人の手紙を撮影したふりをしても犯罪ではないが、他人の手紙を破棄したら犯罪ではないか。

では、手紙を自宅ではなく夫人の家に隠す、つまり、〝持ち出したふりをする〟という手はどうだろうか？　あいにくと、これも使えない。「夫人の家に隠されているなら『存在しない』とは言えないじゃないか」という批判は控えるとしても、ポー版では、手紙がＤ＊＊大臣邸以外に隠されている可能性は、デュパンによって、「いざというときにはすぐ（手紙を）取り出せるということが重要だ」というロジックで消去されているからだ。つまりポー版では、推理の前に、「盗んだ手紙そのものを自宅に隠しておかなければならない」という状況設定をしているのだ。

もちろん、天城はこういった点に気づいていた。だから、自分の考えたトリックが使えるように、手紙をフィルムに変えたわけである。

しかし、設定を変えた時点で、もうポー版「盗まれた手紙」の別解としては成り立たなくなってしまった。なぜならば、手紙そのものと、それを写したフィルムは別物だからである。恐喝の場合、一通しか存在しない手紙と、焼き増しして複製を無数に作ることができる写真とでは、所持することの意味が、かなり違ってくる。例えば、恐喝者に金を払ってフィルムを取り返せば、被害者は安心できるのだろうか？　また、逆に、被害者が「手紙は筆跡を真似た偽物だ」と主張した場合、恐喝者が手紙自体を持っていれば反論は可能だが、撮影したフィルムでは無理だろう。

これが天城一の「技術批評による創作」の欠点に他ならない。〈トリック分類〉に縛られている天城は、他者の作品からトリックだけを抜き出して評価する。そして、そのシチュエーションで使える別のトリックを思いついたら、「作品には穴がある」と批判する。ところが、トリックを抜き出した元の作品に、自分の考えたトリックを代わりにはめ込もうとすると、うまくいかない（一流作家は、自分の考えたトリック以外は成立しないように状況設定をしているので、当たり前の話だが）。そこで天城は、自分の考えたトリックが成り立つように状況設定を変えてしまう。かくして、「作者は別解だと主張しているが、実際には別解としては成り立たないトリックを用いた作品」になるわけである。

もっとも、この「作者の主張」は、作中には書かれているわけではない。大部分は、自作解説などで語っているので、読者は気にする必要はないとも言える（まあ、「盗まれた手紙」だけは、この「作者の主張」が作品の冒頭に組み込まれているので、無視できないのだが……）。前述したように、作品だけを見るならば、ポー版「盗まれた手紙」に挑んだ傑作と言えるのだから。

三　「盗まれた手紙」──ハイデガー

次に、「ハイデガー哲学のパロディ」という観点から考察してみよう。本作に添えられた序文（自作解説）では、作者は「純論理のみにより成る探偵小説は果して可能であるかという課題と対決したい」と語り、「一編を全部論理で覆いつくして、事件は単なる事例に格下げされた」と書いている。内容も、摩耶が定義を問い、事件を題材として、問いの答えを自分で提示している。紙幅が足りないので、ここでは、質問と答え（定義）だけを抜き出してみよう。

『犯罪捜査とはなんであるか？』──「犯罪捜査とは、科学的方法を以って（犯人探知を含み）犯罪を再構成することである」──「再構成はいかなる素材によって為されるか？《手懸り》によってである」。

『手懸りとは何か？』──「犯罪は過ぎ去ってしまったとは云っても、そこには尚現在も何等かの形で我々に働きかけるか又は我々に働きかけられる《あるもの》を残していなければならない。そのあるものを我々は《手懸り》と呼ぶ」。

『科学的方法とは何か？』──「①証拠を集めるために、実証的な捜査を──以後、これを捜索と呼ぼう──行うこと」、そして、「②証拠に基いて、これらを論理的に排列すること──通常推理と呼ばれている――を行うこと」。

『科学の宿命とは何か?』――「実証性と合理性が、互いに排他し、相反する危局が出現する可能性」があること。「これはすべての科学の担う宿命である。例えば、最も精密な科学である物理学特に力学に於ては、ニュートン力学とマイケルソン＝モーレーの実験の対立、ボーア＝ハイゼンベルクの行列力学とド・ブロイ＝シュレーディンガーの波動力学の対立などは、その際立った適例である。前者に於ては、絶対空間が否認されたし、後者に至っては物質の粒子性と波動性が深刻な対立を生んだ」。「この事件に於て、君の前に立ちはだかっている難関も、犯罪捜査に内在するこの種の矛盾の適例である」。「推理によれば――鹿野は未だにフィルムを所持していなければならない」。「捜索によれば――鹿野は決してフィルムを所持しているはずはない」。

この後、第二部の扉の裏ページで引用した文章に移り、「科学の一端としての犯罪捜査は、この事件に於て、形式論理の限界に達したのである。科学が終点に達したとき、哲学者が呼び出される。『おお神よ、おお、哲学者よ』」となる。

ただし、ここで呼び出された哲学者はハイデガーではない。「しかし、跳躍をなすべきときとは雖《いえど》も、我々はあらゆる論理の枠を外れることはできない。何らかの(非形式的)論理に従わぬならば、独断に陥るであろう。独断を避けて、非形式論理は従うとするならば――我々は現在の処では只一つだけの非形式論理を持つに過ぎない。弁証法!」。「『止揚!』」。そう、ヘーゲルである。(摩耶は「ポツダム犯罪」では、ヘーゲル批判をしていたような気がするが、それはさておくとして、)ここで、作者の言う「世界探偵小説史上初の《弁証法的探偵小説》」になったわけである。発表当時の一九五四年、いや、現在においても、斬新きわまりない試みだろう。少なくとも、私自身は、名探偵が推理で「止揚！」と語る他の作品は、二〇一五年に出た井上真偽《いのうえまぎ》の『その可能性はすでに考えた』まで、読んだことがなかった。こちらの名探偵・上苙丞《うえおろじょう》の台詞も、何やら摩耶っぽいので、引用しておこう。

　二つの対立した概念が、互いの矛盾を解消することで、一段階上の概念に統合される。これぞまさにヘーゲルの言う止揚《アウフヘーベン》だ。僕らは神が人間の論理に課した弁証法的な階梯を昇り、今回一つの尊い真理に到達した――

そして、この止揚のために、ようやくハイデガーが登場する。

　しかし、フィルムは二つの性格を具備し得るか？　論理的に存在し、実証的に存在しないフィルム――我々の意識の中に於て存在し、類比的対空性を持つが、実証的にはいずこにも見出し得ざるもの。こんなフィルムがあるか？　あるかないかは別として、想像できるか――出来る！従って、ある得る！　フィルム、我々が問題にしている《高貴なる夫人》の手紙を写した一駒の「フィルム」は、存在者ではない。存立者――類対空性を持つ超在者！
　超在するフィルム――存立の根拠は、君達の意識の中にある類対空性を与えられるからである。即ち、砕いてゆうと――

『君達があると思うからあるに過ぎない！』

この後、伊多たちが「あると思う」理由として、第一節で引用した「神話」云々の文に続く。天城はハイデガーについて、「科学の性格とその限界についての考察」を高く評価しているので、この部分も「ハイデガー哲学のパロディ」に含まれるのだろう。また、第一節では、摩耶と似たことを矢吹駆が言っていることを指摘したが、その理由もここにある。つまり、摩耶の台詞のルーツはハイデガーだが、そのさらなるルーツは――駆と同じ――現象学だったのだ。

作者自身は、「拙文は本質的に戦前までの（ハイデガー）理解ですから、幼稚であることは免れません」と語り、長い間、再録を拒んできた。しかし、ポーの「盗まれた手紙」を応用して、「論理的に存在し、実証的に存在しないフィルム」を作りだし、その存在を弁証法で解明するという離れ業を、天城一以外の誰が書けるというのだろうか。天城版「盗まれた手紙」は、この点からも、傑作と呼ばれるべき作品なのだ。

余談になるが、ここで弁証法に対する天城の意見を引用しておこう。本書の第六章第七節で取り上げる笠井の意見と比べると興味深いと思う。

「『盗まれた手紙』は乱歩さんが弁証法というものをとても高級な論理だと思っていることに対するアンチ・テーゼとして書いた面がありました。弁証法は一種の発見の論理で、日常の論理の中にはいつも含まれているものです。それが日常生活が存外に創造的な原因なんですけれどね。」（二〇〇五年

八月二十三日付の私宛ての私信より）

四　「急行《さんべ》」――鮎川哲也

天城一が自ら「既存作品への技術批評」と銘打った作品を、もう少し見ていこう。この節で対象とするのは、鮎川哲也の列車アリバイものに挑んだ作品群。作者の自作解説によると、以下の五作が該当するらしい。上が天城作品で、下が鮎川作品。

①「急行《さんべ》」（一九七五年）――『砂の城』（一九六三年）
②「ヴァンパイア」（一九八三年）――「急行出雲」（一九六〇年）
③「収差」（一九九四年）――『憎悪の化石』（一九五九年）
④「死は賽を振る」（一九九四年）――『宛先不明』（一九六五年）
⑤「東京駅23時30分」（二〇〇〇年）――「二ノ宮心中（見えない機関車）」（一九五八年）

この中で、最も評価の高い「急行《さんべ》」を見てみよう。*註1 この作は典型的な〈時刻表アリバイ・トリックもの〉で、殺人事件、容疑者の浮上、時刻表によるアリバイの提示、捜査陣によるアリバイの検討、アリバイ・トリックの説明、という流れになっている。ポイントはアリバイ・トリックで、作者の自作解説では、鮎川哲也の『砂の城』が「違った年度の時刻表を合わせている」と非難されたので、「ある年度の一冊の時刻表で鮎川哲也氏のトリックを実行できることを証明した」とのこと（私の知っている『砂の城』批判は、「別のルートがある」というものだけだが……）。つまり、「盗まれた手紙」の執筆動機と同じなのだ。

そして、この作者の狙いが鮎川哲也の狙いとずれていることも、「盗まれた手紙」と同じ。ポー版「盗まれた手紙」が、「手紙の最も優れた隠し場所」を描いた作品ではないのと同様、『砂の城』も「鉄道の最も優れた短縮ルート」を描いた作品ではない。ポー版「盗まれた手紙」が、「犯人の思考をトレースして手紙の隠し場所を突きとめる推理」を描いた作品であるのと同様、『砂の城』も「犯人が使った短縮ルートを突きとめる推理」を描いた作品なのだ。つまり、鮎川作品は、〈アリバイ・トリックもの〉ではなく、〈アリバイ崩しもの〉。だが、天城の批判は、例によって、鮎川作品を〈アリバイ・トリックもの〉として見た場合のものになっているわけである。

その結果、作品としての『砂の城』と「さんべ」は、まったくの別物になってしまったのだ。

まず、『砂の城』から見てみよう。本作に出て来る〈時刻表アリバイ・トリック〉は、作者が「時

＊註1　私は二〇〇六年に天城ファンの作家や評論家に声をかけてベスト選出を実施した。以下にその結果を紹介しよう。全投票者数は21名で、一人五作を順位をつけて選んでもらった。カッコ内は得票数。
①高天原の犯罪（13）／②明日のための犯罪（10）／③急行《さんべ》（8）／④盗まれた手紙（8）／⑤不思議の国の犯罪（6）／⑥ポツダム犯罪（6）／⑦圷家殺人事件（5）／⑧春嵐（4）／⑨朽木教授の幽霊（4）／⑩準急《皆生》（3）

刻表を眺めている内に思いついたトリック」なのかもしれない。だが、作中探偵の鬼貫は、時刻表を眺めてトリックを見抜いたわけではない。

ある証言により、犯人は〈第一丹後〉に乗っていて、綾部で降りたことがわかる。↓綾部駅を出てから鳥取に行くには車しか移動手段はない。↓犯人はハイヤーは利用していないし、そもそも車では時間がかかりすぎる。↓犯人は綾部駅を出ずに乗り換えるしかない。↓乗り換えるのは福知山行きしかない。↓綾部―福知山間の車掌に話を聞き、時刻表を調べてトリックを見抜く。

――という手順を踏んでいる。まさしく、『砂の城』は、〈アリバイ崩しもの〉なのだ。

一方、「急行《さんべ》」は、完全な〈アリバイ・トリックもの〉になっている。一読すればわかるように、探偵役の島崎は、アリバイを崩してなどいないからだ。なんと、犯人の自白によって、トリックが解明されるのである。

もちろん、作者の自作解説は作品の外側にあるので、これを無視して、純粋に〈アリバイ・トリックもの〉として読むことも可能だろう。一応、犯人の自白の中で、『砂の城』のトリックに言及しているが、天城版「盗まれた手紙」の序文のように、批判しているわけではない。

そして、純粋に〈アリバイ・トリックもの〉として読むと、本作は実に面白いし、実際、前述のように評価も高い。なぜならば、天城がこれまで自分が書いていなかった〈アリバイ・トリックもの〉に挑むことによって、これまでの作品にはなかった魅力が生まれているからだ。

その魅力の一つ目は、アリバイの徹底的な検討が行われていること。「ああでもない、こうでもない」という仮説と検証のくり返しは、本格ミステリの魅力の一つなのだが、これまでの天城作品では味わうことはできなかった。摩耶は寄り道せずに真相にたどり着くタイプの名探偵だし、島崎も似たようなものだからである。身も蓋もない言い方をすると、天城作品では、レトリックによって、他の可能性を検討していないことを隠しているのだ。

しかし、本作では、〝難攻不落のアリバイ〟の難攻不落たるゆえんが、たっぷりと語られている。もちろん、アリバイものとしては当たり前のことだし、密室ものでもよくあることである。だが、天城作品では珍しい。これが、レトリックでのごまかしが通用せず、実際に様々なルートの検討を行わなければならない〈アリバイ・トリックもの〉だからこそ生まれた魅力だということは、言うまでもないだろう。

また、これらの検証シーンでは、島崎の部下が活躍し、ちょっとした警察小説の趣きもある。部下それぞれに「手品が上手い」とか「ハンサム」とかいった属性を与える作者の手際は、なかなか鮮やかである。これまでの短篇では、あまり見られなかったので、けっこう楽しめる。

二つ目の魅力は、犯人の内面が描かれていること。犯人当て《フーダニット》ものとは異なり、アリバイものでは、犯人が途中で明かされることが多い。ほとんどのアリバイものは、前半が犯人の特定、後半がアリバイ崩し、となっている。――ということは、読者に対して、犯人の内面を隠さなくとも良い、ということになるのだ。

本作でも、冒頭や中盤に犯人の告白が入っている。もちろん、犯人の名前は伏せているのだが、それでも、性別や年齢や被害者との関係などは特定できてしまうので、犯人当て《フーダニット》ものでは使えない手だろう。

そして、この犯人は、愛人と組んで行った横領を隠そうとする平凡な銀行員。天城作品の犯人は、優れた頭脳や強い信念の持ち主が多いので、こういう社会派推理小説に登場するようなタイプは珍しい（が、アリバイ・トリックを弄する犯人としては、このタイプは珍しくない）。従って、その内面もまた、珍しく、魅力が生じるわけである。

三つ目の魅力は、〈時刻表トリック〉自体が面白いということ。正確に言うと、時間短縮ルートが面白いのではなく、捜査陣や読者がそのルートに気づかない理由が面白いのだ。未読の人のためにネタバラシを避けるが、「時刻表が〝本〟という形態をとっているために生じるミスリード」とだけ言っておこう。

五　「折州家の崩壊」――クイーン

前節では、「急行《さんべ》」が、鮎川哲也の『砂の城』への技術批評として書かれたために、それ以前の作品には欠けていた魅力が持ち込まれたことを指摘した。しかし、「アリバイの検討が描かれている」にしても「警察小説の趣向が導入されている」にしても、「犯人の内面が描かれている」にしても、他の作家の作品では珍しくない。むしろ、「なぜ今まで書いていなかったのか」という批判も可能だろう。

では、評論と連携することによって、天城一本来の魅力が高まった作品は――「盗まれた手紙」以外では――何があるだろうか。いくつかあるが、ここでは「折州家の崩壊」（二〇〇七年）を取り上げたい。
この短篇だけを読んだ人にはわからないかもしれないが、本作はエラリー・クイーンの『Yの悲劇』（一九三二年）に対する評論を発展させたものになっている。私はその評論の発想が生まれた時点から関与しているので、いきさつから紹介しよう。評論から小説につなげる作者の手際がよくわかると思う。なお、この二作を未読の人のために、ぼかした表現をしていることを了承してほしい。

そもそものきっかけは、二〇〇五年に、私の主宰する〈エラリー・クイーン・ファンクラブ（EQFC）〉の会誌上で、『Yの悲劇』特集を組んだこと。この特集では、『Y』に関する会員の文章だけでなく、既発表の文章もいくつか紹介している。ここで天城は、二つの文に注目した。

一つ目は、三島由紀夫の「推理小説批判」。一九六〇年に発表されたこのエッセイは、実質『Y』批判なのだが、天城はその中の「（一家の病毒の影響が）大したことはないA氏やB氏〔引用者変更〕の行状まで、作者は（わざと）気むづかしい凡庸な小市民的道徳意識で見すぎてゐる」という文に注目した。

二つ目は、講談社文庫版『Yの悲劇』の各務三郎の解説（一九七四年）。こちらで天城が注目したのは、ヨーク・ハッターの梗概について、「化学者が自分のために書いたプロット・メモなのに、薬品の表記が素人にもわかるようになっているのがおかしい」という意味の批判をしている箇所。

天城はこの二点を取り込み、二〇〇六年にEQFCの会誌に「椿説／Yの悲劇」を発表。まず、各務批判に対して、「実は、このプロット・メモはヨークが書いたものではない。真犯人がC氏〔『Y』の犯人〕に読ませるために書いたものだ。だから素人向けの表記を用いているのである」という説を立てている。そして、その真犯人として、三島が「大したことはない」と指摘したB氏を提示。真犯人だからこそ、「気むづかしい凡庸な小市民的道徳意識で見すぎてゐる」というわけ。また、「B氏はC氏に肉体を与えて操った」という説も提示。まったくもって、前代未聞の斬新な説ではないか。

さらに天城は、前述の各務の文中に引用されている、F・M・ネヴィンズの「(『Y』の)中心テーマはユージン・オニールの戯曲へ、さらにギリシア悲劇へと源をたどることができ」る、という指摘にも注目した。ここでネヴィンズが言っている「ギリシア悲劇」とは、アイスキュロスの《オレステス三部作》で、この作品のヒロインの名が「エレクトラ」。「オニールの戯曲」とは、《オレステス三部作》を下敷きにした『喪服の似合うエレクトラ』(一九三一年初演)のことで、ヒロインの名は「ラヴィニア」に変更されている。しかもこの名は、『Y』の冒頭でヨークの屍体を引き揚げる船の名前に使われている。

そして、この文を取り込んだ天城の「椿説/Yの悲劇Ⅱ」は、同じ二〇〇六年に、EQFC会誌の次々号に発表。『Yの悲劇』は、「ギリシャ悲劇の傑作の一つ《エレクトラ》の現代版」だという指摘を提示している。殺人の実行犯である弟のオレステスと殺人をたきつける姉のエレクトラを、『Y』と——正確には、『Y』の真犯人に関する天城の説と——重ね合わせたのだ。ギリシャ悲劇の題名が《エレクトラ》となっているのは、この時点では、ソポクレスの戯曲の方が頭にあったのだろう。

二〇〇七年、この評論を基にした「折州家の崩壊」が発表される。作者が添えた「作品のためのノート」では、「椿説Ⅱ」の〝クイーンの『Y』はオニールの『喪服の似合うエレクトラ』の影響を受けている〟という説を述べてから、「私なりにエレクトラ劇を探偵小説化してみようと企てたのがこの作品です」と語っている（なお、ここでは、「エレクトラ劇」がアイスキュロスの《オレステス三部作》であることが明言されている）。

そして、内容を見ると、もはや『Y』の痕跡は、ほとんど残っていない。というのも、『Y』の最大の特徴である〝探偵小説の梗概〟が出て来ないからだ。私が「肉体で操るなら梗概での操りは不要ではないか」と指摘したのが理由なのか、「エレクトラ劇」を重視したためなのかは不明だが……。

しかし、これが天城の「特定の作品に対する評論と連携した小説」の特徴に他ならない。ここで言う「特定の作品」というのは、きっかけにしか過ぎなくなっているのだ。もちろん、最終的に出来上がった作品が、天城のオリジナルになっているとは言え、その「きっかけ」がなければ生まれなかったことも間違いないのだが。

こういった天城の個性は、「折州家の崩壊」を見ると――ギリシャ悲劇とオニールの戯曲とクイーンの『Yの悲劇』を取り込んだ驚異の実験作を見ると――はっきりとわかる。

六　『密室犯罪学教程』――密室

ここからは、天城の「探偵小説のジャンルやテーマに対する評論」と連携した創作を見ていこう。

天城が最もこだわっている探偵小説のテーマは、もちろん、〈密室〉であり、評論の中でも質量共に突出している。第三章では、笠井の密室テーマ論と比較するために、「密室の系譜」(一九八四年)を考察したが、量で見るならば、天城は〈密室トリック論〉の方が圧倒的に多い。そこで本節では、天城の密室トリック論の集大成とも言える『密室犯罪学教程』を考察する。

この本は、実にユニークな構成を持っている。内容自体は日本評論社の『天城一の密室犯罪学教程』で読めるが、本来の構成がわからなくなっているので、まずは、そこから紹介しよう。

・表紙と裏表紙はまったく同じで「密室犯罪学教程　理論と実践　天城一　1991」となっている。
・表紙から右開きで読んでいくと、「実践編」という扉がある。
・その後、縦書きで十の短篇が並ぶ。
・裏表紙から左開きで読んでいくと、「理論編」という扉がある。
・その後、横書きで密室トリックを九つに分類して論じた評論が続く。

そして、読み進めると、分類されたトリックごとに小説が書かれていることがわかる。対応関係を以下に示したが、まさしく、〈理論と実践〉と言えるだろう。

〈理論編〉	〈実践編〉
序　説	
第一講　抜け穴密室	「星の時間の殺人」

第二講　機械密室　「村のＵＦＯ」
第三講　事故／自殺／密室　「夏炎」
第四講　内出血密室　「遠雷」
第五講　時間差密室（＋）　「火の島の花」「朝凪の悲歌」
第六講　時間差密室（－）　「怨みが浦」
第七講　逆密室（＋）　「むだ騒ぎ」
第八講　逆密室（－）　「影の影」
第九講　超純密室　「夏の時代の犯罪」
終　講　むすび

しかし、この本が真にユニークなのは、形式ではない。この形式によって、読者の楽しみ方を変えてしまう点にあるのだ。

第一章でも述べたが、一般の読者は、〈密室トリック〉を楽しみたいのではない。密室トリックを用いた〈ミステリ〉を楽しみたいのだ。だが、本書の読者は、収録短篇を〈密室ミステリ〉として楽しむことは難しい。例えば、「村のＵＦＯ」を読む場合、すでに本作の密室トリックが〈機械密室〉であることはわかっているからだ。こうなると、読者の多くは、「この作では、機械密室のどんなバリエーションが使われているのだろうか？」と考えながら読んでしまうはずである。

そして、これは作者が望む読み方に他ならない。これも第一章に書いたが、天城作品は、「〈トリック分類〉上では既存のトリックのバリエーションに過ぎないトリックの考案に力を注いだ、トリックだけの小説」という見方もできる。作者が「既存トリックのバリエーションに力を注いで書いた作品」ならば、読者は「既存トリックのどんなバリエーションなのか」を意識して読むのが最もふさわしいと言えるだろう。

しかし、作者の狙いには、さらに奥がある。

本書と似た趣向を持つ本としては、アントニイ・バークリーの『Jugged Journalism』（一九二五年）や堀晃の『マッド・サイエンス入門』（一九八六年）などが挙げられるだろう。ただし、どちらも「評論＋作例」という形式を持ってはいるものの、重点は評論に置かれている。作例は評論に合わせて書いたごく短いもので、独立した短篇として鑑賞に堪えうるものではない。エラリー・クイーン編のアンソロジー『シャーロック・ホームズの災難』（一九四四年）には、『Jugged Journalism』から「ホームズと翔んでる女」が採られているが、評論抜きでこの作例だけを読むと、他作家の贋作と比べて見劣りすると感じるはずである。

だが、本書の収録短篇に、評論に合わせて書き下ろしたものは一作もない。既に発表済みか、未発表だが一九八〇年代までに書き上げていたものなのだ。具体的には以下の通り。

（A）既発表の作――「星の時間の殺人」（旧題「加里と氷」一九八〇年）、「火の島の花」（一九八二年）、「怨みが浦」（旧題「惜春賦」一九八二年）

（B）既発表作の改稿――「朝凪の悲歌」（旧稿「黒幕・十時に死す」一九五五年）、「遠雷」（旧稿「走る密室」一九四八年）

（C）未発表作――「村のＵＦＯ」、「夏炎」、「むだ騒ぎ」、「影の影」、「夏の時代の犯罪」
だから、小説が主で評論が従と言える。そして、評論の目的は、「既存トリックのバリエーションの巧拙」という新たな評価軸の提示。いや、正確には、「提示した新たな評価基準による自作の評価アップ」となる。天城は「密室ミステリには、〝既存トリックのバリエーションの巧拙〟という評価基準もあります。この本に収録された小説は、その評価基準では高く評価されるべきなのです」と言いたいわけである。いやいや、「この本に収録された小説は―」ではない。作者は、「私が書いたすべての小説は―」と言いたいのだ。

作者のこの狙いは、「第九講　超純密室」を読むとよくわかる。というのも、この講は他の講に比べて、明らかに分類がおかしいからだ。分類名に「超」が付いている上に、「超純密室は意識下密室である」と言いながら、作例に渡辺剣次の「悪魔の映像」――映像を利用したトリックが登場する短篇――が挙げられたりしている。この講の内容を読む限りでは、〈証人誤認密室〉あたりが正しい分類に思われるのだが……。

しかし、天城はそうしない。なぜならば、この講には、自身の代表作「高天原の犯罪」が入っているからだ。だから、この講のトリックを他の講よりワンランク上に置く必要があり、「超純密室」という、他より上位を感じさせる命名を行ったわけである。評論はあくまでも自分の小説の評価を高めるためにあり、分類名や定義の正しさは二の次なのだ。

この作者の狙いは成功しただろうか？　少なくとも、私の場合は成功したと言える。

『天城一の密室犯罪学教程』収録の「奇蹟の犯罪」の〈自作解説〉に、「EQⅢ氏がトリックを密室犯罪の一つのパターンとして独創性を認めてくださったことがありました」という文がある。〃EQⅢ〃というのは私（飯城勇三《いーきゆーさん》）のことで、「独創性を認めて〜」というのは、拙稿「十番目の奇蹟の犯罪」のこと。内容は、天城の「奇蹟の犯罪」のトリックを、『密室犯罪学教程』の分類に従って評価したもの。つまり私は、作者が望んだ読み方で、この作を評価したわけである。

また、第一章でも触れたように、『天城一の密室犯罪学教程』は、批判的な読者にも評価されて〈本格ミステリ大賞評論・研究部門〉を受賞している。これもまた、評論に従った読み方をした読者が多かったためではないだろうか。

七　『密室犯罪学教程』——トリック

だが、本書の狙いはこれだけではない。もう一つの狙い——それは、〃乱歩批判〃である。

本書には収録短篇の大部分より長い「献詞」が付いている。江戸川乱歩への私信という形をとったこの文章で、天城が最も言いたかったことは、次の点だろう。

まず、乱歩の戦前の通俗ものを批判。次に、この時の乱歩は、自らの生みだした明智の対極に立つ夜の闇の住人だったと指摘。続いて、以下の文に移る。

　戦後、先生は明智の側に立ち、昼の光を浴びられました。大御所の地位を占めて、カリスマになられました。しかし、そのとき、先生は最も苦手とするトリックの創造に行く手を阻まれました。前途を開くために内外の文献を渉猟されて《類別トリック集成》を編み、探偵小説の世界の一切の《趣味の判官》となりました。創作家として体制の敵として知者を辱められた先生が、評論家として自ら知者になったとき、来たるべきものの独創を妨げる体制にならなかったでしょうか。先生のレジームの下に、トリックが探偵小説の基本ではないという自由は失われてしまっていなかったでしょうか。

《密室作法》は先生の御存命中に書いて「宝石」に載せたものでした。私は先生の御意向にあえて反して、密室トリックなどはさして困難なものでもなければ、驚異的なものでもない、「密室トリックを崇拝するな」と、後人に忠告しました。

引用文の前半部は、中相作《なかしょうさく》の『乱歩謎解きクロニクル』（二〇一八年）の先駆ともいうべき指摘だが、もちろん、天城は乱歩論を語りたいわけではない。言いたいことは、「乱歩のトリック至上主義のために私は正当な評価を受けることができなかった」となる。そう、これもまた、評論によって自作の評価を高めることが狙いだったのだ。

この作者の狙いは成功しただろうか？　少なくとも、私の場合は成功したとは言えない。なぜならば、第一章で述べたように、私の考えは、「プロの探偵作家が『密室トリックを考え出すのは難しい』と言う場合、それは『読者にとって印象的かつ面白い密室トリックを考え出すのは難しい』という意味」になるからだ。一方、天城が「さして困難なものでもなければ、驚異的なものでもない」と言っている〝密室トリック〟は、ただ単に、〝密室状況を作る方法〟を指しているに過ぎない。
もともと乱歩の〈トリック分類〉は、自身が本格探偵小説の傑作を生み出すための参考用という役割が大きい。従って、〈トリック分類〉を基に生み出されたトリックは、「読者にとって印象的かつ面白い」ものでなければならないということになる。おそらく、天城が「死体の第一発見者でなく第二発見者が犯人だという時間差密室トリックは独創的だ」と言っても、乱歩は「読者にとっては大した違いじゃない」と返すに違いない。かくして天城は、「乱歩は私の作の独創性を理解できない」と考えてしまうわけである。

もともと評論というのは、対象の評価を高めるものが多い。拙著『エラリー・クイーン論』も、〈意外な推理〉という評価基準を提示して、クイーンの評価を高める狙いがないとは言えない。ただし、自分の評論で自分の小説の評価を高める作家というのは珍しい。エッセイなどで自作の狙いを語る作家なら珍しくないが、ある程度の長さを持ち、独立して読める評論でこれをやった作家というのは、天城一以外に誰がいるだろうか？　都筑道夫の評論『黄色い部屋はいかに改装されたか？』も自作と連携しているが、評価が高まる対象は評論以後の実作であり、評論以前に書かれた作品は変わらないのだが……。いや、一人いた。その作家については、次の章で考察するとして、天城一の考察を続けよう。

八　「明日のための犯罪」――ファルス

前節の引用文のように、天城はしばしば「密室トリックの案出は難しくない」と語っている。もちろん、この後には――作者は決して語らないが――「でも、みなさんは案出できないでしょう。私は、簡単にできますよ」という言葉が続くことは言うまでもない。ある意味では、『密室犯罪学教程』という本自体が、「私は簡単にできますよ」という言葉を証明するために書かれたという見方もできる。

そして、天城の一九五四年の短篇「明日のための犯罪」もまた、同じ狙いが見える。

「明日のための犯罪」は、いわゆる〈足跡のない殺人〉テーマの密室ミステリで、雨上がりの地面に足跡が残されていない謎を摩耶が解く。渡辺剣次編『続・13の密室』と鮎川哲也・島田荘司編『ミステリーの愉しみ2　密室遊戯』の二冊のアンソロジーに選ばれ、第四節で紹介した天城ファン選出ベストテンでも二位になっていることからわかるように、評価が高い作品である。

そして、この作品についての作者の自作解説は以下の通り。

ブリーンが《ワイルダー家の失踪》の中で、砂原の中に足跡だけを残して消失あるいは昇天したトリックを乱歩さんが激賞したので、むらむらと謀反心を起こして軽いファルス仕立てで技術批評をしようと思い立ちました。下書きらしいものが一つも残っていませんから、私としては珍しく直接原稿紙に書いたようです。

いわば軽いいたずらでした。（略）

渡辺剣次氏がアンソロジー《十三の密室》を編むときに、最初に希望されたのがこの作でした。小生が反対したので、剣次氏は心外だったようでした。

それから今日まで、この作は好評です。

どうもそれが作者には納得がいかないのです。

骨を折った跡がなく、万事すらすらいってしまった作品が、下手をすると摩耶ものの代表作になりかねません。密室をコケにしたファルスが代表作となっては作者にとっては喜劇です。


もちろんこの言葉は、「みなさんが高く評価する作品を私は苦労せずお遊びで書きました」という自慢の裏返しでもある。だが、ここで私が注目したいのは、作者はこの作が好評だった理由がわかっていないという点。もっとも、作者はわからなくても、この作を読み、本書をここまで読んだ人ならば、好評の理由は明らかだろう。

「明日のための犯罪」のトリックは、「読者にとって印象的かつ面白い密室トリック」だから、好評なのだ。

「高天原の犯罪」は、摩耶のレトリックを外すと魅力は半減するが、本作はトリックだけ抜き出して見ても面白い。「不思議の国の犯罪」のトリックの（第一章で考察した）不自然さは面白くないが、本作のトリックの不自然さはファルスの域に達しているので面白い。そして、これは、私一人の感想ではない。前述の天城作品ベストテンでは、回答者に選んだ理由も書いてもらったのだが、本作に関しては、トリックの面白さや印象深さに言及しているものが多かったのだ。

だが、天城はそれを理解していない。天城にとっては、「いかにして不可能を可能にするか」が重要であり、読者が不可能を可能にする方法、つまりトリックを面白がるかどうかは重要ではないのだ。そんな天城にとっては、第一発見者ではなく第二発見者を犯人にするために苦労に苦労を重ねた作品より「明日のための犯罪」の方が評価されるという現象は、理解できないのだろう。そういう意味では、本作は「評論と連携した作品」ではなく、「評論を裏切った作品」と言えるかもしれない。

ここで触れておくと、中期の島崎ものには、「印象的かつ面白い密室トリック」が少なくない。代表的な作品を挙げると、「春嵐」「火の島の花」「怨みが浦」「虚空の扉」などである。特に、「春嵐」の大胆な密室トリックは——前述のベストテンで八位を獲得したことからもわかるように——いつまでも読者の記憶に残るに違いない。摩耶のレトリックの支援がないためか、「明日のための犯罪」には及ばないのだが……。

九　「ある晴れた日に」——多重解決

天城の探偵小説のジャンル論、テーマ論は、密室に対するものを除くと、ぐっと少なくなる。ただし、皆無というわけではない。まずは、一九五三年に発表された短篇「ある晴れた日に」を取り上げよう。掲載された《鬼》誌は、高木彬光、山田風太郎、島田一男といった当時の本格寄りの探偵作家が集まった〈鬼クラブ〉が出した同人誌。このため、天城自身は私宛ての私信の中で、「かなり自信を持って書いてエキスパートの雑誌にとエキスパート向けのDS（探偵小説）として出したつもりだった」、「そのため文体を凝ったりしています」と語っている。

そして、その言葉に違《たが》わず、発表当時としては、かなり実験的な作品になった。本作は二重解決ものであり、これ自体は珍しくない。しかし、本作のように、間違った解決も正しい解決も同じ探偵役が行うのは珍しい。他の作品では、正しい解決は名探偵が、間違った解決は凡庸な警察官などが行う場合が多いからだ。しかも、本作のように、間違った解決をする名探偵が、それが間違っていると知っている場合は、さらに珍しい。他の作品では、名探偵が犯人に欺かれて間違う場合が多いからだ。つまり本作は、名探偵が、まったく同じデータを用いて〈間違った解決〉と〈正しい解決〉を披露する物語と言える。

作者のこの狙いは、冒頭の引用文にはっきりと示されている。

犯人を誰にするか決めてしまえば探偵小説なんてどうにでもなります。 ――『報告』より

この『報告』とは、探偵役の島崎が外務省の高官に宛てた書簡のこと。島崎はこの高官に、ある人物の無実を証明してくれと頼まれる。そこで、「捜査本部の発表」として、一つの解決を提示。しかし、その後で高官に向かって、「僕の意見は公式発表とは全然違っています。我々も時々外交官と同じように、公式と非公式を使い分けます」と告げて、書簡で真相を報告する。その冒頭の文章は、以

下の通り。

　犯人を誰にするか決めてしまえば、探偵小説なんてどうにでもなります。公式発表はその典型的見本です。すべてのデータを巧みに綴り合せて、自己のセオリーの中に並べかえた点で成功しています、それだけです。

　公式発表の最大欠点は、データを一つ残らず拾い込みながら、データがないとゆうデータを見落した事です。

〈新本格〉以降――厳密には笠井潔のデビュー以降と言うべきか――には、名探偵の推理の恣意性を批判する評論が書かれ、そういった論を取り込んだ作品も書かれた。天城の「ある晴れた日に」は、そういった作品の先駆だと言える（「事件の解決なんてどうにでもなります」ではなく、「探偵小説なんてどうにでもなります」と島崎に言わせてしまうのは勇み足にも見えるが……）。いや、本作の島崎は、〈新本格〉以降の名探偵よりも、さらにエキセントリックだと言える。なぜならば、彼は自分を〝神〟だと思っているからだ。もちろん、私は嘘など書いてはいない。その証拠として、自分の間違った解決の恩恵を受けた人物が海外に飛び立つ姿を見ての島崎の述懐を引用しよう。Deus Caritotis は「慈悲の神」だろうか。

　俺は知られざる神だ。（もっとも、神はいつも知られることはないのだが）。あの一対の幸福人のその幸福を破壊する雷電、その雷電を持っている。この俺が。一介の警部補の神が。しかし、雷電は鳴るまい。美しき人々よ。夢の翼に乗るがよい。銀色の羽の鳥に。この神はDeus Caritotisだ。

だが、この作の先進性に関しては、気づいていない人も多いと思う。というのも、現在読むことができるのは改稿版しかないからだ。作者は改稿の際に、冒頭の引用文を削り、島崎の述懐から神性を剝奪し、島崎の推理から引用部分を丸ごとカットしてしまった。トリックはほぼ同じなので、作者としては、大きな変更だと思っていないのだろう。しかし、名探偵の推理の恣意性を批判する評論や小説をいくつも読んでいる者にとっては、大きな変更、いや、もったいない変更に思えるのだ。

十　「アメリカ11才に達す」——ジャンル

この節では、天城が〝自信作〟と語る評論を取り上げる。その「アメリカ11才に達す」は、〈探偵趣味の会〉の同人誌《探偵趣味》一九五四年二月号に掲載。「ミッキー・スピレーン論」という副題がついているが、実際は〈アメリカ探偵小説論〉になっている。天城は、マッカーサーに「日本は12才の子供」だと言われた日本よりも、アメリカの方が遅れていることを、探偵小説を用いて証明してみせるのだ。その手際は実にアクロバティックかつ説得力に満ちていて、作者が自信作だと語るのも当然だろう。以下、その論を紹介していくが、その前に引用元について説明をしておく。後年、天城は自らこの文を改稿していて、それは甲影会が二〇〇三年に発行した《別冊シャレード》74号で読むことができる。比べてみると、論旨はまったく変えずに、言葉を補って、わかりやすくなっていた。例えば、初稿の「ダグラス某」を「マッカーサー」に直すといった具合に。そこで本書では、改稿版を引用元としたことをお断りしておく。

第一節では、まず、米国の「イデオロギーを、一言にして尽くせば、個人主義あるいは自由主義ということができるでしょう」と始め、「西部では、法律に代ってガンが支配し、個人の機敏さによって、〈裁くのは俺だ〉ということが可能でした。米国人の猪突猛進的な冒険心〈フロンティア・スピリット〉はこうして形成されました」、と続ける。そして、「しかし、間もなく、西部は刈りつくされます。わずかに、西部劇とダイム・ノベルの中に、西部は残ります。フロンティアは消えてなくなりました。東はメインから、西はカリフォルニアの海岸まで、社会は大衆を加圧します」と受けてから、「フロンティアは完全に消滅し、組織化され標準化された産業構造へ移行しました。移行は、個人の機会均等の原則を、完全に破壊しました。創意と努力は、なお、尊重されるでしょう。しかし、比例する支払いは受けません。古い建国の理想は残りましたが、実現は困難になりました」と締める。

第二節では、「米国人の理想は、〈独立と成功〉でしょう」で始まり、「徹底的な個人主義〈独立と自尊〉の精神は、社会の解析が進むにしたがって、実現不能になります。しかし、スローガンは消えません。消えぬどころか、米国の理想として、教育のあらゆる機会を通じて、マス・メディアを通じて、たえず強調されます。実現不能の夢をだいて立ちすくむ青年たちは、神経症的な夢想にふけるか、犯罪へ逃避するか、ほかに逃げ道があるでしょうか？　米国における犯罪は、偉大な建国の理想の諷刺画です」と締める。

第三節では、「犯罪の洪水にこたえて、探偵小説も花咲きます。資本主義の落し子である探偵小説は、空想の西部です。白石潔氏が探偵小説を〈郷愁〉とよぶ正当性は、とくに米国では認められます」と始め、「西部への郷愁を強く示すものは、米探偵小説の本流からそれた、パルプ・マガジンの小説でしょう。その中から、ハメットの《マルタの鷹》のように、純化して、アメリカ独自の文学を生み出しますが、昇華しそこねた亜流は、ダイム・ノベルの後継者として、転落した西部の代表者となります。挑発的な〈告白もの〉〈トルー・ストーリー〉などを含む米国探偵小説の最低流は、しかしなお米国人の深層に触れるものを含んでいるといっていいでしょう」と続け、「この最底の底辺にマイク・ハマーは棲みます」と締める。

第四節では、「タフガイの性格を文字で表せば、攻撃的個人主義ということになるでしょう。しかし、その攻撃性は社会の中でつみとられ、教育の中で克服されるかわりにゴマかされます。一方において、建国以来の理想として、攻撃性を鼓吹しながら、他方で抑圧する教育は、バランスの欠けたパーソナリティを大量生産することになるでしょう」と始め、「受動的な生活に慣れ、受動性を美徳として強いられながら、多年にわたる教育の中で攻撃的なれと植え込まれた無意識――これほど残酷なものがあるでしょうか。犯罪者となる最悪の勇気さえない、米国の標準では人間のカスの個人は、夢想に逃避するほかに逃げ道はないでしょう。しかし、夢想さえ、多分に創造力を必要とします。受動的にしつけられてしまった大衆には、夢見る自由さえありません」と続け、そういった大衆に夢を与えるものとして映画に言及。さらに、「若干の余暇と、若干の空想力を備えた男には、映画よりも色よい夢があります。映画が描きえない世界を、グーテンベルクの魔術は可能にします。ことばによる暗示は、しばしば現実よりはるかに甘美です」と締める。

第五節では、「これがミッキー・スピレーンを支持する階層です。受動的にしつけられて、建国の偉大な祖父たちを売ったユダは、至福を求めて狂探偵ハマーの足下ににじりよります。力強く凶暴なハマーと一体に合一し、無力さから解放されたいと願います」と始め、「力強い個人の中へ自己を没入させ、合体したいと願う慾望は、サド・マゾヒズム的傾向です」と続け、「この傾向は権威主義的です。権威主義的な性格はファッシズムの最良の培養体です。逆に、ファッシズム的支配は、意識的に、権威主義を培養します。その結果、サド・マゾヒズム的傾向を人民の中に生みだします」と展開。さらに、この傾向は、「日本の戦前の歴史の中で、われわれにはおなじみのパターンです。軍部が次第に不況の中から頭をもたげ、ファッシズムの波が日本をのみこもうとしていた時期に、サド・マゾヒズムの花を咲かせた江戸川乱歩の長編（通俗）探偵小説が、この国の大衆の中に最大の支持を生み出しました」と述べてから、「乱歩の文学の成功は、日本人がサド・マゾヒズムに傾き、やがて決定的に権威主義へと、最後に軍部主導のファッシズムへと、歴史の歩みを進める過程の指標でした」と語る。

第六節は結論なので、そのまま載せよう。

敗戦後、日本は米国を教師としました（させられましたという方が正確かもしれませんが）。

米国は民主主義の模範でした。

ところが、不思議なことに、先輩であり師であり模範である国に、昔なつかしい流行が復活しました。米国の乱歩――ミッキー・スピレーンは、米国の〈郷愁〉を復活させました。

乱歩をこの国が受け入れたと同じ基盤が、米国に生れたというべきでしょうか。島久平が、乱歩とスピレーンを比肩させたことは、本質的に正しい洞察でした。

そうだとすると、マッカーサーの口上を借りれば、こうなるでしょう。

〈アメリカはやっと11才に達した!〉

次に来るものはファッシズムでしょう!


引用だらけの芸のない紹介となってしまったが、天城の評論は、摩耶と同じでレトリックが魅力的なので、許して欲しい。

では、私は、この評論を天城のどの作品と連携させたいのかというと……連携している作品は見当たらない。実は、笠井潔の〈大量死理論〉と連携させたいのだ。〈フロンティア・スピリット〉を探偵小説と結びつける論は小鷹信光などが書いているが、天城のように、時代の風潮や大衆の心理や社会の構造といったところまで踏み込んで考察しているわけではない。だが、笠井はそこまで踏み込んでいる。だから、比較する価値があるのだ。

また、本書の第四章には、すでに、〈大量死理論〉に対する天城の考えが書かれているが、これは笠井論を受けての考えであり、天城が本来持っている考えではない。その「天城が本来持っている考え」を語った文こそが、「アメリカ11才に達す」なのだ。

まず、第四章第二節の天城の手紙に、「アメリカＤＳ（探偵小説）の黄金時代は、『ＷＷⅠの大量死』とは無関係の、別の大衆文化の原因が求められなければならない」と述べられている点に注目してほしい。天城は何の根拠もなしに笠井に文句をつけているわけではない。自らその「別の大衆文化の原因」について論じた文を書いていたからこそ、批判できたのだ。

次に注目すべきは、「日本ではその時期にはエログロ・ナンセンスの乱歩の時代で終わって本格ＤＳが発生しなかった（ＷＷⅠで大量死は日本でなかったことに対応）理由だという説明は当たっていないとは思いません」という文（「その時期」とは「大戦間」のこと）。「11才――」を読むと、「エログロ・ナンセンスの乱歩」がもてはやされた理由は書いてあるが、この時期、「本格ＤＳが発生しなかった」理由については書いていない。天城は、その理由に関しては、笠井論に一理あると認めているように見える。


今度は、別の角度から天城論と笠井論を比較してみよう。

天城の論は、〈未来〉が起点になっている。第二次世界大戦が近づく日本ではファシズムが台頭し、「ファッシズム的支配は、意識的に、権威主義を培養します。その結果、サド・マゾヒズム的傾向を人民の中に生みだし」、その人民が「エログロ・ナンセンスの乱歩」に飛びついたという論である。

これに対して笠井の論では、〈過去〉が起点になっている。終結した第一次大戦で大量死に直面した創作者が〝固有の死〟を取り戻すために、本格探偵小説を描いたという論である。

また、天城の論では、〈読者〉が軸になっている。当時の読者が「エログロ・ナンセンスの乱歩」に飛びついた理由は語られているが、乱歩がこういった作品を描いた理由は書かれていない。少なくとも、乱歩が「ファッシズム的支配」によって、「サド・マゾヒズム的傾向」を植え付けられたとは言っていない。

これに対して笠井の論では、〈作者〉が軸になっている。当時の創作者たちが本格探偵小説を描いた理由は語られているが、読者がこういった作品をどの程度受け入れたかは、きちんと考察されていない。確かに大戦間には優れた本格探偵小説が数多く書かれたが、日本における乱歩のように売れた作家は、ヴァン・ダインやエラリー・クイーンなど、一握りしかいないのだ。

こういった違いは実に興味深い。これはおそらく、一九一九年生まれで第二次世界大戦への道のりを経験している天城と、そうではない笠井との違い、あるいは、実際に戦争による大量死を経験している天城と、そうではない笠井との違いなのだろう（実は、そう単純に決めつけて終わりにできない何かがあるようにも見えるが、私の力量では、これ以上は踏み込むことはできない）。

一方では、同じことを表と裏から語っているとも考えられる。例えば、天城の文には、「社会という名の大きな機械の中で、頼りなく裸にされ、組織に従属を強いられる個人は、能動性を去勢され、受動性は美徳とされ、価値は転倒します」や、「力強い個人の中へ自己を没入させ、合体したいと願う慾望は、サド・マゾヒズム的傾向です。近代社会における個人の孤立と無力感が背景になっています。圧倒的に強い人物に合体し、自己をゼロにまで滅却して、無限に服従することで自己を救い出したいと願います。強い主人にすべての決定を委ね、処世のわずらいから解放されます」といった指摘がある。〝〈個人〉が抑圧され無力化される社会〟ということの指摘を、笠井の理論と重ね合わせることも可能だろう。

だが、残念ながら、紙幅に限りがあるので、そろそろ探偵小説以外のテーマと連携した作品に移らせてもらいたい。

十一　「神の言葉」――数学

天城の本職である数学と連携した作品で最初期のものには、一九四八年に《探偵作家クラブ会報》に発表した「方程式」がある。数学の方程式とダイイング・メッセージを結びつけたこの作は、単行本で一ページしかない。それも当然で、もともとは「探偵小説と数学」という評論に、「暗号に微分方程式を応用する」作例として添えられたものなのだ。ただし、『密室犯罪学教程』とは異なり、既存の作を流用したのではなく、評論のために書き下ろした作例なので、小説とは言い難い面もある。作者もそれは自覚していたらしく、一九五三年には大幅に加筆して（それでも二ページなのだが）、「神の言葉」という小品に仕立てた。

この他にも、「殺し屋の代数」（一九六一年）という評論では、ゲーム理論と探偵小説の連携について語り、作例を添えている。

探偵小説ファンが読む機会は少ないが、天城は数学界の旧弊な師弟関係に対する批判的な文も書いている。例えば、戦前の和算研究の大家・三上義夫（一八七五〜一九五〇年）が師の藤沢利喜太郎の逆鱗に触れ、帝国学士院の嘱託を解任された事件。三上は一九四九年に東北大学から理学博士の学位を受けるが、この時に代理で学位を受け取ったのが中村正弘、つまり天城一だった。私が読んだこの件についての天城の文は、二〇〇二年に《数学教育研究》第32号に寄せた「三上義夫の学位授与について」で、この事件を探偵小説に持ち込んだのが、「われらのアイアス」（二〇〇六年）である。この短篇では、和算史ではなく日本史の師弟に置き換えられ、師の否定する学説（騎馬民族説）を支持した弟子をめぐるドラマが描かれた。

また、『密室犯罪学教程・理論編』の「献詞」では、こういった師弟の軋轢を、乱歩と天城自身に重ね合わせている。

十二　「俺たちに明日はない」——法の遵守

天城には《数学教育研究》のような公刊された雑誌に未掲載と思われる評論も少なくない。知人に配るためだけに書かれたと思われるこれらの評論は、掲載誌という縛りがないためか、驚くほど多彩なテーマが取り上げられている。

例えば、一九九六年頃に書かれた「アーレントとハイデガー」は、エルジビェータ・エティンガーの同題の本（一九九五年刊）の翌年に出た邦訳書を読んでの評。第四章でも触れたが、天城の「（ハイデガーが）狡猾な理論家、詐欺師に近い性格の人物」という考えは、この評に出てくる。また、天城は、アーレントがハイデガーの〝ミューズ〟だったことに驚いたらしい。前述の「われらのアイアス」には、この〝ミューズ〟のテーマも持ち込まれている。*註1
「二人のアインシュタイン」も未公刊で、トルブホヴィッチ＝ギュリッチ『二人のアインシュタイン』（一九八二年）の一九九五年に出た邦訳書への書評として書かれたもの。この評は大幅に手を加えて「SERENDIPITY讃―相対性原理起源私考―」という題で《数学教育研究》第25号（一九九五年）に発表。こちらでは、ギュリッチの本を基にした「〈相対性原理〉はアインシュタインの妻ミレヴァが考えた」という説をさらに発展させ、彼女の発想の源となった人物まで推理している。ギュリッチの本のみならず、ハイゼンベルク、ローレンツ、フィッツジェラルド、ファインマンまで持ち出して導かれたその人物は、フィリップ・レーナルト――天城の言葉を引くならば、「ナチスに与して悪名高い『ドイツ物理学』の総大将に祭り上げられ、相対性理論と量子力学を蛇蝎《だかつ》のごとく忌み嫌った」人物だった。これが第四章第二節で触れた天城の説につながっている。

*註1　〝ミューズ〟については、「われらのアイアス」の作中に説明があるので、引用しよう。
（「ミューズ」は）世紀末からワイマールにかけてドイツの学者の間にはやった一種の流行だ。典型的なのはルー・サロメだろう。接触した男性は九ヵ月目には一冊の本を生むという伝説を残したくらいだ。その相手がニーチェやリルケなど歴史に名を残す代表的な人物ばかりだった。ワイマールの時代の最も著名な例としては、ハイデガーとハンナ・アーレントを挙げることができるだろう。二人の場合は、両人のイデオロギーが全く反対であるにもかかわらず生涯関係が継続したという点で複雑な裏面が存在することを理解できるだろう。二人の場合についての分析では、田舎出のハイデガーが都会出の若い娘に一目ぼれしたという解釈がある。

残念ながら、公刊、未公刊を問わず、私が読ませてもらったのは、一九九〇年代以降の文なので、実作と結びついた論は少ない。しかし、本書のコンセプトでは、評論も創作の一種と考えているので、いくつか興味深いものを紹介させてもらう。

一九九五年頃の「日本型教養主義の限界」は、筒井清忠の『日本型「教養」の運命』（一九九五年）を受けての論。天城は「日本型教養主義は人格主義であることを免れない」としつつも、「日本の人格主義には大きな疑問が付き纏います」と指摘する。そして、西欧の支配階級が「人民については天に対して責任を負って」いたが、封建時代の日本では「人民をただ搾取する道具としてしか見ていない」と断じる。その後の明治維新は、「革命に成功した維新の志士は政権が負わねばならない根拠を持ちませんでした」、「天帝に対する責任という着想もできませんでした」、そして、「天に代わって天を担う責任を天皇に負わせました」として、「ニヒリズムの革命だった」と断じてから、「日本の教養主義が行き着く先はニヒリズム以外にありません」と結論づける。――これは、第二章で取り上げた笠井潔の『テロルの現象学』と重なり合うように見えないだろうか。

一九九六年頃の「まだ沈まぬや定遠は」の題名は、日清戦争の黄海海戦を歌った小学唱歌（軍歌）「勇敢なる水兵」の一節から。〝定遠〟とは、清国海軍の装甲艦。内容は、一方的な勝利に終わった日清戦争が、海軍の戦力的には劣勢だったことをデータに基づいて証明し、この唱歌は、定遠に日本が抱いた恐怖の表れだとしている。最後に、日清戦争は英国が日本に指示した代理戦争だと推理。「ドイツの建艦になる清国艦隊と主に英国製の速射砲を搭載した日本艦隊を戦わせて、ドイツとくにクルップの製品のテストをしたのではないでしょうか」と結んでいる。

一九九九年の〈東海村JCO臨界事故〉を受けて書かれたのが、二〇〇〇年頃の「臨界の臨界」。「ウランが臨界を越えたら何が起こるか知らない人が、原子炉燃料の加工作業をしていたことがわかった」と皮肉を言い、「原子爆弾の被害を受けて『原爆許すまじ』と唱えている国で、原子爆弾の原理まではもとよりのこと、原子力とは何かについて義務教育の段階で何も教えていないと初めて知りました」と驚く。そして、〈裏マニュアル〉について「背後には日本の『職人芸』がある」と言った識者に対して、「職人芸とは機械が到達できない精密度まで芸を磨くことです」と憤《いきどお》る。天城が健在だったら、3・11に対して何を言ったか想像をめぐらしたくなる文章である。

次に、テーマではなく、テーマへのアプローチが興味深い評論をいくつか紹介しよう。これらは、数学者・中村正弘よりも、探偵作家・天城一の方が強く出ているように見えるので。

例えば、一九九五年の阪神・淡路大震災を体験した天城は、「関東大震災を幼時に体験したものにとっても、比較にならないほど強い衝撃を受けました」と言いながら、「そのときになって初めて、西国街道がなぜ直線的なのかを考えました」と続ける。そして、主要な都市が西国街道沿いにはないことを指摘してから、「その不可思議は、西国街道が活断層の上を通っているとすると説明がつく」と語る。活断層のせいで耕地に向かないため放置されていた場所が街道になる。断層沿いだから直線的なのは当然、過去にも地震が起きただろうから、街にならないのも当然というわけである（「和算／こぼれ草」《数学教育研究》第25号／一九九五年）。

《数学教育研究》第29号（一九九九年）に発表された「L'AFFAIRE GALOIS―犯罪学的社会史的研究―」は、ガボリオの『ルルージュ事件』をもじったとおぼしき題名でわかるように、フランスの数学者ガロアの死の謎に挑んだ評論。「女をめぐる決闘で死んだ」という従来の説をくつがえして別の真相を提示しているが、それ自体は珍しい説ではない。興味深いのは、定説の矛盾点を突いて、その説にたどり着く手際なのだ。

圧巻なのは、《数学教育研究》の複数の号にまたがって掲載された、「和算史の背後にキリシタンがいた」とする新説。遠藤周作の小説『沈黙』のモデルとなったイエズス会宣教師ジュゼッペ・キアラ（一六〇二～八五年）が同時代の数学者・高原吉種と同一人物であると推理し、さまざまな根拠を挙げている。おっと、根拠については、天城自身が「次の四つ」と書いていた。

一、キリシタン屋敷の業務日誌
二、初代宗門改奉行と二代目の引き継ぎに際してキアラが提出した文書
三、キアラの墓石
四、後世の人々に宛てたとおぼしき礒村によるアナグラムの暗号

この考察の中で、探偵小説ファンにとって特に興味深いのは、名前をめぐるものだろう。

・「高原＝タカハラ＝貴原＝キハラ＝キアラ」
・弟子の礒村吉徳の名前と組み合わせて「タカハヽライヽソヽムラ」で「ハライソ」が隠されている。
・その弟子の村瀬義益《むらせぎえき》は礒村の変名で、「ムラセ＝セラ（ヒ）ム＝seraphim（熾ヽ天ヽ使ヽ）」。
・高原の弟子・関孝和門下の荒木村英が当時悪名の代名詞だった荒木村重を連想させる名前を名乗ったのは、「アラキ」が「キアラ」のアナグラムだったから。「ムラヒデ」は「デラヒム」のアナグラムで、「デルポイ」のこと。

こういった強引とも言える推理に、井上政重や本多正純や堀田正俊大老といった実在の人物を組み合わせ、一六八四年の改暦や一六二一～五四年の利根川東遷事業といった史実を裏付けに使う手際は、まさしく探偵作家のものに他ならない。

余談だが、一六八四年の改暦は、冲方丁《うぶかたとう》の『天地明察』（二〇〇九年）で取り上げられ、関孝和や礒村吉徳や村瀬義益や堀田正俊も登場している。同じ改暦の話を、苦労話に仕立てる冲方丁と、キリシタンや堀田大老暗殺と組み合わせて新説を導き出す天城一の違いが興味深い。ちなみに、天城は、キアラは弟子の関孝和を通じて（『天地明察』の主人公）渋川春海に「授時暦の数学を読み解いて必要な計算」を教えた、と考えているらしい。

では最後に、私が最も〝天城一〟らしさを感じた中村正弘の評論を紹介しよう。それは、二〇〇〇年に《数学教育研究》第30号に発表した「俺たちに明日はない」である。

まず、ゲッベルスの誘いを逃れてアメリカに亡命したフリッツ・ラングの話。彼がハリウッドで作った『暗黒街の弾痕』（一九三七年）に対する批判を一蹴し、「ラングは主人公の死刑の恐怖などは描いていません。ラングが熱誠を込めて描くのはアングロ・サクソン社会の法曹たちの宗教的とも言うべき遵法精神です」と指摘。この精神はフランスやドイツにはないものだと語る。

次に取り上げるのが、山下奉文《やましたともゆき》将軍のマニラ軍事裁判。この裁判で弁護人の一人だったフランク・リールの著書『山下裁判』（一九五二年邦訳）を参照し、アメリカが山下を有罪としたことで、遵法精神を失ったと指摘する。

続けて、その〝しっぺ返し〟がベトナム戦争だと指摘。この戦争で、リールが「マニラ裁判の原則に従うならば、現場の指揮官だけが戦争犯罪を問われるばかりではなく、ベトナムで戦争を指揮している米国陸軍太平洋軍司令官ウエストモーランド将軍も問われるべきだ」と訴えたからだ。アメリカがここで、マニラ裁判を否定し、山下奉文将軍の裁判は間違いだったと認めたことで、天城はアメリカに遵法精神が戻ったと見なす。

最後は日本の遵法精神について。ここで天城は、自殺を図った東条英機をＭＰが救った際の日本人の反応に着目する。さらに、トマス・ペインの言葉――「自分自身の自由を確保しようとする者は、その敵をさえ圧政から守らなければならない。この義務にそむくならば、やがてその身にふりかかる先例を打ち立てるからだ」――を引き、ＭＰの行為は、自由を守る論理的帰結に過ぎないのに、日本人には理解できなかった、と断定する。その理由は、「（日本の）自由は西欧のように克ち取ったものではなく、上から与えられたもの」であり、「日本人は論理的に思考を詰めることを知」らないためだと指摘。その結果、「裁判は冷たい論理的な手続きを経るよりも、人情味のあふれた《大岡裁き》

が求められ」ている、と喝破。「その責任は論理的思考を教えることを怠った数学教育にある」と指摘する。

原稿用紙で四十枚を超える評論の要約なのでわかりにくいが、アクロバティックな論の展開は理解してもらえたと思う。「ベトナム戦争のエスカレーションの様相は中国における日本の戦略に似ています」や「東条を守ることが自由を守ることなのです」といったレトリックもまた、摩耶を彷彿とさせる。社会批判も盛り込まれているので、この評論もまた、〝天城一〟の作品とみなしてかまわないだろう。

十三　「失われた――」シリーズ――戦中秘話

この節から先は、天城の評論の内、社会に関するもので、かつ、小説作品と連携しているものを取り上げていく。

天城の〝社会に関する評論〟を作品と連携させる方法は二つある。一つ目は、「ポツダム犯罪」や「高天原の犯罪」のように、プロットやトリックが論と密接につながっているもの。二つ目は、論がそのまま作中で語られているもの。

まずは、「論がそのまま作中で語られる」典型的な作品として、「失われた――」シリーズを取り上げよう。

このシリーズは作者の晩年に書かれたもので、「失われた秘薬」、「失われた秘策」、「失われた秘宝」、「失われた秘報」の四作からなる。作者によると、エラリー・クイーンの犯罪実話集『エラリー・クイーンの国際事件簿』に想を得たシリーズで、形式も長さ（短篇と言うよりショート・ショートに近い）も、この連作に沿っている。クイーンの場合は、冒頭で、事件の舞台となる国の人々の風習や気質が語られ、その風習や気質がもたらした事件の説明に入る、という形式を取っているが、天城はこの「風習や気質」の代わりに、「戦時中の日本軍批判」などをはめ込んでいるのだ。また、クイーンの場合は、作家兼探偵のクイーンが各国を訪れて地元の警察関係者に話を聞くというのが基本形だが、天城の場合は、戦後になってから、天城一（『圷家殺人事件』などに登場する弁護士の方）が知人の山城元憲兵少佐に戦中の話を聞く、と変えている。

「失われた秘薬」（二〇〇六年）では、山城が、「司法取引は犯罪者に不当な利益を与えるから日本人の間では評判が悪い。だが、終戦のときに天皇を戦犯として処刑してしまったら、米軍の日本占領は不首尾に終わったに違いないと思わないかね」と天城に問いかけ、「時によっては、犯罪者を免罪することによって、国家社会が計り知れない利益を得ることが可能なことだってあると、思わないかね。あの戦争だって、有利に終結する秘薬があったとしたらどうだ？」と続けてから、事件の話に入る。

「失われた秘策」（二〇〇六年）の山城は、まず、「戦争は他の手段を以《もっ》てする政治の継続である」と、クラウゼヴィッツの言葉を引用。続けて、「戦争を始めるのは容易だ。ひとりで決心すればよい。だが、戦争が政治の継続ならば、政治の目標があるはずだ。その目標に到達したならば、戦争を止めなければならない。そうだろう。太平洋戦争にはそのめどがない。軍人は戦争ができるが、それもあやしいが、戦争の止め方を知らない」と語る。そして、ここで作者の「イラク戦争を諷《ふう》したのではない」という補足が割り込む。続けて山城は、「なに、受け売りさ。そんなことを言う知人がいてね」と言い訳してから、その知人は「和平交渉で満州の利権は渡す、樺太は譲る、大陸からは撤兵する、なんでもかんでもソ連の言いなりに成るというなら、戦争なんか始めなければいいのだって怒っていたね」と語る。そして、自分が「国民政府相手の和平交渉に一役買った」時の話を語り出す。

「失われた秘宝」（二〇〇八年）では、ベトナム戦争に対して山城が、「戦争がこんなにリアル・タイムで後方で見られるようになると、最高司令部は現場の作戦に口を出すようになるだろうな」と天城に語り、「前の戦争でも、無電が発達したために、現場のことがわかるつもりで最高司令部がつまらぬ干渉をして現場の司令官を困らせたことがたくさんある」と続け、大本営を批判してから、マルフク金貨をめぐる事件の話に入る。

「失われた秘報」（二〇〇九年）での山城の第一声は、「首都を攻略すれば戦争は終わるとは限らない」。ここで今回も作者の「イラク戦争の話ではない」という補足が挿入。そして、またもや山城の知人で「世の中にはひとと意見を異にする奴」の話に入る。その知人は、「パリを解放したのは誰も美事だと言うが、そのために連合軍は大都市を養う責任を担わされて貴重なガソリンをパリへの輸送に割かなければならなくなる。その分をパットン戦車軍団に回しておけば、南フランスに展開していたドイツG軍集団の退路を断ってしまうから、ラインの守りにつく兵がいない。一九四四年の秋にはブランデンブルグ門に星条旗がひるがえっているから、戦争は秋に終わっている、そういう意見を昭和二十年のはじめに言うのだから呆れたものさ」。さらにその知人は、「昭和二十年の正月に、派遣軍はそれまでの西向きの体制を変えて、東向きになり上海付近と青島周辺に兵力を展開することにしたのだが、希望的観測で判断を誤っていると言うのさ。米軍が上海付近に上陸してくれれば、本土決戦の兵力をそぐことになると目算だが、パリの件でこりている米軍がそんな間抜けなことをするものか。それより一つでも二つでも精鋭な師団を沖縄に送っておくべきだ、敵は必ず沖縄に来るのだから。それが彼のご意見さ。いまから考えると先見の明だが、あのときはまさかと思ったね」と山城は語る。続けて、上海に来た部隊がらみの事件を、その知人が解決したいきさつを語る。

いずれも、本編とまったく関係がないわけではないが、密接に連携しているわけでもない。しかし、他の探偵小説では、これが普通なのだ。むしろ、密接に連携している「高天原の犯罪」などが異端だと言える。ここは、『エラリー・クイーンの国際事件簿』の、回想の主が一般論を語ってから本題に入る手法を使って、コンパクトにまとまった軽い探偵小説に仕立てた作者を誉めるべきだろう。また、冒頭の一般論は――「失われた秘薬」を除く三作は――かなり興味深いのではないだろうか。

なお、天城には、論ではなく、実際にあったエピソードをそのまま盛り込んだ作品も多い。例えば、「感傷的対話」（一九九九年）には、「終戦直後に参謀の肩章を引き千切った若い士官の話」と、「校長の辞令を宙に飛ばした学務課長の話」が盛り込まれている。作中人物が語るだけで、ミステリ部分とは連携していないのだが、もちろん作者は百も承知。それは、この短篇に添えられた作者のコメントに出てくる次の二つの文を読めばわかる。

「短編小説で、敗戦を導いた文武のエリートの罪科を記録に残す『全体小説』を構想したわけです。」

「(右の構想は)いささかうぬぼれているかと恐れて、サンプル・コピーを数人の方に閲読を乞いましたところ、どの方も二つの話には仰天され、記録することの意義をお認めくださいました。」

つまり、この二つの実話を挿入した目的は、ミステリとの連携ではなく、〝記録〟に残すことだったのだ。

この短篇に限らず、天城作品には、唐突に戦争中や終戦直後のエピソードが挿入されることが少なくない。そして、ほとんどの場合、作者の自作解説の中に、「これは実話です」という文が出てくる。戦時を、あるいは終戦直後を知らない世代が増えていく中、自分や知人が体験したことを記録しておきたい、というのが作者の思いなのだろう。おそらく、プロの作家ならば、もっと巧く作品にからませるに違いない。これもまた、天城がアマチュアの余技として執筆しているがゆえの特徴なのだ。

一方、「失われた秘策」のように、知人ではなく本から得たエピソードが作中に盛り込まれている場合も少なくない。天城は〈関西探偵作家クラブ〉のアンケートでは、趣味の一つとして「戦史研究」を挙げ、『分離兵団の協力』や『第一次大戦ドイツ海軍便覧』といった珍しい本を所持していることを自慢げに語っているが、こういった本を創作に利用しているわけである。ただし、これを単なる〝趣味の利用〟と見るのは間違っている。

一九九九年頃の未公刊エッセイ「決断は感情か」を見てみよう。この中で天城は、第二次世界大戦を司馬遼太郎が「愚かな戦争」と言い、松本健一が「誤った戦争」と言っているのに触れてから、理性ではなく感情で開戦の決断をした日本について、こう断じる。

あの戦争は「罪ある戦争」でした、世界に対して、国民に対して、兵士に対して！

第二次世界大戦が「罪ある戦争」ならば、その罪はどこが負うべきなのだろうか？　当時、自分も知人たちも知らない〝上〟では、何が行われていたのだろうか？――天城の戦争関連本の渉猟は、その答えを探し求めるためのものだったのではないだろうか。そして、「失われた―」シリーズなどに、その答えをはめ込んだのではないだろうか。だから、ミステリ部分との連携は二の次だったのではないだろうか。

十四　『宿命は待つことができる』――GHQ

この節では、社会に対する批判や考察が、ミステリ部分ではなく小説部分、つまり舞台や背景や人物と連携している作品を取り上げたい。

これは一九八二年に作者から聞いた話だが、当時、島崎ものは、『冬の時代の殺人』と『夏の時代の殺人』の二冊の短篇集にまとめる構想があったらしい。

『冬の時代の殺人』は、終戦後の一九四七年から五九年までの事件を収録。

『夏の時代の殺人』は、高度成長期の一九六〇年から七四年までの事件を収録。言われてみると、島崎ものには、事件発生年がきちんと書いてあるものが多い。しかも、その時期の時事ネタが盛り込んであることも少なくない。例えば、「死は賽を振る」（一九九四年）の冒頭では、島崎が「子《ね》の日《ひ》工業の宮城工場の〝人権スト〟を憶えているかい？　二十年も昔、一九五七年のことだ」と言ってから、労働争議をめぐる殺人事件を語る、といった具合に。

このタイプの作品群からは、私が最も優れていると思う、ヴィンセンズものを取り上げよう。

島崎ものには、複数の作品に登場するキャラクターが何人もいる。島崎の部下や弁護士の天城一以外にも、島崎の高校時代の先輩である外務省高官、〈Rルームの美女〉、高波部長刑事、五百島《いおしま》部長刑事、そして、ヴィンセンズなどが。

ヴィンセンズは長篇『宿命は待つことができる』（一九九〇年）と短篇「春嵐」（一九八二年）、「夏炎」（一九九一年）、「遠雷」（同）に登場するＧＨＱの少佐。まずは、作者から一九八二年にもらった私信の一部を紹介しよう。

ヴィンセンズは二重人格で、明の方は天才の学究であり、日本の民主化をすすめる気鋭の幕僚です。しかし、その暗の部分では巨悪のプランナーで、ポールと名乗る日本人が指揮する〝Ｖ機関〟を駆使して、途方もない悪計を実行させます。それだけの頭を持っているので、やってみずにはいられないのです。長篇『宿命は待つことができる』は暗の面で、短篇三作は明の部分を描きます。

まずは、短篇三作を見てみよう。三作ともヴィンセンズが日本民主化の最大の敵と見なしている飛鷹会の関係者が密室で殺されるという事件を扱っている。「春嵐」と「遠雷」では、被害者は飛鷹会を裏切ろうとしていたので、ヴィンセンズは犯人を探し出す必要に迫られ、政府経由で圧力をかけ、島崎に解決させようとする。「夏炎」の被害者は飛鷹会の黒幕で、GHQが出頭を命じた直後に死んだので、やはりヴィンセンズが島崎に解決させようとする。

探偵小説として見た場合、作者が描きたいのは密室殺人とその解明に他ならない。だが、作者が批判したいのは別のところにあり、それが何かは、「春嵐」や「遠雷」で島崎に捜査を依頼する政府高官の描き方を見れば明らかである。

例えば、「春嵐」では、前述の外務省高官が島崎に捜査を依頼する。〝ふだんは呼び捨てるくせに、今日は君づけ〟で。そして、「まさか、あいつ（ヴィンセンズ）と組んでるんじゃないだろうな？」と気にする。事件に関して島崎が「それが難問というものです」と言うと、「貴様らに解けんとなったら事重大だぞ！　GHQがどんな難題を持ち出すかわからん。国家の一大事だ！」と騒ぐ。

例えば、「遠雷」では、「閣下」と呼ばれる人物が「GHQの高官にそれほどいわれてはな」と言って島崎に捜査を依頼する。これに対する島崎の述懐は、「少佐が高官とは奇妙な世の中だ。閣下といわれた人達が少佐の鼻息を伺う——これが占領というものだ」。

作者が批判したいのが何か、もうわかったと思う。GHQではなく、GHQに対する政府の弱腰を批判したいのだ。ヴィンセンズが島崎を推すならば、島崎を担当にしなければならない。ヴィンセンズが事件の解決を求めるならば、何としてでも解決しなければならない。それがGHQに対する日本の姿勢なのだ。

ちなみに、ヴィンセンズが密室殺人の解明を島崎に任せようとするのは、『宿命は待つことができる』事件における島崎の捜査ぶりを評価しているだけであって、それ以外の理由はない。それなのに、周囲が勝手に邪推して島崎に気を遣うのが、実に笑える。作者の皮肉が日本にしか向いていないことは、この点からも明らかだろう。

次は長篇『宿命は待つことができる』を見てみよう。この作品もまた、探偵小説として見た場合、作者が描きたいのは密室殺人とその解明となる。では、作者が批判したいのは何だろうか？　その答えは、ある人物の告白にある（ネタバラシにならないよう、引用文に手を入れたことを了承してほしい）。

その人物は、国粋団体（飛鷹会か？）の幹部に利用されヴィンセンズに近づくが、逆に洗脳されてしまったことを告白する。「自分が意志薄弱で、才能を発展させる努力もせず、いい加減な人生を歩んできたと認めさせられ」、「反省を強いられた」。「自分が罪ある者であることをいつまでも自覚させられた」。そして、「地獄を見せられた」。「最後に、ヴィンセンズの前に跪いて誓わされた」。日本人の名前を捨て、西洋の名前になることを、「ヴィンセンズのスレーブ（奴隷）」になることを。「死にいたるまで、あるじにつかえ、命令に絶対服従」することを。そうしてついに、「どんな犬も及ばぬくらい、よくしつけられた」と自覚するようになった――。

本書を読み進めてきた人は、ここで私がヴィンセンズを〈矢吹駆シリーズ〉のニコライ・イリイチと重ね合わせると思ったに違いない。確かに、ヴィンセンズの行為は、イリイチが『バイバイ、エンジェル』の作中人物の一人に対してやった行為とよく似ている。天城によると、ヴィンセンズの経歴はニーチェから採ったそうなので、[*註1] 笠井がドストエフスキーの『悪霊』の主人公から名前を採ったニコライと結びつけるのも一興かも知れない。――が、ここでは社会批判と結びつけたい。

私の考えでは、『宿命は――』におけるヴィンセンズは、アメリカのメタファーになっている。もう少し踏み込むと、ヴィンセンズの洗脳は、民主化の名の下に、アメリカが日本に対してやった行為のメタファーなのだ。

日本は、自分たちが戦争を仕掛けた側であること、すなわち「自分が罪ある者であることをいつまでも自覚させられ」、戦争に進む国に唯々諾々と従うほど「自分が意志薄弱で」、「いい加減な人生を歩んできたと認めさせられ」、「反省を強いられた」。そして、過去の日本を捨てて西洋の一員になることを、アメリカの属国になることを、「あるじにつかえ、命令に絶対服従」することを、そして「よくしつけられた犬」になることを強いられたのだ――と作者は言いたいのだろう。

『宿命は――』の初稿は一九四七年に書かれたらしいが、GHQが発足したのが一九四五年であることを考えると、この部分は初稿版にはなかったのかもしれない。また、ヴィンセンズは洗脳の際に、相手の罪の意識を利用しているが、これは、たまたまではない。彼はその人物が罪を犯すのを予見していた。そして、罪を犯すと、それを口実にして捕らえ、洗脳したのだ。これは、「アメリカは日本の真珠湾攻撃を事前に察知していたが、戦争の大義名分を作るために、あえて攻撃させた」という説と重なるが、一九四七年頃には、まだこの説は流布していなかったようだ。

いや、そもそも現行版でも、占領下の日本を批判する意図があるとは断定できない。自作について語ることが多い天城が、この点については一言も触れていないからだ。逆に、初刊本の〈あとがき〉には、「この作では深刻なテーマを扱いません」、「占領時代の日本人の卑劣な行為を弾劾するためにこの作が書かれた訳ではありません」という文があるのだ。

私の考えすぎだったのだろうか？　それとも、この文は韜晦《とうかい》なのだろうか？

その答えは、私が読んだ初刊本『DESTINY CAN WAIT』から十六年後に、この作が『宿命は待つことができる』と改題され、日本評論社から出た時に得ることができた。この本の「あとがき」で、前記の洗脳された人物について、作者はこう言っているのだ。――「(洗脳された人物が) 日本をシンボライズしていることをご了解頂けますならば幸いといたします」と。

ここで天城が述べている「日本」が、「戦後まもなくの日本」を指していることは言うまでもない。

＊註1　天城は自作解説などで「ヴィンセンズのモデルはニーチェとシャーロック・ホームズ」と語っている。さらに、私宛ての二〇〇六年の手紙では、GHQの民政局次長をつとめ、日本国憲法草案作成の中心人物として活躍したチャールズ・L・ケーディスもモデルの一人だと教えてくれた。この文は実に興味深いので、以下に引用しよう。

ケーディスは善人で（それは疑う余地がありませんが）日本の民主化を志した善意を疑いませんが、一国の人民を外人一人が指導しようとすることは、それこそWille zur Macht〔権力への意志〕――地獄へ通じる道じゃないでしょうか。

だが、「今の日本」には当てはまらない、とわれわれは自信を持って言えるのだろうか。天城一が昭和の時代に書き、平成の時代に発表した『宿命は待つことができる』には、令和に通じる社会批判が含まれていた――われわれは、そういった考えも持たなければならない。

十五　おわりに

本章では次の四点に着目して天城作品の考察を行った。

・密室トリックのバリエーションへのこだわり。
・評論的な創作姿勢。
・探偵の独特なレトリック。
・社会批判。

しかし、本当にすばらしいのは、この四点が連携して、相乗効果を上げている点なのだ。もちろん、うまく連携していない作も少なくない。だが、成功した場合は、独創的で魅力的な作になっている。いや、失敗した場合でも、独創的で魅力的な作になっていることも間違いない。

本書によって、その魅力を伝えることができたら光栄である。

では、天城と同じ特徴を持ち、かつ、天城とは異なるタイプの独創的で魅力的な作を生み出した作家――笠井潔の考察に戻ろう。

第六章　笠井潔の社会

※以下の作品の真相等に言及あり。
笠井潔『バイバイ、エンジェル』

『哲学者の密室』以降の笠井潔の執筆活動では、評論が大きな割合を占めている。一九七九年のデビューから一九九五年までに書いた評論やエッセイは、『模倣における逸脱』一冊にその大部分が収録。これに対して、二〇一一年に出た評論書『探偵小説と叙述トリック』の著者あとがきでは、「評論書は十五冊も書いた」と記している。量だけでなく、質も伴っていて、日本のミステリ評論に与えた影響は小さくない。

論としては、第三章で触れた〈大戦間探偵小説論〉が起点。その後、第一次世界大戦前と第二次世界大戦後まで対象を拡大し、〈二十世紀探偵小説論〉となる。さらに新本格以降を〈第三の波〉と命名し、対象は二十一世紀以降の作品にまで広がっていった。

笠井の評論自体を考察したい気持ちはあるのだが、紙幅に限りがあるので、本書では〈駆シリーズ〉と連携した論を中心に取り上げたい。『哲学者の密室』と連携した論については、第三章で取り上げたので、この章では、その次の『オイディプス症候群』（二〇〇二年）から考察しよう。

一　『オイディプス症候群』――ワトソン役

「オイディプス症候群」あらすじ

ナディア・モガールと矢吹駆は奇病に冒された友人デュヴァルに頼まれ、ある書類をアテネにいるマドック博士に届けることになる。どうやら、書類はその奇病〈オイディプス症候群〉に関するものらしい。

だが、ナディアたちがアテネに着くと、マドック博士はクレタ島にわたり、さらにそこから〈ミノタウロス島〉に向かったとのこと。そして、クレタ島ではディーダラスと名乗る男の死体が見つかる。

ミノタウロス島に渡るナディアと駆。嵐で孤立した島に閉じ込められた十人の中で、次々と殺人が起こる。島に人を集めた目的は？　殺人の動機は？　死体に施された装飾の意味は？　密室から消えた死体の謎は？

だが、それを解くべき駆は姿を消し、ナディアは自分一人で連続殺人に挑まなければならなくなった……。

右のあらすじだけを読むと、笠井版『そして誰もいなくなった』に見えないこともない。だが、もちろん、この千六百枚にも及ぶ長篇は、それだけではない。さまざまな要素が盛り込まれ、文庫版で千ページ以上を支えているのだ。

では、その要素を一つずつ見ていこう。

実は、この本で私が最も注目したのは、〈クローズド・サークル〉テーマでもなく、思想闘争でもない。第一章1の「わたしはラルース家事件の回想録のような文章を書きはじめていた」という文だった。私は、なぜこの文に注目したのだろうか？　答えは、笠井が一九九九年に発表した「異様なワトスン役」という評論にある。

この評論で笠井は、まず、ファイロ・ヴァンス・シリーズの語り手ヴァン・ダインの「影の薄さは尋常ではない」と指摘。続いて「同時代に活躍したワトスン役、たとえばアガサ・クリスティのヘイスティングズには、人格的な実質がある」と述べてから、「ヴァン・ダイン作品に、語るにあたいする内面を所有した『私』は存在しない。結果として一人称は、明瞭な輪郭を失って曖昧化し、擬似三人称的な記述に解体されていく」としている。

〈近代小説〉という観点からは、笠井の論は正しいだろう。だが、〈探偵小説〉という観点からは、大きな見落としがある。それは、「ヴァン・ダインは作者だが、ヘイスティングズは作者ではない」という点。

作中レベルでは、ヘイスティングズはポアロの活躍を記録して出版している。従って、作中人物は「ヘイスティングズさんがお書きになったポアロさんのご活躍を読みました」などと言ったりする――が、われわれが読んでいるポアロの活躍譚の作者は、ヘイスティングズではない。〝アガサ・クリスティ〟なのだ。つまり、読者がいる世界は、作中世界とは断絶した、別の世界になっているわけである。言い換えると、われわれと同じ世界の住人であるクリスティが作り上げた物語世界で探偵を演じるのがポアロ、記述者を演じるのがヘイスティングズ、となっているのだ。

こういった設定は、コナン・ドイルのシャーロック・ホームズ譚も同じなのだが、シャーロッキアンとしては、ホームズを実在の人物――すなわち、われわれと同じ世界の住人にしなければならない。そこで、「ドイルはワトスンの著作権代理人」という、原典のどこにも書いていない設定を持ち出すことになる。

だが、ヴァン・ダインの場合は、そんな設定をひねり出す必要はない。作中に「弁護士のヴァン・

ダインが、友人のファイロ・ヴァンスの活躍を小説化して刊行した」という成立事情が書かれているからだ。この設定では、ヴァン・ダインもファイロ・ヴァンスも実在の人物——すなわち、われわれと同じ世界の住人ということになる。唯一の違いは、〝ヴァン・ダイン〟も〝ファイロ・ヴァンス〟も変名だということしかない。

つまり、ポアロの事件簿とヴァンスの事件簿は——実際はどうであれ——読者に提示する「作品の成立事情」が異なるのだ。

ポアロの事件簿——作者クリスティが作り上げた架空の世界で起こった架空の事件を架空の探偵が解決したもの。

ヴァンスの事件簿——われわれがいる現実の世界で起こった現実の事件を現実の探偵が解決したもの。

この二つの成立事情の差は、そのままフェアプレイに関係してくるのだが、〈駆シリーズ〉の場合は、そこまで考察を進める必要はない。本書では、シリーズ五作目の『オイディプス症候群』において、作者はようやく「矢吹駆の事件簿の作中世界での作者が誰なのか」を説明した、という点までで良い。エラリー・クイーンの『Zの悲劇』(一人称の語り手はペーシェンスだが、作中世界における小説の書き手は不明)から、クリスティの『スタイルズの怪事件』(一人称の語り手へイスティングズが、作中世界における小説の書き手もつとめる)などの叙述形式に進んだわけである。

作者がこれまで気に掛けていなかった「作中世界における小説の書き手」を意識するようになった理由は何だろうか?『オイディプス症候群』の《EQ》誌連載版の一九九三年九月号には、既にこの文章があるので、作者はこの時点で意識していたはずだが……。

　私見だが、おそらくこの時期に、パリに行く前の駆を描いた『熾天使の夏』の公刊や、パリから帰国した後の駆が登場する『青銅の悲劇』などの構想が生まれたからではないだろうか。

　一九九七年に公刊された『熾天使の夏』の主人公は矢吹駆だが、ナディアと出会う前の話なので、彼女の一人称で描くわけにはいかない。となると、『バイバイ、エンジェル』などとは「世界がつながっている別のシリーズ」という扱いになる。

　また、日本を舞台にした『青銅の悲劇』(雑誌連載開始は二〇〇二年)も同様に、宗像《むなかた》という語り手を持つ、〈駆シリーズ〉とは「世界がつながっている別のシリーズ」という位置付けになっている。

　第二章で考察したように、第一作の時点では、作者はシリーズ化の意図はなかった。二作目からシリーズ化を行ったが、その時点でも、〈駆シリーズ〉とは、ナディアを語り手とした作品のみのつもりだったのだろう。それが、〈駆シリーズ〉とは、矢吹駆の物語すべてに変わり、ナディアが語り手をつとめる作品群は〝その一部〟になってしまった。〝その一部〟だから、〝それ以外の作品群〟ときちんと連携させる必要が生じる。かくして、「〈駆シリーズ〉の中の〈パリ篇〉は、パリ時代の駆の活躍をナディアが小説化したもの」という設定が導入されたわけである。

　となると、次は、「なぜナディアの手記が笠井潔名義で出版されたのか」を説明する必要が生じる。例えば、「ナディアの私的な手記を手に入れた笠井潔が、それをフランス語から日本語に訳し、自分の名前で出版した」といった設定である。だが、前述のエッセイ「異様なワトスン役」を読むと、作者は今のところは、その必要性は感じていないように、いや、必要性に気づいていないように見える。

このため、『青銅の悲劇』を読むと、明らかにわれわれの住む日本の一九八八年の話なのに、「矢吹駆やナディアが登場する笠井潔の本が存在しない」という点が気になってしまう。このシリーズの次作以降で、法月綸太郎が〈後期クイーン的問題〉を提示した一九九五年以降を描く場合、作中に〝笠井潔〟の名前を出さないで進めることは、難しいと思うのだが。『青銅の悲劇』の語り手である宗像(『黄昏の館』などにも登場)は、明らかに笠井潔をモデルにしているが、彼の著作『昏い天使』などには矢吹駆は登場していないようだし……。

二 『オイディプス症候群』――「オイディプス王」

『哲学者の密室』は、〈ハイデガー哲学〉を軸にして、登場人物、舞台、事件、推理などが鮮やかに連携していた。これに対して、『オイディプス症候群』は、軸が複数あり、しかも、この複数の軸は、それほど効果的に連携しているわけではない。読者によっては、散漫な感じを受けるだろう。それには理由があるのだが、まずは、それぞれの軸を見ていくことにする。一本目の軸は、ソポクレスの悲劇『オイディプス王』。

『オイディプス王』の内容については、本作の第五章3に説明があるが、簡単に紹介しよう。

テバイの王オイディプスは、国にはびこる伝染病を治める方法を神託により教わる。先王ライオスの殺害者を見つけ出せば良いというのだ。だが、オイディプスの見つけ出した犯人は、オイディプス自身だった。

かつてライオスは、「王ライオスと王妃イオカステの間に生まれた子供は、やがてライオスを殺し、イオカステとの間に子をなす」という神託を受け、わが子オイディプスを殺そうとする。だが、王の命令に背いた羊飼いのおかげで、子供は生き延び、コリントスの王子となる。成長したオイディプスは、自分が「父を殺し母と子をなす」という神託を受けるが、「父と母」とはコリントスの王と王妃のことだと思い、国を出る。

旅の途中、オイディプスはライオスと――実父とは知らずに――もめ事を起こして殺害。その後、怪物スフィンクスを倒した功績により、テバイの新たな王となったオイディプスは、イオカステとの間に子をなし、神託通りになったのだった……。

このギリシャ悲劇をミステリとして見る人は少なくない。例えば、天城一は、一九六一年のエッセイ「これが推理小説史上最高のトリックだ」で、「ポーの二千年前に創造された〈探偵＝犯人〉という推理小説史上最高のトリック」として評価している。言うまでもないが、これは、江戸川乱歩の〈トリック分類〉に沿った評価となる。

一方、〈トリック分類〉に縛られていない笠井潔は、同じように『オイディプス王』を探偵小説として見ても、別の解釈をしている。

第七章2で、ナディアはこの作について、こう述懐する。「わたしは英国探偵小説の女王が書いた、ある作品のことを思い出していた。故意の言い落とし、正確にいえば書き落としを中心的なトリックにした作品」と。コリントス王を父と思い込んでいるオイディプスに向かって、神託は「お前は父を殺す」と告げる。神託は意図的に「父＝ライオス」という事実を〝言い落とし〟、オイディプスを操ったという解釈である。これは当時の笠井潔の「英国探偵小説の女王が書いた、ある作品」に対する論を、そのまま作中に落とし込んで『オイディプス王』に当てはめたものなので、〝評論との連携〟と言えるだろう。ちなみに、この「ある作品」は、乱歩のトリック分類では、〈記述者＝犯人〉に分類されている。これもまた、笠井の論が〈トリック分類〉の影響を受けていない証明になるだろう。

ただし、このナディアの説は、『オイディプス症候群』のミステリ部分とは連携していない。連携しているのは、以下の二つの説である。

一つ目は、『オイディプス王』を「運命に翻弄される人間の悲劇を描いた」作と見なす説。これは従来の説に過ぎないが、本作では、物語の中心となる伝染病に結びつけている。作中で〈オイディプス症候群〉と呼ばれているこの病気は、〈エイズ〉のこと。エイズは一九五〇年代からあったそうだが、症例報告は一九八〇年代に入ってからなので、一九七〇年代が舞台の本作では使えない。そこで、「ウイルスは人体の免疫機能を弱体化させるだけで、患者を殺すのはカリニ菌などの菌」という特徴によって、「運命が、人体の免疫機構を破壊する新型ウイルス、カリニ菌などが息子のオイディプス」という比喩が生まれ、〈オイディプス症候群〉と命名されたわけである。

ただし、ミステリとして注目すべきは、〝ウイルス自体が患者を殺すのではない〟という、この病気の特性を、「犯人のいない殺人」と評していること（第六章1）。未読の人のため詳細は伏せるが、物語の終盤で、この言葉は事件と重なり合うことがわかるのだ。

二つ目は、青年哲学者コンスタンがナディアの述懐の直前に語る解釈。彼は、『オイディプス王』を、「攻撃と報復、報復にたいする報復の無限連鎖。際限なく伝染し拡大する暴力のおぞましい力を、個人の信念や努力ではけっして喰いとめることはできない」ことを示した物語として読む。

こちらも詳細は伏せるが、この説は、本作における連続殺人の動機と密接に関係している。例えば、ナディアは〈便乗殺人〉ではないかという説を立てるが、「Aの犯した殺人にBが便乗して新たな殺人を犯す」という事件が、この説に結びつくことは言うまでもないだろう。

つけ加えると、第四章2で駆が語る〈愛の本質直観〉にも、『オイディプス王』は登場する。駆はここで、「自身としては母になりえない存在がおのれの欠損を擬似的に埋めようとする時、母を所有するという欲望に駆られるのは必然的です。（略）母を所有したいという欲望は母子相姦の欲望として現実化されます」と語る。言うまでもなく、これはフロイトの〈エディプス・コンプレックス〉と重なり合う。そしてもちろん、〈エディプス〉は、父を殺して母に自分の子を産ませたオイディプス王のことに他ならない。ただし、駆は「フロイトの説は近代西欧の特殊な条件に依存しすぎています」と批判しているためか、〈エディプス・コンプレックス〉という言葉は出て来ないのだが。

ここまで見てきたように、ソポクレスの『オイディプス王』は、本作では重層的な使われ方をしている。この節の冒頭では、本作は軸が複数あるので散漫な印象を受けるかもしれない、と書いたが、その一本の軸もまた、複数の要素が重なり合っているのだ。実を言うと、本作では〈ギリシャ悲劇〉だけでなく、〈ギリシャ神話〉もプロットとからんでくる。こういった点もまた、散漫な印象を与えてしまうかもしれない。

二本目の軸の考察に入る前に、本節で触れた〈オイディプス症候群〉、すなわちエイズについて、もう少し考察しよう。

シリーズ第一作の『バイバイ』では、本の刊行年と作中の事件発生年との開きは数年（たぶん四年）ほど。しかし、シリーズが進むにつれて、この開きはどんどん大きくなり、『オイディプス症候群』では、二十五年ほどになった。この大きな開きは、作者にとって、メリットとデメリットがある。

デメリットは、この二十五年の現実社会の変化を知っている作者としては、いろいろ言いたいことがあっても、作中人物に語らせることができない、という点。例えば、『オイディプス症候群』執筆時点の笠井潔は一九八九年のベルリンの壁の崩壊を知っているが、作中の駆はまだ知らないため、彼に語らせることはできない。

メリットは、当時は不明だったが、その後、判明した事実を使える、という点。そして、このメリットを生かしたのが、エイズの扱いである。前述したように、作中では、まだエイズの症例報告はなされていない。だが、もちろん、作者は詳しく知っている。

例えば、本作ではニコライ・イリイチが血液製剤にエイズ・ウイルスを混入させる計画を立てていることが明らかになる。これは、日本で一九八〇年代に起きた薬害エイズ事件を予言している――わけではない。ただ単に、作中年には起きていなかった事件を、事件が起きた後に執筆した作者が、作中に組み込んだだけなのだ。

また、本作にはミシェル・ダジールという哲学者が登場する。実在の哲学者ミシェル・フーコーをモデルにしているのだが、彼は、一九八四年にエイズで死去している。つまり、本作が『薔薇の女』と同じ頃に執筆されていたら、エイズのテーマは存在しなかったのだ。

三　『オイディプス症候群』――クローズド・サークル

『オイディプス症候群』の二本目の軸になるのが、〈クローズド・サークル〉。これは文字通り、嵐や大雪などで館に閉じ込められた人々の間で殺人が起こるという設定のこと。変形として、館ではなく孤島が舞台になる作品群もあり、『オイディプス症候群』も、ここに含まれる。つまり、『哲学者の密室』における〈密室〉のように、ミステリのテーマの一つなのだ。実は、笠井が『バイバイ』を発表した一九七〇年代までは、このテーマの作は、それほど多くなかった。ところが、綾辻行人や有栖川有栖といった、一九八七年以降にデビューした新本格の作家が好んでこのテーマを用いたため、『オイディプス症候群』発表時は、すっかり有名になっていたのだ。このため、駆の〈クローズド・サークル〉をめぐる本質直観も、ミステリ・ファンは大いに楽しめたに違いない。これもまた、作中年と執筆年の開きを利用したテーマと言えるだろう。

その「駆の〈クローズド・サークル〉をめぐる本質直観」だが、二〇〇二年の単行本版と初出版（《EQ》誌一九九三年九月号〜九四年十一月号）を読み比べた人ならば、かなり違っていることに気づいたと思う。実は、この違いは、駆がクローズド・サークルの中にいるか外にいるかの違いによるのだ。単行本版では、駆はナディアと一緒にミノタウロス島に渡るが、雑誌版では同行しない。駆が島に渡るのは、事件の終盤になってからなのだ。作者はなぜ、変更したのだろうか？

答えは、笠井の評論書『探偵小説と二〇世紀精神』にある。この本の最初の二章はアガサ・クリスティの『そして誰もいなくなった』を作例として、クローズド・サークルを論じ、第五章はエラリー・クイーンの『シャム双子の謎』を作例として、クローズド・サークルを論じている。この三つの章の初出は、《ミステリマガジン》二〇〇〇年十月号、十一月号、二〇〇一年二月号になり、雑誌の締め切りを考えると、執筆は二〇〇〇年の後半。つまり、『オイディプス症候群』の雑誌版を改稿している期間に評論が書かれたことになる。小説と評論のどちらが先に書かれたのかは不明だが、連携していることは間違いないだろう。

例えば、『探偵小説と──』の第一章では、「クローズドサークルは密室と共通するところがある」と指摘してから、相違点を列挙している。そして、この相違点は──雑誌版には存在しないが──『症候群』第五章3の、駆のクローズド・サークルをめぐる本質直観に、ほとんどそのまま取り込まれているのだ。

そして、これらの相違点の中には、探偵と関係しているものが多い。「密室は探偵に対して閉じられているが、クローズド・サークルは被害者や被害者候補に対して閉じられている」、「密室は探偵が密室の外部に属するが、クローズド・サークルは探偵が閉鎖空間の内部に属する」、「クローズド・サークルでは探偵は被害者候補になる」といった指摘である。

雑誌版『症候群』では、駆は孤島の外にいるが、ナディアは中にいる。中にいるナディアはもちろん〝被害者候補〟だし、いくつもの推理を繰り出すので、〝探偵役〟と言えないこともない。しかし、最終的に謎を解くのは駆なのだ。となると、閉鎖空間の外部にいる駆にとって、この事件は密室犯罪と同じになってしまう。

この点を、前述の『そして誰もいなくなった』を例として考察してみよう。孤島を訪れて十人の死体を発見した探偵は、こう考える。「犯人は十人を殺した後で、孤島から脱出した。あるいは、犯人は九人を殺した後で、自殺したか、事故死したか、他の被害者に殺された（最後の被害者と相打ちになったとか、他の被害者が死ぬ前に殺人装置を仕掛けておいたとか）」。

次に、密室を見てみよう。密室の中で死体を発見した探偵は、こう考える。「犯人は被害者を殺した後で、密室から脱出した。あるいは、被害者は自殺したか、事故死したか、外部の犯人に殺された（犯人に重傷を負わされてから密室に逃げ込んだとか、犯人が殺人装置を仕掛けておいたとか）」。

〈駆シリーズ〉の大きな魅力は、駆の本質直観を用いた推理である。ならば、駆から見て、「密室もクローズド・サークルも同じ」にするわけにはいかない。だから作者は、改稿の際に、駆を閉鎖空間の内部に置いたわけである。

そしてこれは、外部にも内部にも探偵役がいないクリスティの『そして誰もいなくなった』の設定から、名探偵エラリーが閉鎖空間内部にいるクイーンの『シャム双子の謎』の設定への変換でもあった。まったくもって、わかりやすい〝評論との連携〟ではないか。

ただし、雑誌版にも、既に『シャム双子』に通じる道は開いていた。私は雑誌版完結時に同人誌に感想を寄せたのだが、そこでは、「単行本が出たら、今度は法月綸太郎がクイーンの『シャム双子』と比較した評論を書くかも知れない」という文を書いている。これは、『シャム双子』の作中人物が、殺人者の脅威だけでなく山火事の脅威にもさらされているように、『症候群』の作中人物も、殺人者の脅威だけでなく伝染病の脅威にもさらされていたからだった。そして、単行本版では、ナディアにも感染の危機が迫っていたことが、はっきり書かれているのだ。

あと、これは考えすぎかもしれないが、ナディアが牛頭の人物を目撃するシーンは、『シャム双子』にある、クイーン警視が巨大な〝蟹〟を目撃する場面へのオマージュではないだろうか。

しかし、クローズド・サークルに関する駆の論も、基となった評論も――『哲学者の密室』に比べると――練り込み不足のように見える。

ここで、クイーンの『九尾の猫』(一九四九年)を見てみよう。この長篇は、クローズド・サークルものではなく、シリアル・キラーものだが、ニューヨークの住民は、「次は自分が被害者になるのではないか」と怯えている。犯人は、被害者を無差別に選んでいるように見えるからだ。もちろん、ニューヨークは閉鎖空間ではないので、外に逃げることはできる。だが、大部分の市民は、仕事などの理由のため、ニューヨークを離れるわけにはいかないのだ（例えば、クイーン警視の部下であるヴェリー部長は、妻子は実家に避難させるが、自身は仕事のためニューヨークに留まっている）。つまり、無差別連続殺人の場合は、閉鎖空間ではなくても、誰もが被害者候補なのだ。

また、クローズド・サークルものではなくても、無差別連続殺人ではなくても、探偵は被害者候補になり得る。それは、犯人が探偵の捜査能力を恐れた場合。犯人が、探偵が自分を犯人だと指摘する前に先手を打って殺すことを考えるのは——既に殺人を犯しているのだから——自然なことだろう。また、実際、犯人が探偵を殺そうとする話は珍しくない。……まあ、ほとんどの探偵小説では、探偵が返り討ちにするのだが。

このパターンが興味深いのは、探偵のアイデンティティの問題がからんでくるからだ。笠井は前述の評論で、「物語の結末で、謎を解明した探偵候補はアイデンティティを獲得し、探偵としてのおのれを実現する」と述べている。しかし、犯人が保身のために探偵を殺す場合は、犯人にとってのみ、探偵はアイデンティティを獲得していることになる。例えば、高木彬光の『人形はなぜ殺される』（一九五五年）の犯人は、保身のために、シリーズ名探偵の神津恭介ではなく、詩人の杉浦雅男を殺す。神津よりも杉浦の方が真相に肉薄したと考えたからだ。つまり、探偵のアイデンティティを持っていると犯人に見なされたのは、杉浦であって、神津ではなかったわけである。逆に言うと、クローズド・サークルものの場合でも、犯人が、当初は殺す予定ではなかった人物の一人が真相に気づきそうになったために殺す場合が——被害者候補が探偵のアイデンティティを獲得したために殺される場合が——考えられるのだ。

しかし、本作においては、こういった考察は、駆の推理に影響を与えることはない。前述の駆の論の後に、ナディアに「何者かの意思で孤島に閉じ込められたという事態の本質が、『特権的な死の夢想の内側からの封じ込め』にあるというわけね」と問われた駆はこう答えるのだ——「探偵小説に描かれる孤島の場合は（そうだ）。しかし僕たちは物語のインディアン島ではなく、現実のミノタウロス島に閉じ込められているんだ。この島に特権的な死の夢想が封じられているかどうか、一概には言えない」と（「インディアン島」は『そして誰もいなくなった』の舞台）。

これまでの議論は何だったんだ、と文句をつけたくなるような駆の台詞だが、これには意味がある。次節では、この点を見てみよう。

四　『オイディプス症候群』——線引き

前述の駆の「～一概には言えない」という台詞の後には、「ダグラスの墜死が殺人で、しかも犯人が本島と連絡できないようにした場合には『特権的な死の夢想の内側からの封じこめ』も成立するが……」という言葉が続く。これに対して、ナディアが「では、バシリスが犯人でないとしたら」と問うと、駆は「僕らは内側から封じられた、というだけのことだろう。線を引いて内と外を分割した者がいる。線は向こう側から引かれたわけではない。計画して、こちら側から引いた人間がいるんだ」と答える。

本作を未読の人のために補足すると、「線を引く＝クローズド・サークルを作る」ではない。線を引くだけでは、内部と外部の行き来は可能だからだ。線を引いた上で、さらに線を越えることができない状況を作ることが「クローズド・サークルを作る」ことになり、そこでようやく、「特権的な死の夢想の内側からの封じこめ」が成立する。だが、ミノタウロス島の事件では、犯人はそこまでやっていないのではないか。――駆はこう言っているのである。

この「線を引く」行為については、駆は第一章2でちらりと語っているが、この第五章3では、より詳しく述べている。それによると、この行為には三つのパターンがある。

①外なるものが襲来し線が外から引かれるパターン。
②外から線が引かれたことにより生じた深淵を直視するために線を内側から引き直すパターン。
③権力の樹立を目的として、内と外を詐欺的に線引きする（正確にいえば線引きしたと見せかける）パターン。

その後の第七章3では、駆は、ミノタウロス島の〝線引き〟は③のパターンだと指摘し、犯人は特権的な立場に立つために線を引いた、と語る。ここでナディアが、連続殺人においては、島の内外を往復した者（線を越えて戻った者）はいないはずだと反論。すると、駆はその正しさを認め、線を引いた者による殺人はまだ行われていない、と告げる。つまり、閉鎖空間を作り出した人物と連続殺人の犯人は別人なのだ。そして駆は、連続殺人の支点となるべき現象が「二重に装飾された屍体」だと指摘し、屍体の装飾に関するいくつかの疑問点を指摘する――。

この続きは解決篇で語られるが、それは、いつも通りの〈本質直観による推理〉であり、実に面白い。――が、物足りない点がある。

〈二重に装飾された屍体〉の方は、駆はその本質を、「屍体の二重装飾を連続性として見る遠近法的まなざし」だと語る。しかし、探偵小説愛好家ならば、この説明を聞いた時点で、犯人が屍体を装飾した意図を見破ることができるのではないだろうか。なぜならば、これは〈見立て殺人〉もので、よくある手だからだ。

もう一つの〈線引き〉の方も、実は、〝よくある手〟が使われている。しかし、駆が説明するまでは、探偵小説愛好家でも、なかなか見抜けないと思う。本質直観を加味したひねりを加えないと、真相にたどり着けないからだ。では、こちらは不満がないかと言うと、一つある。それは、支点となるべき現象が〈線引き〉であり、〈クローズド・サークル〉ではないという点。このため、〈密室〉といった、探偵小説に登場するテーマを支点とする他の作品のように、〈大戦間探偵小説論〉と密接な連携ができていないのだ。

では、なぜ〈クローズド・サークル〉を支点にできなかったのだろうか？　これは、前述の〝〈密室〉との相違点〟の一つにある。それを駆の言葉から引用しよう。

（略）モルグ街の昔から、物語のなかで密室殺人はすでに起きている。しかしインディアン島という閉ざされた空間では、時間の流れにおいて連続殺人が徐々に進行し、最後の死者が出た時点で物語は基本的に終わる。同じように閉じられた空間でも、探偵小説の規則において密室と孤島には原理的な違いが観察されるんだ。

ここで挙げている〝原理的な違い〟が作品に及ぼす影響については、笠井は小説でも評論でも論じていない。しかし、私はこの違いこそが、『症候群』が〈大戦間探偵小説論〉と巧く連携できなかった理由だと考えている。以下、その説明をさせてもらおう。

勘違いしている人も少なくないが、探偵小説に登場する〈密室殺人〉というのは、「密室状況で起こった殺人事件」という意味ではない。正確には、「死体発見時の状況から、殺人が密室で起こったと思われる事件」と呼ぶべきだろう。つまり、密室ものの基本形は、捜査陣が〝死体発見時〟の密室状況を調べ、この状況が〝犯行前〟からずっと続いていたと思うが、実はそうではなかった、というものなのだ。

言うまでもないが、〝犯行前〟の状況は過去のことなので、捜査陣は直接調べることができない。死体発見時の状況や関係者の証言により、推測することしかできないのだ。ここに、作者や犯人のトリックが入り込む余地が生じるわけである。

では、〈クローズド・サークル〉の場合はどうだろうか？　もちろん、閉鎖空間内部の人々は、殺人が起きた〝後〟に、閉鎖状況のチェック（外部から出入りできたか）を行い、自分たち以外には犯行が不可能だったことを確認することになる。そして、この状況から、犯行前でも閉鎖状況だったと見なす。——と、ここまでは、密室の場合と同じである。

だが、第二の殺人が起こると、大きな違いが生じる。第二の殺人の〝前〟は、第一の殺人の〝後〟

だからだ。つまり、二番目以降の殺人では、犯行〝前〟の閉鎖状況は、「思う」でも「見なす」でもなく、実際に調べて確認したものなのだ。これが、犯行〝前〟の密室状況は、「思う」や「見なす」としか言えない密室ものとの違いになる。

もちろん、探偵小説である以上は、「閉鎖状況には調査時に見落としたルートがあり、犯人はそのルートを利用して本島と孤島を往復した」という真相もあり得る。例えば、「干潮時の数時間のみ本島と往復できるルートだったので調査時には見落としていた」といった手である。しかし、これは密室もので評価の低い〈抜け穴トリック〉と似たり寄ったりではないだろうか。クローズド・サークルものには、「犯人が閉鎖空間の外部と内部で行き来できた」という真相のものが少なくないが、そのルートに関しては、感心するようなものは多くない。

ならば、「閉鎖空間内には十人しかいないと思っていたが、実は十一人目がいた」という真相はどうだろうか？　この場合も状況は変わらない。第一の殺人の〝後〟、すなわち第二の殺人の〝前〟に、閉鎖空間内に隠れている人物がいないか、徹底的に調べるはずだからだ。十一人目の人物は、どうやってこの調査から逃れることができたのだろうか？

笠井が指摘しているように、クローズド・サークルものでは、閉鎖空間内の人々は、被害者候補になっている。ならば、閉鎖状況の調査をいいかげんに済ませたら、自分の命が危ないではないか。

もちろん、「調査が不充分で、実は、本島と行き来できる秘密のルートがあった」とか、「実は、島には十一人目の人物が巧妙に隠れていた」といった真相はアンフェアではない。ネタバラシにならないように、出版社や作者が〈クローズド・サークルもの〉と銘打つのも問題ではない。問題になるのは、矢吹駆の〈本質直観による推理〉だけである。

駆の推理で、「この事件の支点となる現象は〈クローズド・サークル〉です」と言っておいて、解決では「実は、ミノタウロス島は〈クローズド・サークル〉ではありませんでした。本島と行き来できるルートがあるのを、調査した人たちが見落としていただけです」と言ったら、まるで様にならない。だから作者は、〈クローズド・サークル〉ではなく、〈内部からの線引き〉を支点となる現象にしたのだろう。単に〝線を引く〟だけなら、線を越えて行き来しても、内部に余分な人間がいても、問題にならないからだ。

ただし、支点が〈内部からの線引き〉だと、作中の事件の解決には役立つが、〈大戦間探偵小説論〉とは密接な連携ができなくなってしまうことは言うまでもない。

五　『オイディプス症候群』――フーコー

前節までに述べたように、『オイディプス症候群』は、作中の事件の解決と〈大戦間探偵小説論〉が密接に連携しているとは言い難い。では、作中の事件の解決と〝哲学〟の連携はどうだろうか？この節では、それを見ていこう。

第二節でも触れたが、本作のゲスト思想家はミシェル・フーコーで、名前は「ミシェル・ダジール」と変更。著作『監獄の誕生』は、『監視する権力』と変えられている。

最初にダジールの名が登場するのは、第一章1。ナディアが「病院は監獄に似ている」と語った後に、「というふうな理屈は白状してしまえば、哲学者ミシェル・ダジールの著作『監視する権力』から借りてきたものだ」と元ネタを明かす。

ところが、そのダジールも、ミノタウロス島に招待されていたのだ。第四章2で同性愛について論じている他の招待客に加わり、持論を展開するダジール。同性愛から伝染病に移り、権力との関わりを語るその内容は――私の理解では――一九八〇年代のフーコーの論に沿っているように見える。

同じ第四章2では、続いて、ダジールの前で、駆がナディアに向かって、「愛やセクシュアリテの現象学的考察」を語る。これ自体はフーコーの論とは無関係に見えるが、最後に、ダジールが「(駆による)視線の現象学は、私の視線の政治学にたいする批判を含意している」と語る。この「私の視線の政治学」というのは、フーコーの〝まなざし〟を用いた論のこと――らしいのだが、ここで会話が途切れてしまうため、内容はわからない(厳密には、作中ではダジールと駆の会話が続いているのだが、ナディアがその場から離れたため、読者にはわからなくなる)。

その内容がわかるのは、第七章1。ここでダジールは、駆に反論する。駆の論は、男女間の愛には当てはまるが、同性愛には当てはまらないと指摘し、(フーコーが多用する)〝友情《アミティエ》〟に言及してから、「われわれの歴史と文化に由来する男女のエロス的関係は、権力のメカニズムと無縁でありえない。(略)エロス的関係と社会的関係を対立させるのは、われわれの生存に浸透した権力関係を疑おうとはしないからではないだろうか」と批判する。さらに、「彼(駆)によれば、〈見る〉と〈見られる〉の根源的な非対称性の中にエロス性の本質がある。だが、両者の非対称性な関係さえをも破壊してしまう経験が、われわれの世界には存在しているんだ」と語ってから、ダジールの『監視する権力』（フーコーの『監獄の誕生』）の論の一部を述べる。

——と、ここまで『症候群』を読み進めてきた人は、二つの不満を抱いたと思う。

一つ目は、ダジールの反論に対する駆の反論が描かれていないこと。ダジールの反論はナディアに向かって語られているが、その場には駆はいない。ダジールが一方的に自説を述べて終わりなのだ。雑誌版では、駆は終盤まで島に渡らないので、島にいるダジールと議論できないのはやむを得ない。しかし、単行本版では駆も最初から島にいるので、議論させることは可能ではないか。二者間の〝議論〟ではなく、一人による〝持論の披露〟ならば、小説形式にする必要はないだろう。

二つ目は、駆の「愛やセクシュアリテの現象学的考察」も、ダジールの反論も、事件と連携していないように見えること。おそらくこれが、一つ目の不満点の理由なのだろう。作者は、事件と連携していない議論を延々とやるのを避けたわけである。

そして、ダジールの話がさらに進むと、ようやく事件と連携する論が登場する。『監獄の誕生』のキーワードとも言える〈一望監視装置《パノプティコン》〉の説明をした後、ダジールは「パノプティコンの罠から、私たちは逃れることができない。一般的な意味でも、ミノタウロス島に閉じ込められているという特殊な意味でも」と指摘し、こう語る。

一連の事件が計画的な連続殺人であるとして、犯人は自分が犯人である事実を知っている。しかし犯人以外の者には誰が犯人なのかわからない。誰も他人の心のなかを覗《のぞ》きえない以上、私たちはパノプティコンの囚人さながらに分断されているんだ。隣の人物が犯人ではないのかという疑心暗鬼から誰一人として免れることができない。犯人は監視塔から、われわれの外面を残らず把握しているともいえるだろう。われわれの態度にあらわれる恐怖や不信、動揺や不安の一切が克明に〈見られ〉ているに違いない。しかし、われわれには犯人を〈見る〉ことができないんだ。

フーコーの『監獄の誕生』の論を、『オイディプス症候群』のテーマである〈クローズド・サークル〉と鮮やかに結びつけた、いかにも駆シリーズらしい趣向である。——と思う読者は少数に違いない。ちょっと考えるだけで、この結びつけがおかしいことはわかるからだ。

例えば、パノプティコンでは監視者と囚人は同じ閉鎖空間内にいるわけではない。監視者は監視塔に、囚人は独房にいる。そして、独房から監視塔の中は見えないが、監視塔から独房の中は見える。ただし、監視者は囚人の心の中まで覗けるわけではない。一方、「(クローズド・サークルの)犯人は監視塔から、われわれの外面を残らず把握しているともいえるだろう」と言っても、被害者候補が部屋にこもったら外面の把握などできるはずもない。

また、閉鎖空間内にいる犯人は、自分が犯人だからといって、被害者にならないわけではない。他の被害者候補が、保身のために怪しい人間を殺そうとする可能性があるからだ。生き残りが数名になったら、犯人も被害者候補になることは避けられない。

何よりも大きな違いは、クローズド・サークル内の犯人は、疑われないためには、他の被害者候補と同じ行動をとらなければならない、という点。例えば、みんなで話し合い、「単独行動は控えよう」という案が出た場合、犯人は同意したくない。自分が単独行動をとりにくくなるだけではなく、A氏とB氏が一緒にいる時にD氏を殺せば、この二人は容疑者から外れてしまうからだ。だからといって、一人だけ反対したら、犯人だとばれてしまう。これもまた、パノプティコンの監視者にはあり得ない状況だと言える。

余談だが、パノプティコンの比喩が当てはまるのは、〈クローズド・サークルもの〉ではなく、〈デスゲームもの〉だろう。高見《たかみ》広春《こうしゅん》の『バトル・ロワイアル』（一九九九年）などでは、ゲームマスターがゲームプレイヤー同士に殺し合いをさせる、という設定が用いられている。ゲームマスターは、安全な場所にいて、監視カメラなどでプレイヤーの行動はすべて把握している。だがプレイヤーからは、マスターに対する行動どころか、〈見る〉ことさえ封じられている。まさに、パノプティコンではないか。

話を戻そう。〈クローズド・サークル〉はパノプティコンとは性質が異なることに、笠井はもちろん気づいていた。それは、解決篇での駆の推理には、この論が、まったく出て来ないことからわかる。前節で駆が挙げる「権力の樹立を目的として、内と外を詐欺的に線引きするパターン」は、フーコーと結びつくと考える人はいるかもしれないが、フーコーの線引きは、「精神異常者や障害者や病人や同性愛者」と「そうでない人」の間に線を引くものなので、空間的な線引きであるクローズド・サークルには当てはまらないのだ。

ただし、前述の第七章3では、〈線引き〉に関する駆の説明が再び登場するが、ここには、パノプティコンが出てくる。「パノプティコンの看守が権力を持つのは、〈見る〉と〈見られる〉の不均衡による」というダジール（フーコー）の説に対して、駆は「僕の意見は少し違う」と前置きしてから、「権力は境界性から生じる」と語る。境界線の外に出ることを禁じられた囚人と、境界を自由に横断できる看守との間に権力が生じるというわけである。

ここから先は推測になるが、構想時点の笠井は、このパノプティコンと〈クローズド・サークル〉を結びつけた論を、駆の推理の軸にするつもりだったのではないだろうか。ところが、実際に駆の〈本質直観による推理〉を組み立ててみると、うまく連携できなかった。そこで、練り直して、〈内部からの線引き〉に変えた——。雑誌版の駆の推理には、中途半端にフーコーの論が用いられている点も、この考えを裏付けているように思える。

〈二重に装飾された屍体〉の方にも触れておくと、その本質である「屍体の二重装飾を連続性として見る遠近法的まなざし」には、フーコーお得意の〝まなざし〟が出てくるし、駆はこの説明の時に、「僕が思い浮かべるのは、ダジール氏が著書で取り上げている権力の列柱なんです」と言う。だが、じっくり読んでみると、これもまた中途半端に用いられている感が否《いな》めない。

ここまで、『オイディプス症候群』の事件と哲学との連携について、批判的な文を書いてきた。だが、これはあくまでも『哲学者の密室』と比べての話であり、この作品自体は決して凡作ではない。特に、孤島内で〈密室からの死体消失〉事件を起こし、閉鎖空間内にもう一つの閉鎖空間を作り出し、そこから駆が推理を進める流れはすばらしい。また、島での第一の殺人は、閉鎖状況になる前に発生しているのだが、この事件の使い方もお見事。探偵小説的な観点から見て、プロットもトリックも推理も、いずれも一級品だと言えるだろう。駆シリーズの魅力は、哲学が、単なるペダントリーではなく、トリックや推理と密接な連携をしている点にあると——少なくとも私は——考えているから、物足りないと感じてしまうのだ。

六　『オイディプス症候群』——探偵小説論

フーコーをモデルにしたダジールの論は、作中にもう一つ登場する。前述の〈クローズド・サークル〉論に対して、ナディアは「でも、わたしたちはパノプティコンの囚人じゃないわ。（略）犯人の正体を暴くことだってできる」と反論する。これに対してダジールは、「それもまたミノタウロス島というパノプティコンに幽閉されたわれわれには原理的に許されていないんだ」と言い、その理由は「探偵は犯人だからだ」とする。そして、ヴィドックの名を挙げて、探偵小説の発生について語る——。

この、ヴィドック云々から先は、フーコーの『監獄の誕生』から採っているので、これ自体に対しては、私は言うことはない。だが、クローズド・サークル論からこの論への移行に用いた「探偵は犯人だからだ」という指摘は、笠井の説であり、この部分に関しては、批判をさせてもらう。

フーコーの論は、ヴィドックが犯罪者から警察の手先になった点に着目し、「こうして警察と非行性との直接的で制度的な結合がおこなわれる。犯罪行為が権力機構の歯車と化す」と言っている。だが、ここから「探偵は犯人だからだ」という結論を導き出すのは難しい。ナディアは「警官と探偵は一致しない」と反論しているが、それよりも、「犯罪者と犯人は一致しない」と反論すべきだろう。フーコーは「非行者を定義するのはその生活態度や社会的な存在形態だ」と言っている（フーコーの言う「非行者」とは累犯者や犯罪予備軍のことで、〈犯罪者〉とは完全に一致しないが、ここではそこまではこだわらない）。そして、犯人を定義するのは生活態度や社会的な存在形態ではない。つまり、事件の容疑者に麻薬密売人やプロの殺し屋がいても、その人物が犯人とは限らないのだ。ダジールの論の最後には、再び「探偵は犯人だからだ」が出てくる。

探偵は犯人と同型的な人格で、しかも犯人より狡猾でなければならない。ミノタウロス島の犯人は、すでに四人の滞在客を殺害しながら尻尾さえ見せようとしないんだ。この犯人よりも賢明でありうると、君は自認するんだろうか。とするなら私は、マドモアゼル・モガールこそ一連の事件の犯人ではないかと疑うね。

もちろん、ここにもすり替えがある。探偵が犯人と同型的な人格だとしても、犯人とは限らない。単に、〝容疑が濃い〟といったレベルだろう。そもそもダジールも、ナディアが「一連の事件の犯人ではないかと疑う」と言っているだけに過ぎない。もし、探偵が犯人ならば、「ナディアを疑う」ではなく、「ナディアが犯人だ」と言えばいいではないか。逆に、フーコーの論を用いるならば、探偵は法外者になり、犯人は違法者になるので、「探偵は犯人」にはならない。

実は、この部分も『監獄の誕生』にはない。つまり、笠井がフーコーの論を作中に取り込むために加えた、接着剤のような論なのだ。前述のように、もともとフーコーの論は、クローズド・サークルには合わない。そこを無理に接続しようとしているから、こういった論が出てしまうわけである。


今度は、笠井の論にはさまれた、フーコーの探偵小説論を見てみよう。前述のように、「これ自体に対しては、私は言うことはない」のだが、笠井の方は、言うことがあるからだ。

まずは、雑誌版と単行本版の間に書かれた評論、「監獄／収容所／探偵小説」（二〇〇一年）を取り上げよう。

この評論では、まず、ハワード・ヘイクラフトの『娯楽としての殺人』で提示された、「探偵小説は本質的に民主的な慣習の産物」という説を紹介。続いて、『監獄の誕生』を取り上げ、監獄と収容所について語り、ヘイクラフトが英米では自明のものとした「民主的な慣習」に疑問を提示。そこから、やはり『監獄の誕生』に出てくる探偵小説の発生に関する論を紹介。ここまでは、フーコーの論の〝紹介〟（正確には、笠井潔というフィルターを通した紹介）だが、最後には、こういう文が出てくる。


違法者を非行者に変える一九世紀の監獄システムが、探偵小説の誕生の背景にある。そして絶滅と大量死の二〇世紀が、この小説形式の発達を促した。（略）『狂気の歴史』や『監獄の誕生』

は、近代批判として無視することのできない巨大な達成だとしても、フーコー理論が古典時代（一七、一八世紀）や近代（一九世紀）と質的に断絶した現代（二〇世紀）性を、どこまで的確に把握しているかについては、あらためて厳密に検討されなければならない。

文中に出てくる「絶滅と大量死の二〇世紀が、この小説形式の発達を促した」という説が、フーコーではなく笠井のものである点に注目するならば、作者が言いたいことは明らかだろう。笠井は、十九世紀までを論じた（と笠井は見なしている）フーコーの論を、二十世紀を論じた自分の論（大量死理論）に接続したいのだ。フーコーの「巨大な達成」と自身の論を、何の抵抗もなく同列に並べてしまうこの姿勢が、笠井の魅力でもあり、アンチを生む理由でもあるのだろう。

笠井の〈大量死理論〉は、フーコーの論から生み出されたものではないし、影響も受けていない。二つの別々の論を、後付けで連携させたわけである。そして、これが笠井の〈大量死理論〉の特殊性になる。『ミネルヴァの梟は黄昏に飛びたつか？』を読むとわかるが、笠井の論は、他者の論、他者の小説、現実の出来事などと連携し、あるいは取り込み、どんどん成長しているのだ。ただし、紙幅もないので、考察は次々節以降にまわし、『症候群』に戻ることにしよう。

『オイディプス症候群』の第七章3では、前述のダジールの〈探偵小説論〉に対する反論が描かれている。ただし、反論するのは駆ではなく、コンスタン・ジェール（この人物については次節で取り上げる）。彼は、「あなたの議論では二十世紀の固有性が見落とされている。（略）二十世紀に生じた大量死の死者たちは、あなたの監視と処罰に関する著作でも欄外の空白に押し出されたままです」と批判するのだ。

このジェールの言葉が、先に引用した笠井の評論の一部を作中に落とし込んだものであることは、明らかだろう。

この言葉に対して、さらに駆も発言する。彼はまず、「僕の立場は中立ですね」と前置きしてから、ジェールの指摘は正しい、と認める。だが、ダジールの構想中の新しい著作（フーコーの『性の歴史』に対応する本だと思われる）は、二十世紀的な権力を取り上げようとしていると擁護。そこから一転して、「問題は監獄の原理と生の権力の原理はかならずしも連続していない点です」と批判する（これは引用した笠井の論の「質的に断絶した」に対応）。そして、「あなたの探偵小説批判は一面的ですよ。探偵小説の歴史をルコック以前と以後で分割しても意味はありません。もしも分割線を引くならポアロ以前と以後でしょうね。探偵小説の人物たちは、犯人も被害者も探偵も第一次大戦の屍体の山から這い出してきた。彼らは十九世紀的な監獄の子ではなく、二十世紀的な絶滅収容所の子なんです」と結論づける。どこが中立だかわからないが、この駆の結論も、評論に出てくることは、言うまでもない。

こうやって、評論と小説を突き合わせてみると、笠井の探偵小説論が、よくわかる。〈大量死理論〉は既出のものと内容は同じだが、フーコーの論を取り込むことによって、これまでの論では抜けていた十九世紀以前の探偵小説も視野に入ってきた。このため、本書の探偵小説論は、興味深く、かつ、優れているものになっている。欠点は、その内容ではなく、『症候群』のミステリ部分とそれほど連携していないことなのだ。

七　『オイディプス症候群』——笠井潔

『症候群』第七章3でダジールに反論したコンスタン・ジェールもまた、哲学者である。作中の描写によると、まだ二十代の青年で、かつては毛沢東派《マオイスト》の非合法組織にいたが、アジトから逃亡した友人の処刑を命じられたのをきっかけに自身も逃亡。「あの本を書きあげなければ、一歩も前に進むことはできないと自分に言い聞かせて」、『弁証法的権力と死』を執筆したとのこと。

では、ジェールのモデルは誰だろうか？　本書の第二章を読んだ人には言うまでもない。それは、笠井潔である。もっと正確に言うならば、『テロルの現象学』を書いていた頃の笠井潔である。

繰り返しになるが、『哲学者の密室』以降の笠井潔は、『バイバイ』当時の笠井潔ではない。軸となる評論が『テロルの現象学』から〈探偵小説論〉に変わっているのだ。そして同じように、駆も変わっている。『バイバイ』で殺人を犯し、『サマー・アポカリプス』でシモーヌと対決した駆は、もう作者の分身から離れてしまったのだ。

その駆の変化が、はっきり描かれているのが、『症候群』第一章2。ここで駆とナディアは、ラルース家の事件（『バイバイ、エンジェル』）を振り返っている。ただし、「イリイチは死の権力なのだろうか。あるいは生の権力か。どちらでもないのか」と自問したり、自分が犯した殺人についてナディアに詰問されても答えないなど、明らかに当時から変わっている。

そして駆は、第五章3では、ジェールの「実存的な空虚を充塡《じゅうてん》するために過剰な観念が産出される」という論に対して、「その限りではジェールは間違っていない。革命に憑かれた日本人の青年たちも、観念的倒錯の病理に冒されていたんだと思う」と認める。しかし、その後には、『弁証法的権力と死』の論理からは、全世界が弁証法的権力に吞みこまれるという絶望的な結論しか導かれえない。あの本には、観念の悪を浄化する反観念という論理が欠けているから」と批判してもいる。

まず、『弁証法的権力と死』の論理」というのは、第十章1のジェール自身の言葉を引用すると、「反対者や批判者の存在までも否定的契機として内部化し、際限なく膨張し続ける弁証法的権力に世界は遠からず完全に吞みこまれてしまう」、「弁証法的権力とは闘うことができない。批判すれば批判するほど、闘えば闘うほど、歴史の終点である完璧な権力の膨張と普遍化を助けてしまう」というもの。これは、『テロルの現象学』の終章までに出てくる論に他ならない。そして、終章で論じられるのが、「観念の浄化」。笠井がこの終章を書いた時期が、パリ時代ではなく、駆シリーズ初期三作の執筆を終えた後であることから考えると、コンスタン・ジェールという哲学者は、『哲学者の密室』以降、新たな方向に進むため、初期の作者自身を見直す目的で作り上げたようにも思える。もっとも、そう考えると、前節で触れたように、ジェールが〈大量死理論〉を語るのはおかしい。これはおそらく、駆の論の都合上、その一つ前の段階の論を誰かに言わせる必要があったからではないかと思われるが……。

こうして見ると、『オイディプス症候群』は、実に見どころの多い、いや、考察すべき点の多い作品と言えるだろう。

そして、次の駆シリーズ『吸血鬼と精神分析』（二〇一一年）もまた、同じ構造を持っている。

- 『症候群』では『バイバイ』の見直しを行ったように、『吸血鬼』では『薔薇の女』の見直しを行っている。
- 『症候群』では〈オイディプス神話〉の検討を行っているように、『吸血鬼』では〈吸血鬼伝説〉の検討を行っている。
- 『症候群』では〝権力〟をキーワードにしたように、『吸血鬼』では〝精神分析〟をキーワードにしている。
- 『症候群』では、エラリー・クイーンの『シャム双子の謎』を下敷きにしたように、『吸血鬼』では同じクイーンの『九尾の猫』を下敷きにしている。
- 『症候群』ではほとんど検討されなかったダイイング・メッセージが、『吸血鬼』では詳細に検討されている。
- 『症候群』では〈クローズド・サークル〉を支点現象とする〝本質直観による推理〟は上手くいかず、〈線引き〉に変えて成功したように、『吸血鬼』では支点現象を〈ダイイング・メッセージ〉から〈分身〉に変えて成功している。

しかし、次の節からは、再び笠井潔の評論を取り上げたい。

八 「矢吹駆連作と観念小説／論理小説」——二十世紀精神

第五章では、天城一の評論が、自作の評価を高める役割も持っていることに触れた。笠井潔にも、同じ役割を持つ評論がいくつもある。ただし、駆シリーズに限定すると、評論はいくつもあっても、評価を高めようとしている部分は二種類しかない。ここでは、その二つがコンパクトに盛り込まれた評論を取り上げよう。それは、「矢吹駆連作と観念小説／論理小説」（二〇一〇年）である。

まず、ドストエフスキーの『悪霊』（一八七一年）に触れ、「観念小説を書きたいとミドゥルティーンの頃は思っていた」と語る。続けて、二十世紀の観念小説として、ヴァン・ダインの『僧正殺人事件』とJ・P・サルトルの『嘔吐』（一九三八年）を挙げ、「『バイバイ、エンジェル』の参照先の第一は『僧正殺人事件』だが、その背景には以上のような事情がある」と結ぶ。

次に、「加えて論理を小説で読みたいという、もうひとつの偏った欲望がわたしにはあった」と語り、「（『僧正殺人事件』は）論理小説としての水準は国名シリーズをはじめエラリイ・クイーンの諸作に及んでいない」と続け、「『バイバイ、エンジェル』の第二の参照先は、このシリーズで最初に読んだ『エジプト十字架の謎』である」と結ぶ。そして、以下の文に繋げている。

過剰な観念や思想への関心と、論理へのそれは決して無関係ではない。いまから思えば、いずれも二〇世紀精神に固有の産物で、哲学的には前者が実存の思想に、後者がフレーゲ、ラッセル、ゲーデルなどによる論理哲学に対応する。両者の交点に位置するのがフッサール現象学だ。慣習や自然な共感によるコミュニケーション秩序が崩壊した二〇世紀という時代、人間は必然的に群衆化する。二〇世紀的な群衆存在を、哲学的に捉えれば実存になる。群衆は過剰な観念に憑かれて暴力化しうるし、自然な共感による秩序が崩壊している以上、抽象的で形式的な論理的コミュニケーションの可能性が主題的に追求されたのも当然の結果だ。

この文章の狙いは、一読すればわかるように、自身の駆シリーズを、〈二十世紀探偵小説論〉と連携させ、評価を高めることにある。つまり、観念小説『僧正殺人事件』を第一の参照元とし、論理小説『エジプト十字架の謎』を第二の参照元とする『バイバイ、エンジェル』で幕を開けた駆シリーズは、二十世紀固有の精神を撃ち抜いている、と言いたいわけである。

ここで、「『テロルの現象学』の話はどこに行ったんだ」と文句をつける人がいるかもしれない。だが、矢吹駆の物語が〝シリーズ〟になったのは、第二作『サマー・アポカリプス』から。そして、本書の第二章で考察したように、この長篇では、『テロルの現象学』から距離を取り、『バイバイ』からいくつもの設定を変更している。つまり、笠井が言っているのは、『サマー』以降の話で、『バイバイ』には、そこにつながる道が開いていた、ということだろう。

『哲学者の密室』の時点では、笠井の論は、〈大量死理論〉または〈大戦間探偵小説論〉となっていた。しかし、評論を書き続ける内に、取り上げる時代が〝大戦間〟から〝二十世紀〟にまで広がっていった。さらに論が進むと、その〈二十世紀探偵小説論〉は探偵小説論ではなく、二十世紀固有の精神を論じたものに変わり、探偵小説はその精神を表すテキストという位置付けになった。

そして笠井は、「矢吹駆連作と観念小説／論理小説」では、ここまで対象が広がった論が、最初から、駆シリーズには組み込まれていた、と述べている。(もちろん笠井は、これ以前の評論でも、自作の評価を高める論を述べている。)

かくして、笠井が一九八三年までに書いた駆シリーズ初期三作を評価する際にも、笠井が一九九二年以降に書いた評論が影響を及ぼすことになった。例えば、巽昌章は一九九五年に出た『バイバイ、エンジェル』の創元推理文庫版の解説で、笠井の一九九二年の評論を紹介し、「この『バイバイ、エンジェル』一篇に笠井潔と推理小説の今日までの関係が畳み込まれているようにみえるのは事実である」と述べている。そして、巽が「みえる」ようになったのは、笠井の評論によるものであることも事実である。もはや、初期三作については、刊行当時の「よくできた本格ミステリ」という評価で終わりにしたら叩かれる雰囲気すら漂っている。

こういった評論と自作の連携もまた、笠井潔が天城一と似ている点なのだ。

九　『青銅の悲劇』——後期クイーン的問題

「矢吹駆連作と観念小説／論理小説」の後半には、〈後期クイーン的問題〉が出てくる。まずは、この説明をしよう。なお、私は『エラリー・クイーン論』で、この問題について本の三分の一ほどを費やして考察しているが、ここではそこまで踏み込まない。

クイーンは、『ギリシャ棺の謎』や『十日間の不思議』で、「犯人が（警察ではなく）名探偵を欺くために偽の手がかりを作り出す」というプロットを考案した。すると次に、「この場合、作中探偵は、唯一の解決を提示できるか」という疑問が生じる。作中探偵から見ると、作者が提示した真の手がかりも、犯人が提示した偽の手がかりも、同じに見えるからだ。

これが、「本格ミステリーのスタティックな構造を揺るがす」〝問題〟だと指摘したのは、法月綸太郎の「初期クイーン論」（一九九五年）。そして、法月はさらに、「（この問題に対して）唯一の解決を提示することは作中レベルでは不可能で、作者の恣意性を用いるしかない」という結論を下している。

これを笠井潔が評論「後期クイーン的問題」（一九九六年）で取り上げ、〈後期クイーン的問題〉と命名（なぜ「初期クイーン論」で提示された問題を〈後期クイーン的問題〉と命名したのかは後述する）。

この問題について、笠井は、いくつもの評論で、「駆の本質直観による推理を用いれば、解決できる」としている。ここでは、前述の「矢吹駆連作と――」から引用しよう。

『バイバイ、エンジェル』の冒頭で探偵役の矢吹は、『Xの悲劇』でオードブル的に紹介されているドルリー・レーンの推理法に異を唱える。簡単にいえば、どのような証拠も多義的であるのに、どうして探偵役は証拠を一義化しうるのかという疑問。証拠の多義性は、証拠の真偽性、証拠の偽造可能性、犯人による探偵の推理の意図的操り、などなどの問題系に通じる。実際、第二作の『サマー・アポカリプス』では犯人による犯人の操り、探偵による犯人の操りといった問題が前景化してくる。

後期クイーン的問題を評論の形で論じたのは一九九〇年代の半ば以降にしても、それに通じる発想は『バイバイ、エンジェル』の時点ですでに生じていた。矢吹が語る「事件の本質」には、探偵小説システムとしては、国名シリーズの「読者への挑戦」と同じような役割がある。たとえば矢吹はあらかじめ、犯罪現象が生成を終えない限り推理は語らないとワトスン役に言明する。逆にいえば矢吹が真相を語る直前の段階で、もう証拠は出つくしていることになる。新たな証拠が発見されることはない。

推理の前提となる本質直観とは、探偵小説システムがはらむ原理的な危機と困難性を、探偵役の特権的キャラクターに封じこめてしまうための、苦肉の策でもあった。

この論もまた、過去の自作の評価を高める役割を持っていることは、明らかだろう。笠井は、「私は〈後期クイーン的問題〉が論じられる二十年ほど前に、実作『バイバイ』でその回避策を実践していた」と言いたいのだ。

しかし、これには納得できない点が多い。『バイバイ』を読んでいなくても、本書の第二章を読んだ人ならば、私と同意見だと思う。

〝納得できない点〟の一つ目は、『バイバイ』との矛盾。駆はこの作の冒頭で、『Xの悲劇』における名探偵レーンの推理を紹介し、「（探偵小説上の）探偵はなぜ一回きりの企てで正しく推論することができたのだろう」とナディアに問う。そして、自らこう答える。「探偵は論理的な推論をするまでもなく、そして実験的に確かめるまでもなく、最初から犯人を知っていたのだ」、「本質直観によって」と。

つまり、駆は、〝探偵小説に登場する名探偵は、本質直観を用いている〟と言っているのだ。もちろん、この〝探偵〟には、ドルリー・レーンだけでなく、エラリー・クイーンも含まれている。それなのに、なぜ本質直観による推理が、〈後期クイーン的問題〉の回避策になるのだろうか？　名探偵クイーンは本質直観による推理を用いているのに、なぜ、〈後期クイーン的問題〉が生じるのだろうか？

おそらく、笠井が〈後期クイーン的問題〉と命名した理由の一つが、これだろう。〝初期〟クイーン作品である『Xの悲劇』を——正確には、『X』に対して駆が言った言葉を——読者の意識から遠ざけようとしたのだ。

〝納得できない点〟の二つ目は、論自体の矛盾。笠井は「証拠の多義性は、証拠の真偽性、証拠の偽造可能性、犯人による探偵の推理の意図的操り、などなどの問題系に通じる」と書いているが、この文は明らかに矛盾している。「証拠の多義性」、つまり「どのような証拠も多義的である」という笠井の言葉が正しいならば、犯人が証拠の偽造を行う意味があるのだろうか？　犯人が証拠を偽造するのは、その証拠に対して、探偵が自分に都合の良い解釈をしてくれることを期待するからである。しかし、偽の証拠の解釈が多義的であるならば、どうして探偵が自分に都合が良い解釈だけをしてくれると考えたのだろうか？　まさか、「探偵が本質直観によって偽の手がかりの解釈をすれば、自分が望む〝偽りの結論〟にたどり着くはずだ」と考えたわけではあるまい。

〝納得できない点〟の三つ目は、「『サマー・アポカリプス』では犯人による犯人の操り、探偵による犯人の操りといった問題が前景化してくる」という文。〈後期クイーン的問題〉で〝問題〟となるのは、「犯人による探偵の操り」であり、それは『サマー』には出て来ない。また、第二章で考察したように、「犯人による犯人の操り」や「探偵による犯人の操り」も出ているとは言いがたいのだ。

〝納得できない点〟の四つ目は、「矢吹が語る『事件の本質』には、探偵小説システムとしては、国名シリーズの『読者への挑戦』と同じような役割がある。（略）矢吹が真相を語る直前の段階で、もう証拠は出つくしていることになる」という文には、明らかに間違いがあること。

国名シリーズの〈読者への挑戦〉は、「作中探偵のクイーンが、事件が解決した〝後〟で、振り返って書いた」という設定になっている。つまり、執筆時点の作者は、自分の最終解決のためのデータが出揃ったタイミングを知っていて、そこに挑戦状を入れている（という設定になっている）わけである。従って、挑戦のタイミングに間違いはない。

しかし、駆は違う。駆が「解決に必要な証拠は全て出つくした」と思っても、この時点では、その解決が正しいという保証はない。駆が間違っていたり、犯人にミスリードされた可能性があるからだ。例えば、『哲学者の密室』の中盤では、駆は〝密室の本質〟をつかみ損ねて、間違った解決を披露するが、この時点では、駆は自身の解決が間違っていることに気づいていない。ならば、この中盤こそが、〈読者への挑戦〉を入れるべき場所ということになってしまうではないか。

同じように、『青銅の悲劇』（二〇〇八年）の第九章では、ナディアが「いまではわたしたちにも瓶Aと瓶Bと瓶Cの正確な動きから、毒殺未遂事件の真相までを正確に知りうる前提条件が与えられました。クイーンなら、ここで『読者への挑戦』を挟むところだわ」と語るが、これも間違っている。正しくは、「クイーンなら、事件が解決した後で振り返ってみて、自分が真相を正確に知りうる前提条件は、この時点までにすべて与えられていたと考え、小説化の際に、『読者への挑戦』を挟むかもしれないいいわね」だろう。

ここまで見てきたように、引用した論には、矛盾やこじつけがある。これはおそらく、自分の初期作の評価を高めたいという理由だけではない。笠井は、〈後期クイーン的問題〉を「探偵小説システムがはらむ原理的な危機と困難性」を体現する問題だと認識しているため、この問題をやり過ごすわけにはいかなかった。そして同時に、この問題は、自身の初期作にも潜在していることにもなる。そこで、初期作の頃から用いてきた〈本質直観による推理〉を、何とか適用しようと考えたのではないだろうか。

そして笠井は、さらに一つの論と一つの作品を生み出すことになる。

論とは、「駆の〈本質直観による推理〉はレトリックだ」というもの。第二章第九節で考察したように、『バイバイ』では、本質直観による推理は――ヴァン・ダインと同じく――〈推理法〉という位置付けだった。それが、一九九〇年代後半からの評論では、〈レトリック〉に変わっているのだ。

私見では、これも、〈本質直観による推理〉を〈後期クイーン的問題〉の回避策にするためだと思われる。ではなぜ、探偵の〝推理法〟を〝レトリック〟に変えると、〈後期クイーン的問題〉を回避できるのだろうか？

　犯人が探偵の推理を操るために偽の手がかりを作り出すには、二つの条件を満たす必要がある。

①犯人が探偵と同等以上の知能の持ち主であること。

②犯人が探偵の推理法を熟知していること。

　さらに、②の前提として、以下の条件が必要になる。

③探偵の推理が〝方式〟であること。

　これはわかりにくいかもしれないが、要するに、推理が他者にとって理解可能なやり方でなされている、という意味。探偵が一定の方式に従って推理をするからこそ、犯人は「こういう偽のデータを与えれば、こういう推理をするはず」と予想できるわけである。コンピューターは、完全に同じデータをインプットされれば、いつでも完全に同じ結果をアウトプットする。探偵も同じように、インプットされた手がかりから、いつも同じ推理結果をアウトプットしてくれなければ、犯人はミスリードできないのだ。

『バイバイ』では、駆の〈本質直観による推理〉は、〝推理法〟だった。しかし、〝方式〟である以上、犯人が利用することは可能になる。例えば、犯人が駆をミスリードするために被害者の首を切った場合、駆は「こちらの首切りは僕を欺くためのものなので、事件の支点にはならない」と言い切れるのだろうか？　できるとすれば、どんな方法を用いてできるのだろうか？

いや、仮にそんな方法があったとしても、それが〈方法〉である以上、犯人が逆用することが可能なのだ。

しかし、レトリックは〈方式〉ではない。個人の芸（笠井の比喩を借りるならば「詐欺師の口上」）なので、他人が制御することはできないし、インプットが同じでもアウトプットが同じとは限らない。いかに犯人が頭が良くても、探偵をミスリードするのは困難だろう。つまり、〈後期クイーン的問題〉は回避できるわけである。

ところが、笠井の論では、駆以外の探偵の推理も〝レトリック〟だと言っているのだ。例えば、前述の評論「監獄／収容所／探偵小説」では、「探偵の推理は詐欺師の口上に似ている。ようするに『推理』の原理は、『監視』ではなく警察権力によるフレームアップ、『捏造』に対応するのだ」と述べている。だとすると、駆以外の探偵も、〈後期クイーン的問題〉を回避しているという結論になるのだが……。

作品の方は、前述の『青銅の悲劇』。本作は駆が登場せず、ナディアが最終解決を行う。そして、ナディアが毒殺事件に対して行った推理は、あり得る可能性をすべて俎上に載せて検討する、というもの。つまり、笠井は「本質直観を使わないと、こんな面倒なことになりますよ」と言いたいのだろう。

この〝しらみつぶし方式〟は、将棋ＡＩなどの方式に近い。ある局面で可能なすべての手を洗い出し、最も有利になる手を選ぶ、という方式である。これに対して、人間の棋士は、可能性のごく一部しか検討しない。ただし、この「ごく一部」の中に、「最も有利になる手」が含まれているならば、問題はない。そして、一流の棋士になればなるほど、含まれる可能性は高くなるのだ。

では、この〝しらみつぶし方式〟は、そもそも誰が捜査で使う方式なのだろうか？

まず、ナディアが以前の長篇で行った〈探偵小説愛好家の臆断による推理〉には使われていない。この推理法は、例えば、毒殺だったら、状況に当てはまるトリックを過去の探偵小説から引っ張り出す（私の言葉を使うならば、「トリック・データベースに検索をかける」）方式だからだ。『毒を氷の中に入れて、投入からしばらくは飲んでも死なないようにする」や「犯行後の混乱にまぎれて盃をすり替える」や「心臓発作を起こした被害者を介抱すると見せかけて毒を飲ませる」といったトリックの中から、犯行状況に合うものを選び、これが用いられた、と考えるわけである。これは〝しらみつぶし方式〟とは逆の方式だろう。

では、黄金時代の名探偵の推理か、というと、これも違う（笠井の〈推理＝レトリック説〉は置いておく）。名探偵の推理というのは、しらみつぶしに調べる手間を省いた方式だからだ。例えば、スタジアムで犯行が行われ、容疑者が二万人いた場合、名探偵は二万人全員をしらみつぶしに調べたりはしない。手がかりAによって四十人に絞り込み、手がかりBによって一人に絞り込む――これが名探偵の推理である。

実は、この〝しらみつぶし方式〟は、警察の捜査法なのだ。例えば、探偵小説に登場する警察官は、被害者の配偶者を真っ先に疑うが、これは、犯人が配偶者以外である可能性を消去したわけではない。

ただ単に、「犯人は配偶者の可能性が高いから、そちらを優先的に調べよう」と言っているに過ぎない。もし配偶者にアリバイがあれば、別の容疑者の捜査に切り替えるはずである。

毒殺の捜査も同じで、毒が入れられたのは瓶か徳利か盃か、配膳前か配膳中か配膳後か、と可能性が高い順に調べていくので、結局は、しらみつぶし方式なのだ。ただし、現実には、全ての可能性をつぶす前に、解決してしまうか、時間切れで捜査本部が解散してしまう場合が大多数だと思われるが……(「ナディアは仮説の検討をしているだけなので、聞き込みや現場検証を行う警察とは違う」という考えもあるが、ナディアの検証には警察の捜査結果を用いているので、違うとは言えないだろう)。

逆に言うと、警察の〝しらみつぶし方式〟による捜査は時間がかかりすぎるので、名探偵に出番が生じることになる。そして、名探偵は、時間を節約するために、手がかりを用いて可能性を絞り込む。そして、この「可能性を絞り込む」方法を知り尽くした犯人が、絞り込みに用いる手がかりを偽装するのが、〈後期クイーン的問題〉というわけである。

また、現実でも探偵小説でも、〝しらみつぶし方式〟は、厳密な意味の〝しらみつぶし〟ではない。ある〝前提〟を無批判に認めた上で、その前提の枠内での〝しらみつぶし〟に過ぎないのだ。

例えば、『青銅の悲劇』では、ナディアは「被害者は毒殺された」という前提で推理をしているが、この前提が正しいという保証はない。犯人や共犯者が、鑑識結果を捏造できる人物であるという可能性は無視できないからだ。あるいは、検屍官は共犯者ではないが、犯人に〝忖度〟して資料の改ざんを行ったとか……。

これは、揚げ足取りではない。なぜならば、狡猾な犯人は、この〝前提〟にミスリードを仕掛けるからだ。例えば、ポーの「盗まれた手紙」では、警察は犯人の家を「しらみつぶしに」捜索するが、手紙は見つからない。これは、警察が「犯人は目立たない場所に手紙を隠した」という前提で捜査をするのを読み切った犯人が「目立つ場所」に手紙を隠したからなのだ。また、本書の第二章では、「事件の構図を錯覚させる」トリックについて述べたが、このトリックが使われた場合、そもそも前提となる事件の形が異なっているため、〈しらみつぶし方式〉は、機能しないのだ。

『青銅の悲劇』におけるナディアの推理は、これまでナディアが行ってきた〈探偵小説愛好家の臆断による推理〉でもなければ、〈名探偵による推理〉でもない。最も近いのは、警察の捜査と言える（厳密に言うと、「検討すべき可能性に優先順位をつけず、捜査の時間が無限にある場合の警察の捜査」か）。また、実際には「すべての可能性を検討」しているわけではなく、「ある前提の下ですべての可能性を検討」しているに過ぎない。

だが、こういった指摘は、本作の批判にはならない。本作の価値は、これまでの探偵小説がやらなかった――いや、やれなかった――些末な可能性まで検討してみせた点にあるからだ。私が本節で言いたいのは、「〈しらみつぶし方式による推理〉では〈後期クイーン的問題〉は避けられないが、〈本質直観による推理〉では避けられる、という結論にはならない」ということである。

例えば、前述のように、〈しらみつぶし方式〉は、「事件の構図を錯覚させるトリック」に弱い。そして、第二章で考察したように、〈本質直観による推理〉を用いるならば、このトリックを見破ることは可能である。

だが、犯人が「事件の構図を錯覚させるトリック」を弄する場合、欺く相手は、名探偵ではなく警察なのだ。もちろん、警察だけでなく、結果的に探偵も欺かれる場合もある。だが、その場合は、犯人が最初から探偵をミスリードしようと目論んでいないので、〈後期クイーン的問題〉とは言えない。従って、この場合も、〈本質直観による推理〉は〈後期クイーン的問題〉の回避策にはならないのだ。

『バイバイ』の冒頭では、駆の〈本質直観による推理〉は、〝証拠の多義性〟に対処する推理法だった。無数の解釈を持つ証拠に対して、本質直観を適用し、一つに絞り込む、という方式である。そして駆は、探偵小説上の名探偵もまた、この推理法を用いている、と結論を下している。

しかし、〈後期クイーン的問題〉が提示された時、笠井は、〈本質直観による推理〉を用いるならばこの問題を回避できる、という論を立ててしまった。前述のように、この問題では、犯人が探偵をミスリードするために偽の証拠を作り出す場合が多い。しかし、証拠が多義的であるならば、偽の証拠もまた、多義的ということになる。ならば、犯人が探偵をミスリードするのは不可能になってしまう。犯人がミスリードできる探偵は、無数の解釈を持つ偽の証拠から、たった一つの——犯人にとって都合の良い——解釈に絞り込むことができる者なのだ。つまり、〈本質直観による推理〉を用いる探偵は、ミスリードが可能になり、〈後期クイーン的問題〉が生じてしまうわけである。

ここまでは、〈本質直観による推理〉が、〈後期クイーン的問題〉の回避策にならない、という指摘をした。しかし、そもそもこの推理は、〝証拠の多義性〟に対処できるのだろうか？　本書の第二章

第十節で指摘だけした、「〈本質直観による推理〉は、本格ミステリでは使い勝手が悪い」という点と併せて、次の節で考察してみよう。――と思ったが、その前に、少々余談をさせてもらいたい。

十 『青銅の悲劇』――クイーン

『青銅の悲劇』のメインの謎は、毒殺をめぐるものだが、他にも解くべき大きな謎がある。それは『円の悲劇』という題名の手記をめぐる謎。クイーンの『Yの悲劇』のように、犯人の毒殺計画には、この手記がからんでいるからだ。

そして、この手記をめぐるナディアの推理は、説得力があり、かつ、ある部分では、〈後期クイーン的問題〉を回避しているように見える。なぜならば、ナディアは「『円の悲劇』に関する真相」を推理しているのではないからだ。彼女は、「ヴェロニク・モガールという女性が『円の悲劇』に関する真相を推理した結果」を推理しているのだ。

ヴェロニクはナディアの従妹で、『円の悲劇』に関する真相を推理した時点で何者かに襲われ、意識不明になった。ナディアは、従妹がどんな捜査をしたかを調べ、従妹がどんな推理を組み立てたのかを推理したわけである。

言うまでもなく、この場合は、〈後期クイーン的問題〉は回避できる。『円の悲劇』をめぐる証拠は多義的で解釈がいくつもあるが、ヴェロニクが証拠に対して下した解釈は一つしかないからだ。

そして、これはエラリー・クイーンが〈国名シリーズ〉で用いた手法に他ならない。拙著『エラリー・クイーン論』で述べたように、クイーンの〈読者への挑戦〉は、読者に「真相を推理してください」と言っているのではない。読者に「私（エラリー・クイーン）の推理を推理してください」と言っているのだ。作者にして探偵のクイーンが、「私はローマ劇場で起こった事件の真相を推理によって解決しました。私はこの事件を小説化するにあたって、解決に用いた証拠はすべて問題篇に記載しています。みなさんは、私の推理を推理できるはずです」と宣言しているわけである。

これにより、証拠の多義性の問題だけでなく、証拠の捏造の問題も回避できる。仮に、名探偵クイーンが、狡猾な犯人が捏造した証拠に欺かれて、間違った推理をしたとしよう。そして、事件の小説化の時点でも、その間違いに気づかなかったとしよう。しかし、その小説を読んでクイーンの推理を推理しようとする読者にとっては、それは関係がない――というか、読者の推理には影響がないのだ。

この方式はまた、探偵の発言に関しても、大きな違いを持つ。

例えば、名探偵クイーンが「この事件を解く鍵は消えた帽子にあります」と言った場合、読者はそれを無条件で信じてかまわない。なぜならば、読者が推理すべきは、名探偵クイーンがこの前提の下で行った推理だからだ。

しかし、矢吹駆が「この事件の支点は首を切断された死体にあります」と言った場合、読者はそれを無条件で信じるわけにはいかない。なぜならば、読者が推理すべきは、駆の推理ではなく、事件の真相だからだ。

従って、『青銅の悲劇』においても、この問題は生じる。クイーンの作品とは異なり、この作はヴェロニクが小説化したわけではない。だから、〝ヴェロニクの推理〟をナディアが正しく推理できたとしても、その〝ヴェロニクの推理〟が真相とは限らない。ここで、またしても〈後期クイーン的問題〉が、姿をあらわすわけである。

この節を「余談」としたのは、私がここまで考察したことを、笠井は意識していないように思えたからだった。おそらく、『Yの悲劇』の本歌取りと、探偵役のミスリードを狙った結果、たまたまそうなってしまったのだろう。

しかし、作者が意識していないとしても、この作には、〈後期クイーン的問題〉を回避する道が延びていることは間違いない。こういった本格探偵小説における諸問題につながる道が何本も延びている点もまた、笠井作品の魅力なのだ。

では、「余談」を終えて、駆の〈本質直観による推理〉の考察に進もう。

十一　『吸血鬼と精神分析』――本質直観

第九節で述べたように、そもそも駆の〈本質直観による推理〉は、〝証拠の多義性〟に対処する推理法だった。この点については、シリーズ第六作『吸血鬼と精神分析』（二〇一一年）でも、駆が語っている。ただし、これは、『バイバイ』の序章の再演なので、まず、そちらを見てみよう。

『バイバイ』の序章では、駆はエラリー・クイーンの『Xの悲劇』に登場する砂糖のダイイング・メッセージを取り上げている。そして、「無数の意味を持つメッセージの意味を探偵が正しく解釈できたのは、彼があらかじめ本質直観によって真相を知っていたからだ」と語る。この台詞だけを読むと、「作中探偵は、あらかじめ作者に真相を教えられている」という意味に解釈する人も多いだろうが、そうではない。この台詞の直後に、「コペルニクスは初めから地球の公転を直観していたのだし、メンデルは遺伝の法則の存在を直観していた。……現象学は、想像上の探偵であろうと実際の科学者や研究者であろうと、あるいはごくありふれた普通の会社員や主婦であろうと、すべての人間が無自覚のうちにはたらかせている本質直観という思考の操作を、哲学的に反省し厳密で普遍的な方法にまで仕立てあげた」と言っているからだ。

もちろん駆は、作中探偵の推理が作者が作り上げたものであることを知っている。だが、作中レベルで見るならば、コペルニクスが本質直観で知った地動説を実験・研究によって裏付けたのと同じように、作中探偵も本質直観で知った真相を手がかりの解釈によって裏付けた、と言いたいのだろう。もう少し説明すると、

〈科学者〉

従来の説＝コペルニクスは天体が逆行しているように見える等の現象から地動説を考えた。

駆の説＝コペルニクスは本質直観で地動説を得て、そこから逆算して天体が逆行しているように見える等の現象を説明した。

〈名探偵〉

従来の説＝名探偵は手がかりから論理的な推理を積み重ねて真相を見抜いた。

駆の説＝名探偵は本質直観で真相を得て、その真相に合うように手がかりを解釈した。

この考えは正しいだろうか？　私は、間違いとは言えないまでも、不完全だと思っている。以下、その説明をさせてもらおう。

その前に一つ。「本質直観」は現象学の言葉なのだが、私は現象学には詳しくない。従って、本節で論じるのは、「〈本質直観〉が駆の（笠井潔の）説明通りだとした場合、これを用いて謎を解明することができるか」というテーマであることをお断りしておく。


まず、本書の読者に質問したい。なぜ駆は、そして作者は、〈本質直観による推理〉の一番最初の説明に、ダイイング・メッセージを例として挙げたのだろうか？　江戸川乱歩の〈トリック分類〉などでもわかるように、探偵小説において、このテーマはさほど大きな割合は占めていない。〝ダイイング・メッセージの大家〟と言われるクイーンにしても、作例は多いが、実は、メッセージの解読によって解決した事件の割合は大きくないのだ。何よりも、大部分のトリックが犯人が作り上げたものであるのに対して、ダイイング・メッセージは、基本的に、被害者によるものなのだ。

この問いに対する私の答えは、「〈本質直観による推理〉には、本格ミステリには合わないという欠点があり、その欠点が露呈しないように、ダイイング・メッセージを例として挙げた」となる。では、どこが本格ミステリと合わないのだろうか。

〈本質直観〉については、『バイバイ』では、「どんな人間であってもほとんど無自覚のうちに日常的にはたらかせているような、対象を認識するための機構の秘密を明らかにしただけのもの」と説明され、さらに、具体例として、「僕たちは明らかに〈円いもの〉と〈円くないもの〉を判別することが出来るし、つまりは誰もが既に円の本質を知っている」ことを挙げている（第二章《1月6日午後7時30分》）。

なるほど、確かにわれわれは、〈円〉と〈円でないもの〉を判別できる。だが、円の一部が隠されている場合、それでも判別できるだろうか？　円の半分が隠されている場合、円ではなく半円かもしれない。あるいは、水滴や鍵穴のような形だって考えられる。いくら本質を知っていたとしても、対象が隠されていては、直観できないのだ。

同じことを、殺人事件に当てはめてみよう。夫の死体の前に、凶器の包丁を持って立ちすくんでいる妻を見れば、誰でも、「妻が夫を殺した」とわかるだろう。だが、この妻が死体を始末し、包丁の血をぬぐって片付けた場合、もう見ただけではわからなくなってしまう。つまり、本質直観による推理は、探偵小説で描かれるような、犯人が隠蔽工作を行うタイプの犯罪には適用できないのだ。

一方、駆が例として挙げた〝コペルニクスが発見した地動説〟や、〝メンデルが発見した遺伝の法則〟は、誰かが隠蔽工作を行っていたわけではない。これならば、本質直観を用いて見つけ出すことはできるかもしれない。また、犯罪事件でも、テロのように、世間に自分たちの理念をアピールするための犯行ならば、本質直観を適用することができるかもしれない。

だが、本格ミステリのような、犯人が隠蔽工作を行うタイプの犯罪では、本質直観の適用は難しい。もし適用したとしても、ほとんどの場合は——犯人は自分が殺人者であることを隠蔽しようとしてあれこれ細工をしたのだから――「○○の本質は隠蔽にあり」となってしまうはずである。もちろん、推理によって、隠蔽されたものを見抜くことは可能だろう。だが、「何が隠蔽されているかわからないので推理で見抜いた」というのは、〈本質直観による推理〉とは言えないのだ。

ところが、ダイイング・メッセージだけは例外となる。というのも、被害者は、何も隠そうとしていないからだ。むしろ、積極的に、自分のメッセージを他人にわかってもらおうとしている。探偵小説の場合は、わかってもらえないことも多いが、それは被害者の意図によるものではない。力尽きてメッセージが中途半端になったり、犯人が手を加えたりしたからに過ぎないのだ。つまり、メッセージ自体が、「正しい解釈をしてくれ」と訴えているダイイング・メッセージは、本質直観を適用する例としては、最もふさわしいのである。言い換えると、作者が〈本質直観による推理〉の適用例としてダイイング・メッセージを挙げたのは、このテーマが唯一、〝隠蔽〟とは縁遠かったからなのだ。

ただし、例として挙げるのは良いが、作中で解決すべき謎として取り上げるのは問題がある。前述の『吸血鬼と精神分析』ではダイイング・メッセージの謎を扱っているが、成功したとは言い難い。いや、そもそもこの推理は、どう見ても、〈本質直観による推理〉ではない（理由は後述する）。

そこでまず、成功しなかった理由を考えてみると、それは、「ダイイング・メッセージは〈本質直観による推理〉とは相性がいいが、本格ミステリのダイイング・メッセージものとは相性が悪いから」となる。

本来、メッセージが正しく伝わるように残されていれば、警察にも、その意味はわかるはずである。

だが、その場合は本格ミステリにはならない。謎が生じるには、メッセージの一部が欠けたり、ねじ曲げられたりする必要がある。しかし、そうなると、前述した「円の一部が隠された状況」になり、本質直観が適用できなくなってしまうのだ。

今度は、別の角度から考えたい。本当に、ダイイング・メッセージは、「無数の意味を持つ」のだろうか？　答えはＮＯである。理論上は、確かに無数の意味を持つが、実際には、もっと意味は絞り込める。それは、現実の世界には、〝周辺状況〟があるため。例えば、「被害者は日本人で日本語しか知らなかった」という周辺状況が一つあるだけで、解釈の幅が一気に狭まることは、言うまでもない。逆に、被害者が使える言語を知らない探偵が、本質直観によってメッセージの正しい解釈ができると考える方が、おかしいのではないだろうか。

ここで再び、『吸血鬼と精神分析』を見てみよう。この作では、メッセージが残された第一の殺人に続く第二、第三の殺人でも、現場に〝あるもの〟が残されていた。駆はその〝あるもの〟を結びつけるパターンを見抜き、そこから逆算して、一番目のメッセージの意味を特定している。

これが「周辺状況を利用した推理」であり、〈本質直観による推理〉とは正反対の推理であることは、言うまでもない。紙に描かれた円そのものではなく、周囲に描かれた図形や、その図は何の目的で描かれたかに着目しているのだから。例えば、四分の一が隠された円がどんな形なのかは、本質直観では特定できない。しかし、この図形が視力検査表に描かれているという周辺状況を得たならば、隠された部分は、誰でもわかるだろう。

ただし、駆の推理における周辺状況の使い方は、初歩の段階と言える。本格ミステリに登場する探偵の推理では、周辺状況は無数の解釈から唯一の解釈を選び出すために使うのではない。無数の解釈を絞り込むために――消去法として――使うのだ。

具体的に説明しよう。「被害者は日本人なのでメッセージは日本語に違いない」という推理が説得力に欠けることは、言うまでもない。だが、「被害者は日本語を知らないのでメッセージは日本語ではない」という推理は、説得力がある。もちろん、「周囲の人は誰も知らないが、実は、被害者は日本語を知っていた」という可能性は存在する。だが、周りから「日本語を知らない」と思われている被害者が、日本語のメッセージを残すだろうか？　繰り返すが、被害者は、「意味をわかってほしい」と思ってメッセージを残しているのだ。

だが、駆（と作者）は、この〝消去法〟による推理に気づいていないように見える。というのも、シリーズ第一作『バイバイ』では、「探偵は、握られた砂糖が犯人を指示する記号であるとしても、それがまた無数の論理的に妥当な解釈を呼ぶものであることを強引に無視して、砂糖・麻薬・麻薬中毒者という連想から犯人を麻薬中毒者であると決めつける」と批判し、現時点でのシリーズ最新作『吸血鬼と精神分析』でも、相変わらず「屍体が握っていた砂糖を出発点に名探偵は白い粉、麻薬、麻薬中毒者という連想から犯人を指摘するのだが、これが根拠薄弱な当て推量にすぎないことは子供でもわかる」と言っているからだ。

しかし、実際に『Xの悲劇』を読むならば、周辺状況によって、「無数の論理的に妥当な解釈」の大部分が〝消去〟されていることがわかると思う。
砂糖のダイイング・メッセージの場合、重要な周辺状況は、次の三つになる。
①警察はメッセージの意味を突きとめることができなかった。
②被害者は裏社会の人間だった。
③被害者はその裏社会を裏切った男で、同じ裏社会の人間に命を狙われ、数ヶ月間ホテルに引きこもっていた。
まず、①により、犯人が「シュガー」という綽名《あだな》の持ち主だとか、砂糖業界の関係者といった、警察でも思いつく解釈は消去される。だからといって――被害者は「警察はわかってくれる」と考えたわけだから――大きな飛躍が必要な解釈ということもあり得ない。例えば、裏社会以外の者が犯人だった場合、被害者は何よりもまず、警察に「おれを殺したのは裏社会の人間ではない」と伝えようとしなければおかしいだろう。

ちなみに、クイーンの短篇「角砂糖」(一九五〇年)では、再び砂糖のダイイング・メッセージが登場している。ここでは、名探偵エラリーが、「砂糖か……。彼らの中に、砂糖がらみの法律に関係している者がいませんか? ミラードは砂糖業界の組織の理事でもしていませんか? あるいは、スティーヴンズが砂糖関係の株でも持っていませんか?」と言うと、父親のクイーン警視に「そっちの方面なら、せがれよ、お前の知恵を借りる必要はない。こっちですでに調査中だ」と言われてしまう。『X』のレーンが、他の可能性を無視しているのではなく、警察でも考えつく可能性を除外しているだけに過ぎないことは、これで明らかだと思う。

次の②では、高い教養や専門知識が必要な解釈が消去できる。仮に、被害者がシェイクスピアのファンだったとしても、警察がそれを知らない以上、シェイクスピアがらみのメッセージを残す意味はない。警察がメッセージを正しく解釈して裏社会の連中を調べたら犯人が特定できるようにしなければ意味はないのだ。実際、『X』の作中で名探偵レーンは、「死にゆく男は警察がその手がかりをもとに犯人にたどり着けそうなものを残したはず」と言っている。

③からは、犯人が裏社会に雇われた人物である可能性が高いことがわかる。だとすると、被害者は犯人の名前や職業を知らなくてもおかしくない。駆は『バイバイ』で、犯人が麻薬の製造者、密売者、登山家、山小屋の住人、医師、薬剤師、化学実験者であるという解釈を無視している、と探偵を批判しているが、ホテルに押し入ってきた初対面の殺し屋を見ただけで、どうしてその人物が麻薬の製造者、密売者、登山家、山小屋の住人、医師、薬剤師、化学実験者であることがわかるのだろうか？

さらに細かく見るならば、「被害者が食事を終えたばかり」という周辺状況によって、前述の「(砂糖・白衣という連想から) 犯人は医師、薬剤師、化学実験者」という可能性も消去できる。なぜならば、被害者が白衣の人物を指し示したかったのなら、砂糖ではなくナプキンを摑んだはずだからである。

――という具合に、砂糖のメッセージの解釈は無数に存在するが、周辺状況を考慮するならば、大部分は消去できるか、可能性が小さくなるのだ。そして、逆に、「砂糖＝コカイン」という可能性は大きくなる。裏社会の住人である被害者は、犯人が裏社会に雇われたコカイン中毒者であることがひと目でわかった。そこで、コカインを示すメッセージを残しておけば、警察は(常日頃から麻薬中毒者はチェックしているので）犯人を捕らえてくれると考えた――というのは、他の解釈よりも、ずっと可能性が大きいはずである。

もちろん、いくら周辺状況を使って解釈の幅を狭くしたとしても、一つに絞り込むことはできない。名探偵が絞り込んだ解釈の中から一つを選び出す時には、〝直観〟を使っているのかもしれない。だが、それは〈本質直観〉ではないのだ。駆の説明通りならば、ある図形を見て、三角や四角の可能性を消去してから円だと判断するのは、本質直観とは言わない。他の可能性を検討せずに円だと判断するのが本質直観なのだ。

笠井潔の描く推理には、「周辺状況を用いて他の可能性を消去する」という手順が欠けている。前述したように、砂糖のメッセージに対して駆が挙げた別解は、ことごとく周辺状況で消去できる。また、作者は評論の中で、クイーンの『エジプト十字架の謎』のヨードチンキ瓶の手がかりについて、いくつか別解を挙げているが、これもまた、薬品棚の状況から消去できる。

笠井の周辺状況を無視した考え方は、おそらく〈本質直観による推理〉を描くために生じたのだろう。ダイレクトに真相にたどり着くこの推理法は、外堀から埋めていく消去法推理とは相性が悪いからだ。

しかし、駆シリーズには〝消去のロジック〟が存在しないため、本格ミステリとして問題が生じてしまった。例えば、『バイバイ』における駆は、ナディアや警視の推理を否定できていないのだ。否定は駆がするのではなく、オデットの首が発見される等の、後出しのデータによって行われている。

一方、クイーン作品でも、クイーン警視などが間違った推理を披露する場合があるが、その推理は、エラリーが論理的な穴を指摘して、きちんと否定されているのだ。つまり、駆の〈本質直観による推理〉では、他者の推理を否定できないということになる。

では、「駆は本質直観で本質を見抜いてから推理しているので正しい。ナディアの推理は〝探偵小説愛好家の臆断〟なので間違い」と言えるだろうか？『バイバイ』を例に取るならば、そう言うことはできない。

既に述べたように、首切りの理由は、頭部に残された手がかりを隠蔽するためだった。この手がかりを残しておくと、犯人のアリバイが崩れてしまうのだ。

しかし、「アリバイのために首を切る」という行為は、〝観念による殺人〟ではなく、金銭目当ての殺人でもやるだろう。また、アリバイを崩す手がかりが顔の化粧ではなく爪のマニキュアだった場合は、犯人は手首を切断することになるが、この場合、駆は「手首切断の本質は〜」という推理をしたのだろうか？　そもそも、首の切断は、当初の計画にはなかったわけだから、これまた〝観念による殺人〟とは無縁ではないか。つまり——第二章で述べたように——警察でも解決可能な殺人ということになるわけである。

そしてまた、これも既に述べたように、「頭部に残された手がかりを隠蔽するために首を切断する」というアイデアは、海外作品に先例がある。ということは、ナディアがこの海外作品を読んでいたら、ある程度まで真相に近づいた答えを、〝探偵小説愛好家の臆断〟として提示した可能性もあるのだ。

駆の〈本質直観による推理〉は、ユニークかつ斬新な〈推理法〉だった。

ただし、（第二章でも指摘したが）『バイバイ』に関しては、その推理法はうまく機能していない。理由は、動機が「大金を手に入れ、その罪を他人に着せる」という、〝観念による殺人〟とはほど遠いものだったこと。そして、首切りが「当初の計画にないアクシデントに対応するため」という、〝観念による殺人〟とは無縁の動機だったこと。この二点により、『バイバイ』の〈本質直観による推理〉は、レトリックにとどまってしまった。

だが、作者はこの推理法を手放さずにシリーズ二作目に挑んだ。既に考察したように、『サマー』では、〈本質直観による推理〉を〝観念による殺人〟以外にも適用。「二度殺された屍体」を支点現象とした、レトリックとは異なる、鮮やかな推理を見せてくれる。ただし、プロットの都合により、この推理は〝おまけ〟扱いになってしまい、読者に与える印象が弱くなった。

そして、第三作『薔薇の女』では、支点現象を「不在証明の必要がない人間による不在証明の偽装」と定め、見事な推理を披露している――が、そこでは本質直観を用いてはいない。作者はついに、〈本質直観による推理〉を放棄してしまったのだろうか……。

だが、作者はこの推理法を手放してはいなかった。そして、長い中断後に発表された『哲学者の密室』は、〈本質直観による推理〉と事件が見事に連携した傑作だった。続く『オイディプス症候群』でも――前作には及ばないにしても――やはり見事な〈本質直観による推理〉を披露してくれた。その次の『吸血鬼と精神分析』もまた、〝分身〟をめぐる〈本質直観による推理〉は、鮮やかに決まっている。

ところが――第九節で考察したように――一九九〇年代に提示された〈後期クイーン的問題〉が、この推理法に影響を与えてしまう。本来は、〝証拠の多義性〟に対応するためだった推理法が、〝証拠の捏造〟にも対応できるものに変えられてしまったのだ。今のところ、駆シリーズには影響は及んでいないが、外伝の『青銅の悲劇』には、はっきりと影を落としている。この変更が駆シリーズにとって吉と出るか凶と出るかは、『煉獄の時』以降の長篇が刊行されるのを待たなければならないだろう〈雑誌連載版を読む限りでは〈後期クイーン的問題〉は影響していないように見えるが、単行本化時に大幅に加筆される可能性は小さくない〉。だが、笠井が、その危険性を自覚していることは間違いない。なぜならば、前述の評論「矢吹駆連作と観念小説／論理小説」は、第九節で引用した文に続いて、以下の文で締めくくられているからだ。

推理の前提となる本質直観とは、探偵小説システムがはらむ原理的な危機と困難性を、探偵役の特権的キャラクターに封じこめてしまうための、苦肉の策でもあった。観念と論理の二〇世紀探偵小説はそれでいいとしても、この擬似的な解決法が二一世紀の今日も通用しうるだろうか。今年中に、連作の第九作『魔の山の殺人』（仮題）の連載を開始する予定だ。探偵小説の無理と困難性を一身に封じられた探偵役は、観念小説のヒーローとしてはむろんのこと、論理小説の中心キャラクターとしても苦悩と失調に見舞われざるをえないだろう。二〇世紀的な観念小説＝論理小説が失効したあと、どのような探偵小説が可能なのか。『青銅の悲劇』を第一作とする日本篇で、この難問は正面から問われることになるはずだ。

十二 『テロルとゴジラ』――ニッポン

ここまで、〈矢吹駆シリーズ〉と連携している探偵小説論と社会論を見てきた。最後は、天城一同様、駆シリーズと連携していない社会論を取り上げたい。その理由は三つある。一つ目は、第五章とは逆に、笠井の社会論を天城の社会批判と連携させるため。残りの二つに関しては、後で述べることにする。

『哲学者の密室』以降の笠井の社会論を読むと、それ以前に書かれた『テロルの現象学』とは大きく変わっていることに気づく。二〇一六年に刊行された『テロルとゴジラ』は、一九九六年から二〇一六年までの文章が収められているので、これを考察の対象としよう。

その『テロルとゴジラ』に添えられた「あとがき」を読んで、私はひっかかりを感じた。そこには以下の文章が書かれていたからだ。

探偵小説を通じての二〇世紀論、サブカルチャーを通じての二一世紀論という迂回路を辿り終え、今後は新たな領域での仕事に集中したいと考えている。『テロルの現象学』の続篇『ユートピアの現象学』に向かうため、評論の領域では今後、第Ⅱ部の「デモ／蜂起の新たな時代」を出発点とする仕事が優先されていくだろう。

ここで挙げられている評論「デモ／蜂起の新たな時代」は、二〇一〇年から二〇一一年にかけて世界中で行われたデモ（日本の反原発デモも含む）を起点に、学生運動も含めた過去のデモを論じた文。いかにも笠井らしい論だが、私がひっかかったのは、そこではない。『テロルの現象学』の続篇が、『ユートピアの現象学』という題名だという点が、気になったのだ。

今度は、本書でたびたび取り上げてきた『テロルの現象学』の初刊本（一九八四年）の「あとがき」を見てみよう。そこには以下の文章が書かれている。

「観念批判論序説」という本書のサブ・タイトルは、「序説」をタイトルに冠した書物によくあるような、たんなるレトリックの産物ではない。「観念批判論」の本論部分は、「第一部　芸術論」、「第二部　エロティシズム論」、「第三部　革命論」として現在も準備されつつあり、この作業の完了をもってのみ私にとって連合赤軍事件の敗戦処理は、ようやく過去のものとなりうるだろう。

これで、私の言いたいことがわかってもらえたと思う。この『ユートピアの現象学』は、明らかに、『観念批判論』の本論部分」とは異なっている。こちらの論は、どうなってしまったのだろうか？　その答えも、『テロルとゴジラ』に収められていた。二〇一一年に発表された「永田洋子の死」という評論には、以下の文章が出てくるのだ。

革命観念の倒錯やコミューン主義の病理をめぐり、これまでも筆者は連合赤軍事件を批判的に検証してきた。永田の死に際して、この種の議論を繰り返すまでもない。あらためて思うのは、少し違うところにある。

――「この種の議論を繰り返すまでもない」という言葉は、「この作業（『観念批判論』の執筆）の完了をもってのみ私にとって連合赤軍事件の敗戦処理は、ようやく過去のものとなりうるだろう」という言葉と連携しているように見える。だが、実際には、「この作業」は完了していないのだ。これが、『哲学者の密室』以降の笠井の社会論の最大の特徴に他ならない。笠井の関心が、『哲学者の密室』以前の論の核とも言うべき『テロルの現象学』から、「少し違うところにある」のだ。では、それは何だろうか？「永田洋子の死」を読み進めると、以下の文章に突き当たる。

（略）多くの犠牲者を出した〝総括〟という連続リンチ殺人には、革命観念の倒錯がはらまれている。とはいえ、市民社会から離脱する以外に革命観念は保持しえないという地点にまで連合赤軍を追い詰めたのは、一九八〇年代の高度消費社会で絶頂を迎えるだろう「平和と繁栄」の戦後日本だった。

右の文の前半が『テロルの現象学』に対応していることは、本書の読者ならわかると思う。つまり、今の笠井の関心は、後半の〝戦後日本〟にあるのだ。

ただし、前半と後半は、まったく別々の論というわけではない。この本に収録された「テロルとゴジラ」によると、連合赤軍事件は、イタリアの赤い旅団や西ドイツ赤軍と同じように、〈観念の逆説〉に陥った部分と、そこからはみ出した部分を持っている。その「はみ出した部分」については、この評論から引くと、

（略）もしも連合赤軍の犠牲者の死が「処刑」や「粛清」だったとすれば、〈68年〉世代が「保有している政治の言語」でも理解は可能だったろう。（略）

しかし連続〝総括〟死は「処刑」でも「粛清」でもない。連合赤軍の一二人の死者のうち、自覚的に「処刑」されたのは二人にすぎない。残る一〇人は革命兵士への自己改造に失敗した「敗北死」、総括の援助（という暴行）に耐えられない結果の自然死として、死亡する直前の当事者を含め了解されていた。だから連続〈総括〉死は〈68年〉世代に、革命運動と殺人をめぐる二〇世紀の思想的考察の域を超えた出来事ではないかという疑惑を、否応なく突きつけることになる。

この「〈68年〉世代が『保有している政治の言語』」で語ることができる部分を語ったのが『テロルの現象学』で、語れない部分を語ったのが笠井の最近の評論、そして、『ユートピアの現象学』というわけである。

では、その最近の笠井が語る〝戦後日本〟論は、どのようなものだろうか？　それは、笠井が〈二

ッポン・イデオロギー〉と名付けた思想（というよりは「思考」か）を軸にした論に他ならない。「考えたくないことは考えない、考えなくてもなんとかなる」というニッポン・イデオロギーが、「既成事実への屈服と不決断、あとは野となれ式の無責任」を生み出し、戦争や敗戦や福島原発事故を生み出した――と笠井は言っているのだ。

なお、笠井には、テーマをこの〈ニッポン・イデオロギー〉に絞って掘り下げた評論書『8・15と3・11―戦後史の死角』（二〇一二年）がある。ただし、本書では、笠井の論自体の考察は行わず、矢吹駆シリーズとの関係や、天城一との類似点／相違点を考察するのが目的なので、そちらに進ませてもらおう。

まず指摘したいのは、この〈ニッポン・イデオロギー〉を軸にした評論は、驚くほど天城一の評論に似ているという点。第五章で紹介した天城の「俺たちに明日はない」では、日本人が論理的に思考できないことを批判し、「決断は感情か」では、日本は理性ではなく感情で開戦を決めたと批判し、「失われた秘宝」では、軍部の無責任さを批判しているが、こちらもまさしく、ニッポン・イデオロギー批判ではないか。その他にも、戦前や戦中の政府や軍部、人間天皇、ポツダム宣言、GHQ、高度成長など、批判の矛先は笠井と重なり合う。また、既存の映画や小説や評論書を批判的に利用する手法も良く似ている。

ただし、類似点を詳しく述べる紙幅はないので、次の指摘に移ろう。

指摘しておきたい第二の点は、ニッポン・イデオロギーを軸にした論は、〈矢吹駆シリーズ〉では扱えないという点。フランス人であるナディアやモガール警視に向かって、駆が日本批判をしても、意味はない。また、ニコライ・イリイチやその仲間も、ニッポン・イデオロギーに従って行動しているわけではないので、事件とからめて日本批判を盛り込むこともできない。

私はこの節の冒頭で、〈矢吹駆シリーズ〉と連携していない社会論を取り上げる三つの理由の内の二つは後述すると言ったが、二つ目がこの指摘である。「連携していない」のではなく、「連携できない」ことを指摘したかったのだ。おそらく、笠井が日本を舞台にした駆シリーズ外伝『青銅の悲劇』を書いた理由の一つが、これだったのだろう。

十三　『テロルとゴジラ』――例外社会

『哲学者の密室』以降の笠井の社会論には、〈ニッポン・イデオロギー〉の他に、もう一つ、軸がある。それは、『テロルとゴジラ』収録の評論「シャルリ・エブド事件と世界内戦」などに出てくる、〈世界内戦〉と〈例外社会〉というテーマである。

笠井の説では、戦争は「国民戦争」→「世界戦争」→「世界内戦」と変化してきた。十九世紀の「国民戦争」は、主権国家間の利害関係に新たな均衡をもたらすために行われる。二十世紀の「世界戦争」は、対戦国の体制破壊を最終目的として行われる。そして、9・11によって幕を開けた二十一世紀の「世界内戦」は、主権国家ではない、アルカイダやイスラム革命運動のような、いわば民間団体が国家に戦争を挑む。その結果として戒厳令が敷かれたような社会が生じ、これが〈例外社会〉と言うわけである（こちらに関しても、笠井は二〇〇九年に『例外社会』という評論書を出しているが、本書ではそこまで踏み込まない）。

この紹介だけでもわかると思うが、この論では、日本だけでなく世界が視野に入っている。ならば、駆シリーズと連携できるかというと、実はできない。さらに、『テロルの現象学』とも連携できない。なぜかというと、駆シリーズの時代では、まだ世界は〈例外社会〉になっていないからだ。いや、これは正確ではない。まずは、『哲学者の密室』の第九章において、初期作の犯人の動機について述べた駆の台詞を引用してみよう。

「平和と繁栄に自足した社会では、死の可能性など、どんなに凝視しようと少しも見えてきそうにない。（略）戦場のない社会で死の可能性に直面することができないなら、意図的に戦場のようなものを、死の危険に満ちた暴力的な環境を、なんとか捏造してしまえ。（略）」「吐き気のするような俗物の集団で溢れかえる都市の街頭を、テロリズムの戦場に転化せよ……」

つまり、ニコライ・イリイチたちが事件を起こす目的は、〈例外社会〉を作り出すことにある。そして、駆が探偵行為を行う目的は、〈例外社会〉を作らせないことにあるのだ。

従って、既に〈例外社会〉に突入した現代を論じた文を、駆シリーズにはめ込むことはできない。同様に、『テロルの現象学』で論の対象となる〝テロル〟も、〈例外社会〉を作り出すためのものなので、やはり現代を論じた文に組み込むことはできない。

ここで着目すべきは、３・11の福島原発事故。笠井は、この原発事故によって、日本は〈例外社会〉に突入したと語っているからだ。そして、この〝原発〟は、『魔の山の殺人』（未単行本化）で重要な役割を果たしている。――実は、本作は『サマー・アポカリプス』の後日譚になっていて、原発産業を牛耳るロシュフォール家が再登場するのだ。

ところが、作品を読んでみると、原発推進派が「原子炉には何重もの安全装置がある。制御不能になるなんて心配性の婆さんの妄想にすぎないよ」、「事故が起こる可能性は、小惑星が地球に衝突する可能性と数値的に変わらない」と語り、駆が「専門家の安全計算には、人間という不可能な存在が含まれていない」、「原子炉の破壊を目的にしたテロリストが、十年以上という地味な長期計画で原発企業に就職し原子炉の運転者になるかもしれない」と返す程度に過ぎないのだ。

だが、これは当然と言える。本作の事件発生年は一九七〇年代後半であり、この時点では、福島原発事故どころか、チェルノブイリの原発事故も起こっていないのだ。いくら駆でも、この時点では、語るべきものは持っていないだろう。

では、駆とナディアの子供を主人公にして、パリで〈シャルリ・エブド事件〉などのテロに挑む姿を描く、という設定にすれば、シリーズは可能だろうか？　これも難しい。なぜならば、〈例外社会〉においては、テロと戦うのは警察ではなく軍隊だからだ。言い換えると、駆のような民間人がモガール警視やバルベス警部のような警察官とチームを組んで活躍できるのは、通常の社会だけなのだ。

それでは、駆シリーズでは〈例外社会〉論は扱えないのだろうか？　実は、一つだけ方法がある。

拙著『エラリー・クイーンの騎士たち』の笠井潔の章では、『哲学者の密室』を取り上げ、過去の事件（コフカ収容所の密室）と現代の事件（ダッソー家の密室）を比べ、過去の事件は〝世界が反転している〟と指摘している。

過去＝戦争（テロ）の世界・死の危険にあふれる世界。

現代＝平和（非テロ）な世界・死の危険のない世界。

というわけである。この原稿の初出は一九九三年なので、私は〈例外社会〉という言葉は使っていないが、『哲学者』の過去編がこの言葉に当てはまることは、明らかだろう。

つまり、駆シリーズにとっては未来の〈例外社会〉が使えないのならば、過去の〈例外社会〉を使えば良いのだ。実際、『哲学者』以降の作品では、『煉獄の時』が、この手法を用いている。

ただし、この手法にも問題がある。

一つ目は、過去の〈例外社会〉は、「世界大戦」下にあり、「世界内戦」下ではない、という問題。

二つ目は、過去の事件では、駆を活躍させることができない、という問題。

やはり、この論も、駆シリーズに盛り込むのは難しいようだ。

ここまでの考察で、現在の笠井の興味の対象が、駆シリーズでは使えないことがわかったと思う。しかし、これによって、駆シリーズの今後に何を期待すれば良いかが見えてくる。それは、笠井が「（永田の死に際して）あらためて思うのは、少し違うところにある」と言って切り捨てた、『テロルの現象学』の論であり、笠井が「辿り終え」たと言った「探偵小説を通じての二〇世紀論」に他ならない。本書で私は、駆シリーズが『テロルの現象学』から少しずつ離れてきたことを指摘したが、前述の評論「監獄／収容所／探偵小説」でもわかるように、作者はまだまだ、語るべきことを持っている。そして何よりも、作者でなければ語れないものを持っているのだ。

おそらく、笠井の性格からすると、これらの論を評論の形で発表することはないだろう。だが、一九七〇年代を舞台とし、矢吹駆を主人公とするシリーズでは、これらの論しか組み込むことはできないのだ。

これが、前節で述べた、本章で「駆シリーズと連携していない社会論を取り上げた」理由の三つ目である。駆シリーズと連携できない社会論から、駆シリーズと連携できる社会論に戻ることを期待しているのだ。

十四　おわりに

前章とこの章で考察したように、天城一も笠井潔も、共に社会論や社会批判、探偵小説論や探偵小説批判を、むきだしのまま探偵小説に組み込むことがある。組み込まずに、そのまま評論の形で発表することもある。これを、「エンターテインメント作家にふさわしい姿勢ではない」と批判する人もいるだろう。だが、この二人はなぜ、そんなことをしたのだろうか？

私の答えは、「この二人は〝やりすごす〟ことができない性格だから」となる。

天城は、「もう戦争は終わったのだから」、「もう天皇は人間になったのだから」で終わりにすることができなかったのだ。権力者である江戸川乱歩におもねることができなかったのだ。自作の評価の低さに対して、「みんな、わかっていないな」で済ませることができなかったのだ。

笠井は、自分は直接には関与していなかった〈連合赤軍事件〉を、見て見ぬ振りができなかったのだ。《後期クイーン的問題》も、《容疑者X問題》も、3・11も、シャルリ・エブド事件も、「どうでもいい」で済ませることができなかったのだ。

現在は、〝やりすごす〟ことが処世術になっている。空気を読み、波風を立てないことが美徳なのだ。私のような人間にとっては、二人の小説や評論には、刺さるものがある。しかし、それでも二人の作品を読むことはやめられない。刺さる部分も含め、大きな魅力を持っているからだ。

「自分に都合の良いことだけが書いてある作品しか読みたくない」と考える読者が増えている現在こそ、天城一と笠井潔の作品は、読まれるべきではないだろうか。いや、読まれるべきなのだ。

本書がその一助となれば光栄である。

あとがき

本書は、『エラリー・クイーン論』（二〇一〇年／論創社）、『エラリー・クイーンの騎士たち』（二〇一三年／論創社）、『本格ミステリ戯作三昧』（二〇一七年／南雲堂）に続く、私の四冊目の評論書になります。こういったマニアックな本を出し続けることができるのは、みなさんのように、支持してくれる人が、評価してくれる人がいるからです。おかげさまで、〈本格ミステリ大賞評論・研究部門〉を二度も受賞することができました。ここで、お礼を述べさせてもらいます。ありがとうございました。今回もみなさんに支持され、評価してもらえるならば光栄です。そしてまた、本書で初めて私の本を読む人にも、支持され、評価されるならば、この上ない喜びとなります。

本書は書き下ろしですが、いつものように、原型となる文章がいくつかあります。最も多くの考察の原型になったのは、私が天城一の米寿を記念して編んだ同人誌『天城一読本』。甲影会が発行を引き受けてくれて、《別冊シャレード》93号として、二〇〇六年に発行されました。ここに二百枚以上書いた天城一の作品論の三割ほどが、本書の第一、三、五章の原型になっています。また、この読本のために行った天城作品のベスト選出結果も、本文で紹介しました。回答者のみなさんに感謝します。

天城一追悼のために甲影会から二〇〇八年に出した『天城一読本・補遺』に収められた天城一と笠井潔の書簡が、本書第四章の原型です。そして、このコーナーの題名は「数学者と哲学者の密室」でした。

また、この二冊には、天城から私に宛てた私信の内、作品に関係あるものを（許可を得た上で）、いくつも収めました。本書で引用した私信は、すべてここから採ったものです。

笠井潔に関しては、手塚隆幸編集の同人誌〈名探偵研究シリーズ〉の《矢吹駆研究》に一九九三年から九四年にかけて連載した「カケル問答」、『本格ミステリー・ワールド２０１６』（二〇一五年／南雲堂）に書いた「本質直観とダイイング・メッセージ」、『吸血鬼と精神分析』の光文社文庫版解説、などが原型と言えます。しかし、実を言うと、『エラリー・クイーンの騎士たち』の笠井潔の章を書く時に考えた――が、長さの都合やクイーンとの関連度でボツにした――ネタが、一番多かったりします。

そして、あらためて感謝のことばを。こういった原型となる文の発表舞台や機会を与えてくれた方々に。貴重な資料を提供してくれた山前譲氏に。天城氏の数学者としての業績を教えてくれた藤井淳一氏と藤井正俊氏に。『本格ミステリ戯作三昧』に続き、こんなマニアックな企画を通してくれた上に、いくつもの有益なアドバイスをくれた、南雲堂の星野英樹氏に。そして、誰よりも、天城一氏と笠井潔氏に感謝します。お二人のすばらしい小説と評論と書簡がなければ、この本は存在しなかったでしょう。ありがとうございました。

本書を書き終えた今、私が思うことは、〝本格ミステリ〟というジャンルの豊潤さです。天城一と笠井潔は、「テーマとトリックを連携させ、それを探偵の推理が明らかにする」という作風の物語を描いてきましたが、これは他のジャンルではできないでしょう。テーマもトリックも探偵も、本格ミステリの専売特許ではありませんが、この三つを連携させたものは、本格ミステリ以外の何ものでもないのです。そして、ただ単にテーマが作中で語られるだけの他のジャンルと異なり、探偵が行うトリックの解明によって、テーマは読者の心に深く刻まれることになるわけです。

そしてまた、こういった作風は、本格ミステリの一部であって、すべてではありません。広大な本格ミステリの領土には、多種多様な作風が存在するのです。例えば、私は本書で、「トリックだけ抜き出して評価すると見えなくなるものがある」と、繰り返し語ってきました。しかし、本格ミステリの領土には、「トリックだけ抜き出すことによって見えてくるものもある」のです。（そちらは現在構想中の評論書『奇蹟を解く者たち』で扱う予定ですが……）

さらに、新しい血が絶えることなく流れ込み、本格ミステリの豊潤さを生みだしていることもわかりました。本書では、「笠井潔『サマー・アポカリプス』↓麻耶雄嵩の作品」と、「天城一『盗まれた手紙』↓井上真偽『その可能性はすでに考えた』」の二つの流れを挙げていますが、私は、「麻耶雄嵩は笠井潔を意識して執筆している」とか、「井上真偽は天城一を意識して執筆している」と言いたいわけではありません。絶えることなく新たな作家が本格ミステリというジャンルに加わり、さまざまな試みを行うことにより、結果として、先行作品を継承する部分を持つことになったわけです。

しかし、本格ミステリは最初から豊潤だったわけではありません。本書の第一章で考察したように、天城一のデビュー当時は、かなり狭いジャンルでした。それから七十年以上にわたって、多くの作家や評論家や編集者や読者が、本格ミステリを広げ、深めていき、天城一の居場所を作ったのです。そしてもちろん、この居場所があったからこそ、今ここに、私の本が存在しているのです。

本格ミステリを広げ、深めた多くの作家や評論家や編集者や読者にも感謝します。

〔付記〕

この文を書いている現在（二〇二〇年六月）、新型コロナウイルスの流行のため、世界が笠井潔の言う〈例外社会〉に突入しました。しかも、原因は〈伝染病〉。本書は流行前に仕上げて編集部に送っていたので、追加や修正はできませんでしたが、ここで簡単に触れておきましょう。

まず、笠井潔は、本書と前後して南雲堂から刊行される評論書のために書き下ろした章で取り上げるそうです。ただし、急遽追加したものなので、作者自身は不充分だと感じているとのこと。本格的に取り組むのは、このあとのようです。

天城一は、もちろん、今回の件について文章を書くことはできません。しかし、本書を読み終えた人ならば、戦時中の「愚かな考えで、多くの犠牲者を出しながら、誰も責任を取らない」軍部への批判が、そのまま現在に当てはまることに気づいたと思います。実際、朝日新聞二〇二〇年六月一日付の朝刊によると、今回の政府の対応は、「第2次世界大戦中の日本軍による『インパール作戦』にたとえられている」そうです。

そして私は、第六章第十四節の最後の文を、こう書き換えたいと思いました。

現在は、〝やりすごす〟ことが処世術になっている。空気を読み、波風を立てないことが美徳なのだ。そして、「自分に都合の良いことだけが書いてある作品しか読みたくない」と考える読者も少なくない。こういう人たちにとっては、天城一も笠井潔も、読む必要がない作家なのだろう。だが、今年（二〇二〇年）起こった新型コロナウイルスによるパンデミックは、〝やりすごす〟ことができない現実であり、「自分に都合の良いことだけが書いてある文」だけ読んでいては対応できないのだ。こんな現在だからこそ、天城一と笠井潔の作品は、読まれるべきではないだろうか。いや、読まれるべきなのだ。

本書がその一助となれば光栄である。

引　用・　参　考　資　料　一　覧

※天城一と笠井潔以外は、引用や踏み込んだ言及をしていない作品は省略した。
※出版データの西暦年は初刊時のものだが、出版社等は筆者が執筆の際に参考にした本の場合もあり、必ずしも最新の版とは限らない。また、天城や笠井が読んだであろう旧訳の方を参考にした場合もある。
※短篇や評論は、発表年と収録作品集の刊行年の開きが大きい時のみ、発表年を添えている。
※略号は、岩文＝岩波文庫、角文＝角川文庫、講ノ＝講談社ノベルス、講文＝講談社文庫、光文＝光文社文庫、新文＝新潮文庫、創文＝創元推理文庫、宝文＝宝島社文庫、日評＝日本評論社、早文＝ハヤカワ・ミステリ文庫、扶文＝扶桑社文庫、ＥＱＦＣ＝エラリー・クイーン・ファンクラブ。

天城一

「探偵小説と数学」《探偵作家クラブ会報》1948/3, 探偵作家クラブ

「ある晴れた日に（初稿版）」《鬼》1953/9, 鬼クラブ

「アメリカ11才に達す」《探偵趣味》1954/2, 探偵趣味の会

『圷家殺人事件』1955,『甦る推理雑誌⑤「密室」傑作選』2003, 光文

「殺し屋の代数」「これが推理小説史上最高のトリックだ」《SRマンスリー》1961/5, SRの会

「密室の系譜」鮎川哲也編『密室探求・第二集』1984, 講文

『密室犯罪学教程』1991, 私家本

『天城一の密室犯罪学教程』2004, 宝文
　「不思議の国の犯罪」1947,「奇蹟の犯罪」1948,「高天原の犯罪」1948,「明日のための犯罪」1954,「盗まれた手紙」1954,「ポツダム犯罪」1954,「密室作法」1961,「火の島の花」1982,「怨みが浦」1982,「夏炎」1991,「遠雷」1991,「密室犯罪学教程・埋論編」1991

『島崎警部のアリバイ事件簿』2005, 日評
　「方程式」1948,「ある晴れた日に」1953,「急行《さんべ》」1975,「春嵐」1982,「死は賽を振る」1994,「虚空の扉」2001

『宿命は待つことができる』2006, 日評
　『宿命は待つことができる』1990,「失われた秘策」2006

「われらのアイアス」『天城一読本』2006, 甲影会

「椿説／Yの悲劇」《Queendom》2006/2, EQFC

「椿説／Yの悲劇Ⅱ」《Queendom》2006/10, EQFC

「折州家の崩壊」《CRITICA》2007夏, 探偵小説研究会

『風の時／狼の時』2009, 日評
　『風の時／狼の時』1990,「感傷的対話」1999,「クィーンのテンペスト」1999,「神の言葉」1953,「失われた秘薬」2006,「失われた秘宝」2008,「失われた秘報」2009

鮎川哲也

『砂の城』1963, 角文

『透明人間大パーティ』編著, 1985, 講文

飯城勇三

「十番目の奇蹟の犯罪」《摩耶正研究2》1994, 私家本

『天城一読本』編著, 2006, 甲影会

『天城一読本・補遺』編著, 2008, 甲影会
『エラリー・クイーン論』2010, 論創社
『エラリー・クイーンの騎士たち』2013, 論創社

井上真偽
『その可能性はすでに考えた』2015, 講ノ

江戸川乱歩
『幻影城』1951, 講文
「探偵作家としてのエドガー・ポー」
『続・幻影城』1954, 講文
「日本探偵小説の系譜」「英米の短篇探偵小説吟味」
『探偵小説の謎』1956, 講文
『幻影城通信』1988, 講文
「探てい小説の新人群」1948,「探偵小説の新人群」1949

小栗虫太郎
『失楽園殺人事件』2000, 扶文
「聖アレキセイ寺院の惨劇」1933

各務三郎
「解説」『Yの悲劇』1974, 講文※各務の解説中に引用されているF・M・ネヴィンズの文は「The Drury Lane Quartet」(1969)で、邦訳は『エラリイ・クイーンとそのライヴァルたち』(1979, パシフィカ)。引用した指摘はネヴィンズの『エラリイ・クイーンの世界』にも『エラリー・クイーン　推理の芸術』にも書かれていない。

笠井潔
『バイバイ、エンジェル』1979, 創文
『サマー・アポカリプス』1981, 創文
『薔薇の女』1983, 創文
『テロルの現象学』1984, ちくま学芸文庫
『復讐の白き荒野』1988, 講文
『天使／黙示／薔薇』1990, 作品社
『哲学者の密室』1992, 創文
『サイキック戦争』1993, 講文
『模倣における逸脱』1996, 彩流社
「カタランの明るい浜辺」
『熾天使の夏』1997, 創文
『ミネルヴァの梟は黄昏に飛びたつか?』1998 ～ 2008連載。全4巻。※2の題は『探偵小説と二〇世紀精神』、3は『探偵小説と記号的人物』、4は『探偵小説と叙述トリック』。1は早川書房、2～4は東京創元社。
『オイディプス症候群』2002, 光文
『青銅の悲劇』2008, 講文
『探偵小説は「セカイ」と遭遇した』2008, 南雲堂
「異様なワトスン役」「監獄／収容所／探偵小説」
「矢吹駆連作と観念小説／論理小説」『本格ミステリー・ワールド2011』2010, 南雲堂
『吸血鬼と精神分析』2011, 光文
『魔の山の殺人』《ミステリーズ!》2011/12 ～ 2015/6, 東京創元社
『テロルとゴジラ』2016, 作品社

高木彬光
『わが一高時代の犯罪』1951, 角文
『人形はなぜ殺される』1955, 角文
『随筆探偵小説』1956, 鱒書房

都筑道夫
『黄色い部屋はいかに改装されたか?』1975, 晶文社※フリースタイルの増補版には「安吾流探偵術」も収録

中島河太郎
『密室殺人傑作選』編著, 1974, サンポウノベルス

三島由紀夫
「推理小説批判」1960, 権田萬治編『教養としての殺人』1979, 蝸牛社

ヴァン・ダイン
『ベンスン殺人事件』1926, 創文
『グリーン家殺人事件』1928, 創文
『僧正殺人事件』1929, 創文

J・D・カー
『三つの棺』1935, 早文

エラリー・クイーン
『Xの悲劇』1932, 創文
『Yの悲劇』1932, 創文
『エジプト十字架の謎』1932, 創文
『シャム双子の謎』1933, 創文
『エラリー・クイーンの冒険』1934, 創文
「首吊りアクロバットの冒険」
『十日間の不思議』1948, 早文
『九尾の猫』1949, 早文
『帝王死す』1952, 早文
『クイーン検察局』1955, 早文
「角砂糖」※引用文は拙訳。
『盤面の敵』1963, 早文

アガサ・クリスティ
『そして誰もいなくなった』1939, 早文

F・W・クロフツ
『ポンスン事件』1921, 創文

イズレイル・ザングウィル
『ビッグ・ボウの殺人』1892, 早文

ソポクレス
『オイディプス王』前5世紀, 岩文

G・K・チェスタートン
『ブラウン神父の童心』1911, 創文
「見えない男」「折れた剣」「三つの兇器」
『ブラウン神父の不信』1926, 創文
「ムーン・クレサントの奇跡」

コナン・ドイル
『シャーロック・ホームズの冒険』1892, 創文
「まだらの紐」

ニーチェ
『ツァラトゥストラはかく語りき』 1885※参照した邦訳は『ツァラトゥストラはこう言った』岩文

ミシェル・フーコー
『監獄の誕生』1975, 新潮社

エドガー・アラン・ポー
『ポオ小説全集』創文
「モルグ街の殺人」1841,「盗まれた手紙」1845

V・L・ホワイトチャーチ
『ソープ・ヘイズルの事件簿』1912, 論創社
「サー・ギルバート・マレルの絵」

モーリス・ルブラン
『八点鐘』1923, 新文

ガストン・ルルー
『黄色い部屋の秘密』1908, 創文

数学者と哲学者の密室

天城一と笠井潔、そして探偵と密室と社会

2020年9月23日　第一刷発行

著　者 ―――――――― 飯城勇三

発行者 ―――――――― 南雲一範

装丁者 ―――――――― 奥定泰之

校　正 ―――――――― 株式会社鷗来堂

発行所 ―――――――― 株式会社南雲堂

東京都新宿区山吹町361　郵便番号162-0801
電話番号　(03)3268-2384
ファクシミリ　(03)3260-5425
URL　http://wwwnanun-do.co.jp
E-Mail　nanundo@post.email.ne.jp

印刷所 ―――――――― 図書印刷株式会社

製本所 ―――――――― 図書印刷株式会社

ISBN 978-4-523-26596-2 C0095